Gudrun Ranftl

SO MUSS ES SEIN
... und nicht anders

Zum Buch

Heidi pendelt immer wieder zwischen Deutschland und Hawaii zu ihren getrennt lebenden Eltern und ihren Freunden. Obwohl sie es seit ihrer Jugend kennt, ist es ein ständiger Balanceakt zwischen zwei Welten. Heidis Geldsituation verschlechtert sich und ihre an Demenz erkrankte Mutter in Amerika benötigt mehr und mehr Geld für eine Betreuung. Sie möchte helfen und lässt sich ein auf einen Transport mit Drogen. Scott, HSI Special Agent, setzt wiederum alles daran, Drogendeals in den USA zu verhindern. Er ist beruflich eingespannt und viel unterwegs. Seine Ehe zerbricht an seinem Job und nicht zuletzt an ihren politischen Differenzen und dann trifft er auf Heidi. Es bleibt nicht nur bei der einen Begegnung, die beide berührt und verwirrt.

Zwischen Familie, Liebe, Drogen und letztendlich auch Covid-19 verändern sich die Begegnungen zwischen Heidi und Scott. Es entwickelt sich eine Geschichte mit etlichen Wendungen und einem unerwarteten Ende.

Zur Autorin

Gudrun Ranftl schreibt mit `So muss es sein ... und nicht anders` ihren dritten Roman. Die gebürtige Österreicherin lebt seit 1989 in Deutschland. Sie hat mehr als zwanzig Jahre als Onlineredakteurin und Texterin gearbeitet sowie als Aufnahme- und Produktionsleiterin für Film- und Fernsehproduktionen. Seit 2011 ist sie, neben ihrer Beschäftigung für eine große deutsche Fluggesellschaft, selbstständige Yogalehrerin in ihrem eigenen Studio in Frankfurt und per Zoom. Aufgrund vieler Reisen in die USA – sie ist mit einem Amerikaner verheiratet und hat einen zweiten Wohnsitz in Texas – gelingt ihr ein sehr differenzierter, offener Blick auf Amerika.

Gudrun Ranftl

So muss es sein

... und nicht anders

Roman

Bibliografische Information der Deutschen Nationalbibliothek:
Die Deutsche Nationalbibliothek verzeichnet diese Publikation in
der Deutschen Nationalbibliografie; detaillierte bibliografische
Daten sind im Internet über http://dnb.dnb.de abrufbar.

Lektorat: Robert Wade Baker, Ingrid Ranftl
Bildrechte Cover: Gudrun Ranftl
Grafische Gestaltung Cover: Tülay Sanlav

Verlag: BoD · Books on Demand GmbH, In de Tarpen 42,
22848 Norderstedt, bod@bod.de

Druck: Libri Plureos GmbH, Friedensallee 273, 22763 Hamburg

ISBN: 978-3-7693-2534-8

Inhaltsverzeichnis

Für meine Mutter

This is not America
sha la la la la
A little piece of you
The little peace in me
Will die – this is not a miracle –
For this is not America
sha la la la la

David Bowie

ERSTER BESUCH

Auf dem Weg zum Flughafen sitzen sie an diesem Morgen schweigend nebeneinander in seinem geräumigen alten 7-er BMW. In den vergangenen Tagen haben sie bereits zu viel geredet und jetzt weiß keiner mehr, was er kurz vor dem Abschied sagen soll. Heidi sitzt ausnahmsweise am Steuer seines geliebten Wagens, weil sie es nicht erträgt, wenn er im aufgeregten Zustand selbst fährt. Endlich aus Frankfurt raus, reiht sie sich in die vierspurige Autobahn.

«Schalte doch einen Gang höher. Du darfst ihn nicht so treiben», sagt er und klopft liebevoll auf das immer sauber gewischte Armaturenbrett.

Sie schaltet, was sie so oder so gerade vorhatte, in den höchsten Gang. Er kann es nicht lassen, denkt sie, und weiß zugleich, sie wird es in den nächsten Wochen bestimmt vermissen. Die über die Tage hinweg angestauten Emotionen steigen hoch. Heidi fasst sich mit Daumen und Zeigefinger ins Gesicht und zwickt in ihre Wange. Sie möchte keinesfalls vor ihm weinen. Als würde er ihre Gefühle erahnen, schaut er einen Moment lang zu ihr. Sie hat den Eindruck, er erwartet von ihr ein Gespräch. Ihr fällt immer noch nichts ein, worüber sie reden könnten. Vielleicht ein paar Worte über das Wetter? Oder besser doch nicht. Es würde schließlich doch nur zu seinem und Mutters liebstem Streitthema führen – Regen hier in Deutschland und Sonnenschein dort auf Oahu. Einen kurzen Moment lang sieht sie zu ihm und hofft, er bemerkt es nicht. Sie empfindet solch eine große Zuneigung für ihren Vater und spürt eine wohlige Welle durch ihren Körper strömen, vor allem ums Herz wird ihr warm.

In seinem grauen, glatten Haar sind nur noch wenige dunkle Strähnen, die daran erinnern, wie er einmal in jungen Jahren ausgesehen hat. Damals war sein Haar voller, heute glänzt die Haut sichtbar bis zum hohen Haaransatz. Die Brille trägt er wie immer ganz vorne auf dem Nasenhöcker und schiebt sie von Zeit zu Zeit hoch.

«Wann hast du eigentlich vor, dir ein neueres Auto zu kaufen?», fragt sie ihn mit Blick auf die Tankanzeige. «Eines, das weniger Sprit verbraucht?»

«Was meinst du damit?», fragt er zurück.

«Na dein BMW! Willst du nicht mal ein ökonomisches Auto haben? Eventuell sogar einen E-Wagen?»

«Pffft – so ein Blödsinn», sagt er. «Wie kommst du denn jetzt darauf! Als ob ich mein Auto jemals freiwillig abgeben würde. Du spinnst!» Damit ist für ihn das Thema erledigt.

Die übrigen Kilometer verbringen sie wieder schweigend. Am Flughafen vor dem Eingang des Abflugbereichs hält sie an und sie steigen aus. Sie sagt ihm, er müsse sie nicht in die Halle begleiten.

«Du hättest das Auto in die Parkgarage fahren können», wendet er zaghaft ein.

«Nein, nein. Ist schon gut. Ich mag keine Abschiede.»

«Wie du meinst.» Er zieht die Schultern hoch. Nun ist der Abschied mit einem Male ganz nahe.

Als müsste sie sich selbst davon überzeugen, sagt sie mit betont fester Stimme: «Ist ja nur für drei Wochen, Papa. Ich komme wieder. Ich melde mich, sobald ich in Vancouver zwischenlande. Und in jedem Fall, wenn ich endlich in Honolulu bin.» Diese Strecke ist verdammt lang, wird ihr bei dem Gedanken an den Zwischenstopp auf halber Strecke in Kanada deutlich. Da sie diese schon etliche Male geflogen ist, graut ihr davor. Üblicherweise fliegt sie zwar nicht über Kanada sondern über LA, aber es war das einzig bezahlbare Angebot im Internet. Alles andere war bereits ausgebucht. Es werden voraussichtlich lange ungemütliche einundzwanzig Stunden werden, die sie eingeklemmt und eingeengt auf schmalen Stühlen neben vielen Passagieren sitzt und in denen sie einen Film nach dem anderen schauen wird und gewiss wenig schlafen kann. Sie umarmt ihren Vater und schnuppert noch einmal an dem ihr vertrauten Rasierwasser. Er streift ihr Haar liebevoll zurück. Eine Geste, die er bei ihr, als sie noch ein kleines Kind war, gemacht hatte, wenn sie ängstlich war. Sie spürt seine etwas zittrigen Finger und rät ihm, noch ein paar Minuten zu warten, ehe er sich auf den Heimweg macht. Dann nimmt sie den Rucksack auf den Rücken und zieht den Koffer zu sich. Sie hat ein mulmiges Gefühl bei dieser Reise, denn bald wird sie ihrer Mutter begegnen, die nicht mehr die ist, die sie einmal war.

Nach einem Tag und einer Nacht in Flugzeugen und Flughäfen kann und mag sie nicht mehr. Ab Vancouver gelingt es ihr nicht einmal mehr, auch nur für kurze Zeit zu schlafen. Ihre Beine zappeln. Sie ist nervös. Sie bemüht sich krampfhaft um positive Erinnerungen an Oahu. Denkt an ihre Mutter in der Schule und im Haus oder an ihre beste Freundin Julia, ans Tauchen und an diverse Abenteuer mit ihr als Jugendliche. Ihre Gedanken springen unruhig hin und her, die Anspannung steigt. Immer noch lässt sie die Schlafmaske an, um die vielen Menschen an Bord zumindest visuell auszublenden. Der Druck in ihren Ohren steigt und die Geräusche hören sich an wie durch einen Filter aus Watte. Sie schiebt den Unterkiefer nach vorne und lässt die Ohren aufploppen. Das macht sie mehrmals bis die erste Ansage kommt, Passagiere mögen zurück an ihre Plätze gehen und sich angurten. Ja, und im Notfall sollten sie ihre Koffer und Gegenstände zurück lassen. Diesen Hinweis kurz vor der Landung findet sie jedes Mal alles andere als beruhigend. Noch sind sie nicht am Ziel und es klingt, als könnte doch noch etwas schief gehen. Vollkommen frei von dieser aufreibenden Flugangst wird sie niemals sein. Kurz vor der Landung sieht sie ihre Mutter vor sich, so wie sie sie das letzte Mal gesehen hatte. Sie stellt sich das rundliche Gesicht vor, die blond melierten gekräuselten Haare, die nur zum Teil mit einer Haarspange gebändigt sind. Einige

Locken stehen in alle Richtungen ab. Sie denkt an ihre rötlichen Wangen, die sie immer hat, wenn sie aufgeregt ist. Und an ihren großen Mund. Wenn sie lacht, dann blitzen ihre immer noch sehr weißen Zähne. Ihr Vater behauptet immer, sie würden beide dieses rundliche Gesicht und die gleichen fröhlichen blauen Augen und roten Bäckchen haben. Heidi hat jedoch einen kleineren Mund, genau so einen wie ihre Oma. Und ihr blondes Haar ist nicht so gewellt und nicht so dicht wie das der Mutter. Da haben sich wohl die Gene ihres Vaters mit dem glatten Haar durchgesetzt. Das Ruckeln von der unsanften Landung reißt sie aus ihren Gedanken und eine scharfe Bremsung des Piloten drückt sie nach vorne in den Gurt.

«Willkommen in Honolulu, Aloah!», die Ansage der Purserette bringt sie zu einem erleichterten Lächeln und nun zieht sie ihre Schlafmaske vom Gesicht. Sie rollen in abendlicher Dunkelheit zur Anlagebrücke. Nach einer scheinbar endlos langen Wartezeit werden schließlich die Türen geöffnet. Die Gäste drängen sich sofort in den Flur und beginnen ihre Handkoffer und Taschen aus den Fächern zu ziehen. Sie bleibt sitzen, denn wie meistens ist sie mit ihrem Ticket in der Economy Class ganz hinten und weiß, das wird noch eine Weile dauern. Nur ein einziges Mal flog sie mit ihrem Vater in der First Class von Los Angeles nach Frankfurt. Das war ein herrlicher Luxus. Sie war gerade zwanzig und kam sich vor wie ein Star. Sie erinnert sich noch sehr gut daran. Eine sehr freundliche Flugbegleiterin hatte sie die ganze Reise hindurch verwöhnt. Sie konnten sich das Essen aussuchen und immer wieder wurde ihnen Schokolade oder etwas zu trinken angeboten. Die Rücklehne des Sessels ließ sich komplett umlegen und sie schlief so gut und fest wie in ihrem eigenen Bett zu Hause. Jetzt wartet sie, bei weitem nicht so gut erholt und im hinteren Bereich des Flugzeugs, bis alle anderen ihre sieben Sachen eingesammelt haben. Jeder Einzelne vor ihr, so scheint es, braucht dafür eine Ewigkeit. Viele haben geschlafen und sind entsprechend tapsig und langsam.

Endlich kommt sie nach vorne bis an die Tür und raus aus der Boeing. Obwohl es bereits nach zehn Uhr abends ist, schlägt ihr die warme, feuchte Luft entgegen. Das tut gut und sie fühlt sich dann doch irgendwie sofort daheim. So muss es sein und nicht anders, denkt sie und spürt trotz ihrer Müdigkeit eine tiefe Zufriedenheit in sich aufsteigen. Sie folgt der Menschentraube und gelangt relativ zügig durch die Passkontrolle und an ihr Gepäck. Nun gibt es kein Halten mehr, und sie eilt in großen Schritten mit ihrem Koffer zum Ausgang.

Da stehen sie bereits, ganz vorne im Empfangsbereich und warten. Heidi strahlt die beiden an. Es ist ein natürlicher Reflex, denn sie freut sich aus vollem Herzen. Ihrer Mutter fällt sie um den Hals und auch Joe umarmt sie mit einem Gefühl von Vertrautheit. Sie ist zu Hause angekommen, wenn sie ihrer Mutter Hand hält und sieht, wie glücklich sie sie dabei anlacht.

«Gut siehst du aus, Heidi. Deine Haare sind schön und lang. Oh Gott, es ist wieder so lang her, seit ich dich zuletzt gesehen habe. Du bist so erwachsen, so Frau», sagt sie mit einem Seufzen. Heidi spürt ihre feingliedrigen Hände, die ihre festhalten.

«Zwei Jahre, Mama – nicht einmal ganz zwei Jahre», erwidert sie. Dabei schaut sie ihre Mutter von oben bis unten an. «Bist du etwas schmäler geworden?», fragt sie vorsichtig. «Und ein bisschen kleiner?» Sie blinzelt ihr zu, um das Gesagte leichter wirken zu lassen.

«Etwas geschrumpft bin ich tatsächlich», ihre Mutter lacht und reißt dabei den Mund herzhaft auf. «Aber nicht viel! Er übrigens auch!» Sie deutet auf ihren Mann.

Joe, findet Heidi, sieht aus wie immer. Von der hawaiischen Sonne gebräunt, in seinem roten Hawaiihemd und den Shorts. Seine unruhigen schalkhaften dunklen Augen sehen erst zu ihrer Mutter und dann zu ihr. Ein bisschen schwammiger ist sein Gesicht, so ihr erster Eindruck. Sie zieht ein Gummiband aus der Hosentasche und bindet sich die Haare zusammen. Es ist warm. Nun stehen sie alle etwas unschlüssig beieinander, als eine schrille weibliche Stimme durch die Halle schneidet.

«Ich kann es nicht fassen! Hast du denn nun endlich die Infos für dieses Mietauto gefunden? Das ist wieder so typisch! Warum hast du mir die Mail nicht weitergeleitet? Alles musst du immer alleine machen.»

Der Mann neben ihr schaut konzentriert auf sein Mobiltelefon. Dann erwidert er in einem unglaublich ruhigen Ton: «Da ist sie. Ich habe sie gefunden. Dachte mir schon, dass sie es an die andere Mailadresse geschickt haben. Alles gut. Komm Annie», sagt er und meint damit nicht die wütende Frau, denn er blickt über sie hinweg. Ein junges Mädchen, vielleicht zwölf oder dreizehn Jahre, steht etwas abseits mit eingezogenen Schultern. Ihr scheint das Gezanke und die unerwünschte Aufmerksamkeit peinlich zu sein. Unter den Eltern, die im Übrigen kaum älter sind als Heidi, herrscht sichtbar eine sehr große Anspannung. Der Mann sucht mit seinen Augen seine Tochter und dabei bleibt sein Blick an Heidi hängen. Es sind nur ein paar Sekunden, in denen sich ihre Augen treffen und doch fühlt es sich länger an. Diese Intensität und ruhige Ausstrahlung fesseln sie. Seine warmen, dunklen Augen mit den kleinen Fältchen an den Augenwinkeln halten sie im Bann und lassen Geräusche und Menschenstimmen in der Flughafenhalle einen Moment lang verstummen. Nur zögernd löst sie ihren Blick von seinem und sie meint, noch kurz ein Lächeln bei ihm gesehen zu haben. Als sie sich schließlich abwendet, schwenkt ihr Blick vorbei an seiner Frau und bringt sie unverzüglich zurück ins Hier und Jetzt. Die Mimik seiner Frau verspricht nichts Gutes und Heidi möchte nun doch lieber so schnell wie möglich weg. Eilig will sie nach ihrem Koffer greifen und fasst dabei ins Leere. Joe hat ihn bereits an sich genommen und ist zum Ausgang vorausgegangen.

«Lass uns nach Hause gehen», sagt sie und schaut auffordernd zu ihrer Mutter. Und da sieht sie zum ersten Mal diesen ausdrucksleeren Blick. Sie steht zwar unmittelbar neben ihr, doch hat sie das Gefühl, als wäre sie ganz weit weg. Heidi ist kurz irritiert und hält inne. Dann drückt sie liebevoll die Hand von ihr und sie gehen gemeinsam los. Ohne den Blick von ihr zu nehmen, nähern sie sich dem Ausgang. Sie kann spüren, wie ihre Mutter Schritt für Schritt wieder zurück zu ihr und zur Gegenwart kommt. Das ist der Anfang, huscht es ihr als Gedanke durch den Kopf. Als sich jedoch ihre Mutter nach dem Flug zu erkundigen beginnt und wie immer über dies und jenes, begleitet von ihrem aufgeregt erfreuten Lachen, erzählt, fühlt sie Erleichterung. Vielleicht bildet sie sich all das nur ein, denkt sie und sie gehen zu Joe, der bereits vor dem Wagen auf sie wartet.

Am nächsten Tag wacht Heidi durch die lauten Stimmen von Joe und ihrer Mutter auf. Die Jalousien verdunkeln zwar den Raum, aber sie kann anhand der Außengeräusche spüren, dass der Tag schon längst begonnen haben muss. Vor allem hört sie Joe unmissverständlich fluchen. «Well, good morning to you too, Joe», murmelt sie und versucht sich, nicht von seiner lauten, scheinbar schlechten Laune beeinflussen zu lassen. Langsam klettert sie aus dem Bett und zieht die Jalousien hoch. Die grelle Sonne blendet.

Joe steht direkt vor dem Haus und zetert: «Das gibt's doch nicht. Gestern war ich doch noch im Schuppen!»

«Vielleicht war ich das gar nicht, sondern du hast ihn selbst verlegt! Und wenn schon – das kann jedem mal passieren. Was weiß ich, wo der Schlüssel für deinen Schuppen ist!», äußert sich ihre Mutter in einem ihr sehr vertrauten Tonfall dazu, wenn sie beleidigt ist.

Wütend reißt er den Briefkasten auf und greift nach der Post. Dann hält er jedoch kurz inne. Er nimmt zwei, drei Postsendungen an sich, zieht etwas Metallenes heraus und hält es hoch. «Oh well, oh well, oh well.» Als habe er eine Trophäe in der Hand, schwenkt er einen kleinen Schlüssel mit rotem Anhänger hin und her. «Rate mal, was ich gefunden habe?» Keine Reaktion ihrer Mutter.»Ja. Genau. Da ist er!«", sagt er triumphierend.

«Na, dann ist ja alles gut», erwidert sie knapp.

«Kannst du mir das bitte erklären, Karoline?»

«Nun komm endlich wieder rein ins Haus und mach nicht so einen Lärm», versucht sie abzuwiegeln. Das ist ein guter Moment, um die beiden Streithähne zu unterbrechen, denkt Heidi und ruft ihnen vom Fenster aus einen guten Morgen zu.

Ihre Mutter strahlt sie sofort an: «Guten Morgen! Mein Kind ist wach. Wie schön! Jetzt lass uns aber endlich gemeinsam frühstücken.»

«Wohl eher ein Mittagessen», korrigiert Joe sie knurrig.

Ihre Mutter kann ihn nicht mehr hören, denn sie ist bereits wieder zurück im Haus und klopft jetzt an ihre Zimmertür.

«Komm rein, Mama.»

Sie steckt ihren Kopf durch den Türspalt und lacht, ehe sie den Raum betritt: «Hast du gut geschlafen, mein Schatz?»

«Oh ja», gähnt Heidi ihr entgegen. Sie kann sich nicht zurückhalten und muss ihre Mutter wieder ganz fest umarmen. Sie riecht so gut, stellt sie zufrieden fest. «Wie geht es dir, Mama?»

«Gut. Aber viel wichtiger ist, was möchtest du frühstücken? Frische Ananas? Brötchen habe ich auch geholt. Und Honig gibt es. All das, was du gerne magst.»

«Am liebsten alles auf einmal.» Heidi setzt sich auf das Bett und schaut sich bei Tageslicht in ihrem Zimmer nochmals etwas genauer um. «Du hast immer noch alle meine Zeichnungen von der Highschool aufgehängt.»

«Na klar. Was gibt es Schöneres? Und ich hoffe ja immer noch, dass du wieder einmal für längere Zeit zurück nach Maunawili kommst.»

«Ach, Mama», erwidert Heidi. «Und was ist mit Papa? Übrigens – ganz liebe Grüße lässt er für dich ausrichten.» Ihre Mutter winkt dies mit einer eher abweisenden Handbewegung ab. «Worüber haben du und Joe eben gerade gestritten?»

«Ach nichts. Er ist manches Mal ein bisschen pingelig», sie verzieht dabei den Mund zu einer Schnute.

Heidi hält einen Moment lang inne und wartet, ob ihre Mutter den Vorfall mit dem Schlüssel erklären möchte. Aber anscheinend ist das Thema bereits wieder unwichtig, vorbei und vergessen. Ohne weiter nachzubohren steht sie auf und zieht Shorts und ein T-Shirt aus dem Koffer.

Ihre Mutter geht indessen zur Tür, dreht sich jedoch noch einmal um zu ihr und sagt mit weicher Stimme: «Schön, dass du wieder hier bist.» Dann schließt sie sanft die Tür hinter sich. Irgendwie klang sie dabei melancholisch, denkt Heidi, schüttelt jedoch dieses Gefühl von sich und geht sich duschen. Sogar im Badezimmer ist, seit sie damals zurück nach Deutschland ging, alles unverändert geblieben. An den Wänden hängen nach wie vor die Sandbilder, die Heidi zu Beginn ihrer Schulzeit in Maunawili gemacht hatte. Auch ihr gemeinsamer Spiegel hängt wie eh und je über dem Waschbecken. Eine Seite des Spiegels bemalten sie und ihre Mutter damals mit Glasfarben. Sie muss etwa zwölf oder dreizehn Jahre gewesen sein. Die türkisfarbenen Wellen hatte ihre Mutter gemacht und dann schlug sie vor, Schildkröten zu malen. Erst waren es nur drei, aber Heidi konnte sich durchsetzen und malte noch eine vierte dicke ganz oben dazu. Diese sollte ihren Vater darstellen. Es gab schließlich vier Personen in dieser zerrissenen Familie. Mama, Joe, sie selbst und Papa. Sie steht davor und kann alles wie damals empfinden. Seitdem ihre Mutter sie damals verlassen hatte, fühlte Heidi sich nie wieder komplett – weder hier noch in Deutschland. Sie wünscht sich noch immer, sie würden irgendwann einmal wieder alle zusammenkommen. Sie war damals mit der kindlichen Hoffnung nach Oahu gekommen, sie könnte ihre Mutter zurückholen. Außerdem wollte sie einen Teil ihrer Kindheit mit ihr nachholen. Sie schließt in Gedanken die Augen und riecht den Duft von Kokosnuss, etwas Limone und dem dezenten herben Aftershave von Joe. Vielleicht hatte Joe in dem Telefonat übertrieben und ihrer Mutter geht es überhaupt nicht schlecht. Sie hat gesehen, dass sie zwar etwas schmaler geworden ist und sie wirkt in manchen Momenten etwas zerstreut, überlegt Heidi. Aber war sie das nicht schon immer? Wenn ihre Mutter in Gedanken an den Unterricht umherlief, dann hättest du eine Bombe neben ihr fallen lassen können, sie hätte es nicht bemerkt. Multitasking ist noch nie ihr Ding gewesen.

«Frühstück ist fertig!» Der Ruf aus der Küche reißt Heidi aus den Gedanken. Eilig flechtet sie ihr Haar zu einem Zopf und kleidet sich an.

Ihre Mutter sitzt bereits mit einer Tasse Kaffee auf der Terrasse, als sie sich neben sie in den Korbsessel sinken lässt. «Das sieht großartig aus, Mama.» Sofort greift sie nach den Ananas-Stücken.

Joe kommt dazu und beschwert sich, Karoline habe wieder einmal die Kühlschranktür offen gelassen. Ihre Mutter ignoriert seinen Kommentar und wendet sich stattdessen mit ein paar Fragen an Heidi. Wie ihr der Job bei Lothar und Werner gefalle, ob sie noch in der Wohngemeinschaft lebe oder ob sie mittlerweile mit Max eine Wohnung teilen würde und, und, und.

Auch das ist wie immer, Heidi lacht. »Also eins nach dem anderen. Im Job läuft alles prima. Ich lebe immer noch in der Wohngemeinschaft mit Lena. Und mit Max bin ich schon seit einem Jahr nicht mehr zusammen. Er hat...», sie spürt wieder Wut in sich aufkommen, wenn sie darüber sprechen muss. «Er ist mit meiner jetzt Ex-Kollegin zusammen. Die beiden hatten mehrere Monate lang ein Verhältnis, ehe ich es überhaupt bemerkt habe.»

Ihre Mutter schlägt entsetzt die Hände vors Gesicht.

«Das war ziemlich bitter», pflichtet sie ihr bei. «Bin froh, dass die blöde Kuh nicht mehr bei uns arbeitet. Es reicht, wenn Max noch bei uns in der Firma aus- und eingeht. Zum Glück habe ich nicht mehr so viel mit ihm zu tun. Lisa, erinnerst du dich noch an meine ˋliebeˊ Kollegin? Sie hat das letzte Projekt mit ihm übernommen und dann auch noch meinen Freund. Ich bin jetzt zum Glück mehr im Museumseventbereich beschäftigt. Das gefällt mir übrigens sehr gut. Eigentlich wollte ich schon immer viel lieber im Museum arbeiten.»

«Das mit Max, das war sicher nicht einfach», sagt ihre Mutter mitfühlend und legt dabei die Hand auf ihre. «Gibt es eventuell schon einen Neuen?»

Heidi verneint heftiger als ihr lieb ist. Von Tim möchte sie noch nichts erzählen. Wer weiß, ob sich daraus mehr entwickelt. Der Stachel von Max steckt noch tief – und Vertrauen? Das ist so eine Sache, mit der sie sich irgendwann einmal ernsthaft auseinandersetzen muss, denkt sie.

Joe schlürft laut von seinem Kaffee.

Heidi greift nach ihrer Daisy-Duck-Tasse und trinkt von ihrem Milchkaffee. «Aber nun zu dir, Mama. Wie geht es dir wirklich?»

Auf diese Frage hin räuspert sich Joe und setzt sich nach vorne auf seinem Sessel. Erwartungsvoll schaut er zu seiner Frau.

«Ach, nun hör aber auf Joe», reagiert sie empört auf seine Geste. «So schlimm ist es nun wirklich nicht. Ich bin manches Mal ein bisschen zerstreut. Aber», sie schaut mahnend zu ihm, «das war ich doch schon immer! Ich bin immerhin sechzig Jahre, das darfst du nicht vergessen!», sie zwinkert ihrer Tochter zu.

Joe gibt nicht auf: «Wenn es das nur wäre, Karoline! Du musst schon mehr dazu erklären.»

Sie wischt seine Bemerkung wie eine lästige Angelegenheit von sich. «Papperlapapp. Nun komme doch nicht gleich mit irgendwelchen Problemen auf meine Tochter zu. Lass sie doch erst ankommen. Wir haben noch Zeit genug, über dies und jenes zu sprechen.» Sie lenkt wieder das Gespräch geschickt von sich weg und fragt nach mehr Details über Heidis Job in Frankfurt. Damit befindet sie sich zurzeit auf sicherem Terrain und muss nicht über Themen reden, die sie aufregen. So hat sie es fast immer gemacht. Alles soll gut und einfach sein. Nur keine Probleme. Über Schwierigkeiten mochte sie noch nie sprechen. Heidi antwortet geduldig auf eine Frage nach der anderen.

Ihre Mutter steht auf und geht zur Küche, um noch mehr Ananas aufzuschneiden. «Möchtest du mich nicht am Montag von der Schule abholen?», fragt sie indessen.

Heidi erwidert verwundert, ob nicht bereits Spring Break sei.

«Noch zwei, drei Schultage, dann haben wir Ferien. Monica würde sich freuen, dich wieder einmal zu sehen. Und übrigens: Nael unterrichtet ebenfalls bei uns.»

«Was? Mein Nael? Was unterrichtet er denn bei euch?» Ihre Mutter kommt wieder zurück an den Tisch und setzt sich. «Na selbstverständlich Tauchen und Sport.»

Heidi schüttelt den Kopf. «Das ist ja lustig. Klar komme ich dich abholen.»

«Muss ich dann wenigstens nicht machen», gibt Joe leise und mit zusammengepressten Zähnen von sich. Heidi sieht irritiert zu ihm, zieht es aber vor, auf seine Bemerkung nicht einzugehen. Ihre Mutter steht auf und geht in ihr Zimmer.

«Was machst du denn jetzt?», ruft Heidi ihr zu.

«Ich hole meine Tasche. Ich muss bald los.»

«Karoline! Jetzt doch noch nicht! Du hast den Termin erst in zwei Stunden.»

Heidi schaut fragend zu Joe. Er rollt nur mit den Augen.

«Ihren Arzttermin!» Nun steht er auf und geht in die Küche.

«Möchtest du noch mehr Ananas?», fragt nun er sie auch noch.

«Nein danke. Ich bin satt», antwortet sie zunehmend genervt. Anscheinend ist das Frühstück für die beiden beendet. Sie schaut zu der Tür, durch die ihre Mutter verschwunden ist, und zieht die Spange aus dem Haar, um eine lose Haarsträhne festzumachen. Diese Anspannung zwischen Joe und ihrer Mutter beunruhigt sie. Es fühlt sich an, als würde jeden Moment etwas passieren. Joe erklärte Heidi in einem Telefonat, ihre Mutter habe beim Arztbesuch die Diagnose einer anfänglichen Alzheimer-Demenz ausgestellt bekommen. Das ist für sie ein Schock gewesen. Aus diesem Grunde hatte sie sofort den Beschluss gefasst zu kommen. Sie hatte sich über die Krankheit erkundigt und mehr darüber gelesen, kann sich jedoch noch immer nicht vorstellen, was das für ihre Mutter genau bedeutet. Sie findet, ihre Mutter verhält sich nicht sehr viel anders als früher. Vielleicht wirkt sie nur unruhiger und etwas unkonzentriert. Auch wenn Joe es war, der sie vor zwei Monaten anrief, um ihr zu sagen, sie müsse kommen, so möchte sie doch lieber zuerst alleine und unter vier Augen mit ihrer Mutter sprechen. Joe steht unschlüssig in der Küche und es entsteht eine eigenartige Stille zwischen ihnen. Sie wusste noch nie viel mit ihm zu reden, aber in diesem Moment ist es ihr unangenehm. Joe und sie hatten von Anfang an ein schwieriges Verhältnis. Schließlich war er lange Zeit der Böse, der ihr die Mutter weggenommen hatte. Sie hasste ihn dafür aus vollem Kinder- und später aus vollem Teenagerherzen. Damals bemühte er sich nicht sonderlich, etwas daran zu ändern. Das wäre Karolines Problem, sagte er immer wieder und er habe seine eigenen Baustellen, weshalb er sich darauf nie einlassen wollte. Mit der Zeit hatte sie es geschafft, sich mit ihm zu arrangieren, um bei ihrer Mutter in Frieden zu leben. Als Ersatzvater hat sie ihn nie gesehen. Wenn sie genauer darüber nachdenkt, war Joe nicht einmal ein erwachsener Freund. Sie war auch mit elf Jahren zu alt, als sie ihn kennen lernte. Außerdem hätte sie es als Verrat an ihrem Vater empfunden, sich mit ihm anzufreunden. Sie wollte es nie wahrhaben, dass ihre Mutter mit irgendjemand anderem als mit ihrem Vater glücklich sein könnte. Heidi hatte Joe und auch ihrer Mutter dieses Glück nie gegönnt. Erst in den acht Jahren in Maunawili gelang es ihr, sich mit ihrer Mutter auszusöhnen. Aber mit Joe? Sie weiß nicht. Erst seitdem sie wieder in Frankfurt lebt, hat sich der Kontakt zu ihm etwas verbessert. Wann immer sie danach zu Besuch gekommen war und nur für ein paar Wochen blieb, funktionierte es mit ihm ganz passabel, denkt sie. Vor ein paar Monaten jedoch rief er sie an, sie müsse unbedingt sofort kommen. Ein Anruf dieser Art ist von ihm noch nie vorgekommen, weshalb sie sich auf das Schlimmste vorbereitete. Vielleicht macht sie sich zu viele Gedanken, versucht sie sich zu beruhigen. Nur ihre Gefühle tauchen auf und fragen sie nicht danach.

«Na, mein Kind. Was ist los?», reißt ihre Mutter sie aus den Gedanken. Heidi hat sie nicht zurückkommen gehört.

«Nun setz dich doch bitte zu mir, Mama», fleht sie.

«Lass uns an den Strand gehen», erwidert ihre Mutter, sie will sich nicht setzen.

Heidi hält ihre Tasse hoch. «Die hast du schon lang», sagt sie und dreht das Daisy-Duck-Motiv der Tasse zu ihr.

«Du hast doch die gleiche Tasse! Weißt du das nicht mehr?», erwidert sie.

«Die ist doch schon längst kaputt.»

«Oh. Das wusste ich nicht», gibt sie mit trauriger Stimme von sich.

Heidi schaut zu ihr. Sie weiß, sie hat es ihr schon mehrfach erzählt. Als sie sechs Jahre war, hatte ihre Mutter ihr zwei dieser Daisy-Duck-Tassen gekauft. Sie sagte, sie sollte eine davon in Frankfurt behalten und die andere würde für das Frühstück in Oahu für sie bereit stehen, wenn sie zu ihr käme. Sie versprach ihr damals, sie bald nachzuholen. Aus dem bald wurden Jahre. Vier lange Jahre hatte sie sie immer wieder auf bald vertröstet. In einem unachtsamen Moment ging die Tasse zu Bruch. Sie war zutiefst erschüttert und dachte, nun würde ihre Mutter sie nie mehr zu sich holen. Und jetzt hält Heidi die andere Tasse fest in beiden Händen und denkt mit einem Kloß im Hals an die Zeit in der Grundschule in Frankfurt. Damals vermisste sie ihre Mutter unendlich. Später auf Oahu sehnte sie sich umso mehr nach ihrem Vater. Mit einem Seufzer schiebt sie alte Erinnerungen beiseite und stellt die Tasse mit Schwung auf das Tablett. Ihr Blick wandert zu dem Bananenbaum am Zaun und es tut ihr leid, nicht zur Erntezeit der Apple-Bananen auf Oahu zu sein.

«Tja, dann musst du eben länger bleiben», erwidert ihre Mutter mit einem Lächeln.

«Das geht nicht und du weißt das», antwortet Heidi brüsk. Sie erträgt es nicht, wenn ihre Mutter versucht, ihr ein schlechtes Gewissen zu machen. Heidi steht auf und trägt das Tablett in die Küche. Aus alter Gewohnheit heraus beginnt sie sofort die Spülmaschine einzuräumen. Als sie damit fertig ist, möchte sie aus dem Haus gehen. «Komm Mama, lass uns gehen. Ich muss mit dir über ein paar Dinge reden und …», als sie sich nach ihr umsieht, sieht sie, wie sie gerade dabei ist, eine unreife Banane zu pflücken. «Nicht doch!», versucht sie ihre Mutter davon abzuhalten. «Komm jetzt!» Ihre Mutter hält die beiden grünen Bananen unschlüssig in der Hand. «Die sind nicht reif!», sagt sie, jedes Wort betonend, und geht voran zur Haustür. «Du hast nicht unendlich viel Zeit. In zwei Stunden ist dein Arzttermin und davor muss ich unbedingt ein paar Dinge wissen. Bitte, Mama. Komm!» Ihre Mutter legt die Bananen auf den Tisch, greift nach der Tasche und will gehen. «Willst du die Tasche jetzt schon mitnehmen?»

«Warum denn nicht?»

Heidi bemerkt, wie sie ungeduldiger wird und ihrer Mutter die Tasche zu grob aus der Hand nimmt, sie auf den Boden stellt und die Tür aufreißt. «Wir sind dann mal am Strand», ruft sie laut zu Joe, der sich in der Zwischenzeit in sein Zimmer zurückgezogen hat. Ihre Mutter kommt zum Glück ohne weitere Einwände und ohne die Tasche mit.

In nur wenigen Minuten sind sie am Meer. Sie blickt über das Wasser in die Ferne und fühlt sich befreit. Als habe die Windbrise allen Unmut weggeweht. Gedanken an verlegte Schlüssel oder das Ernten von unreifen Bananen verblassen in lächerliche Unwichtigkeiten. Sie schaut auf das Wasser, den Sand, atmet den salzigen Geruch ein und wird ruhiger. Auf ihre Mutter scheint das Meer eine ähnliche Wirkung zu haben.

«Das ist es!», ruft ihre Mutter mit einem breiten Lachen und Heidi versteht genau, was sie damit meint. Das Meer, der Strand und diese Weite des Ozeans haben sie vor fünfundzwanzig Jahren nach Oahu gebracht. Die Insel hatte sie so sehr begeistert, verzaubert und schlussendlich dazu gebracht zu bleiben. Es ist genau das, was sie hier so sehr liebt. Heidi ertappt sich dabei, wie auch ihr sich das Herz öffnet und wie sehr ihr das leichte Leben auf der Insel in den vergangenen Jahren in Deutschland gefehlt hat. Dagegen hatte ihr Vater nie eine Chance, stellt sie traurig fest. Wenn du das Paradies oder irgendetwas anderes zur

Auswahl hättest, was würdest du dir aussuchen? Sie nimmt die Hand ihrer Mutter und gemeinsam gehen sie näher ans Wasser heran. Noch ein Schritt und dann spült das Wasser um ihre Füße. Sie lachen. Jetzt hat sie keine Lust mehr über irgendwelche Probleme zu sprechen. Sie genießen miteinander die Natur und immer wieder kitzelt sie das warme Wasser an den Zehen.

Nicht weit von ihnen entfernt ist ein kleiner Junge damit beschäftigt, ein tiefes Loch zu buddeln. Ein junger Vater baut aus Sand, Muscheln und Steinen eine Burg oder vielleicht ist es auch nur ein Berg. Ein kleines Mädchen neben ihm schüttet immer wieder Wasser aus einem kleinen Eimerchen über sein Sandgebilde. Vereinzelte Sonnenhungrige liegen ausgestreckt und nahezu regungslos auf ihren Badetüchern und ihre eingeölten Körper glänzen in der Sonne. Einige Männer und Frauen stehen bis zur Hüfte im lauwarmen Wasser und unterhalten sich miteinander. Ein paar Schnorchel ragen in Nähe der Felsen aus dem Wasser, zwei Frauen treiben auf Luftmatratzen entspannt dahin. Die Kinderstimmen vom Strand rücken peu à peu in den Hintergrund, zu mächtig sind die Geräusche von Wind und Meer und dieser unglaublichen Weite. Eine Weile gehen Mutter und Tochter am Strand entlang. Heidi hofft innig, das Gehen möge ihre Zunge lockern. Als sie dennoch schweigsam weitergehen, weiß sie, sie wird ihr die Fragen stellen müssen, die wichtig sind und ihr mehr Aufschluss über die Situation geben. Zugleich befürchtet sie, ihre Mutter wird mit den Antworten ausweichen oder eventuell nicht ehrlich sein. Ist die Wahrheit unangenehm, war sie schon immer eine Erzählkünstlerin von Geschichten, die ganz woanders hinführten. Warum soll es dieses Mal anders werden, denkt sie. Wie es ihr gehe, fragt Heidi nach einer Weile und vermeidet dabei den Blickkontakt mit ihr.

«Mir geht es gut. Du solltest deine Zeit hier einfach nur genießen», erwidert sie lapidar. Heidi wendet ein, Joe habe ihr anderes erzählt.

«Ach Joe. Du weißt ja. Er übertreibt gerne. Typisch Amerikaner. Für ihn ist alles super, groß oder extrem schlecht.»

Dann hat Heidi doch das Gefühl, stehen bleiben zu müssen, um ihr in die Augen sehen zu können und um ihre Mimik zu deuten. Sie möchte von ihr erfahren, wie es ihr wirklich geht. Nur aus diesem Grund ist sie jetzt schon gekommen und nicht erst, wie ursprünglich geplant, im Sommer, wenn im Büro weniger zu tun gewesen wäre. Sie darf ihre Mutter nicht alleine lassen, wie sie es damals mit ihr getan hatte. Sie darf sie nicht im Stich lassen. Sie hält sie am Arm fest und rafft sich auf, sie direkt darauf anzusprechen: «Die Diagnose ist Demenz, Mama. Was genau heißt das?»

Ihre Mutter deutet ihr an, sie möge weitergehen. Sie kann erkennen, wie sehr sich ihre Mutter bemüht, ihr keinen Grund zur Sorge bereiten zu wollen. Sie kann fühlen, wie ihr der Mut zum Anfang fehlt. Immer wieder holt sie Luft, will etwas sagen und bleibt doch schweigsam.

«Du bist hier. Das ist das Schönste. Ich möchte dich nicht damit belasten, mein Kind», weicht sie schließlich aus.

Ruhig erwidert Heidi, sie sei eine erwachsene Frau, sie müsse es ihr anvertrauen, sie mache sich Sorgen. «Wenn du darüber mit mir nicht direkt sprechen möchtest, dann könnte ich mit dir zum Arzt kommen. Soll er es mir erklären», wagt sie zaghaft einen Versuch.

«Nein! Das musst du nicht», erwidert ihre Mutter sofort. «Ich gehe doch nur zu Bill, einem alten Freund. Er kümmert sich darum. Kannst du dich noch an ihn erinnern? Bill?», fragt sie.

Heidi hat keine Erinnerung an ihn und schüttelt den Kopf.

«Ich kenne ihn schon länger. Ich dachte, du hast ihn einmal getroffen. Auf jeden Fall möchte ich meine Fragen alleine mit ihm besprechen. Ich werde dir alles sagen, was du wissen musst.» Ihre Mutter streift eine Haarsträhne aus ihrem Gesicht und spricht weiter: «Es ist Alzheimer-Demenz im Anfangsstadium. Ich brauche keine Medizin. Zurzeit nehme ich Ginko Biloba.

Das ist ein rein biologisches Produkt und verbessert die Durchblutung.»

Heidi entschließt sich, ihre Mutter nicht mit Fragen zu unterbrechen. Sie wartet ab, was sie bereit ist von sich aus zu erzählen. Sie kennt sie gut. Fängt sie an zu fragen, würde sie dicht machen. Sie hält den Atem an und hofft, ihre Mutter vergisst, dass sie es ist, die mit ihr am Strand entlang geht.

Tatsächlich spricht sie endlich weiter und öffnet sich langsam: »Ich vergesse manches Mal Dinge. Ich lege Schlüssel an ungewohnte Plätze. So wie heute am Morgen. Ich habe den Schuppenschlüssel in den Briefkasten gelegt.» Sie lacht ein lautes verlegenes Lachen. «Darüber hat Joe sich unglaublich aufgeregt. Manches Mal ist es aber nicht so lustig», gesteht sie kleinlaut ein. «Ich will mir Kaffee kochen und dann weiß ich nicht mehr, wie die Maschine funktioniert. Ich stehe davor und mir will und will es nicht einfallen, wie sie anzustellen ist, obwohl es im Grunde genommen sehr einfach ist. Das kommt nicht oft vor. Und dann, plötzlich weiß ich es wieder. Aber es frustriert mich. Zum Glück habe ich noch das Unterrichten. Wenn ich mit meinen Schülern eine schöne deutsche Geschichte gelesen habe und feststelle, sie haben den Inhalt gut übersetzt, verstanden und sind stolz, dann freue ich mich mit ihnen. Vor allem gibt mir die Zeit in der Schule Luft. Den ganzen Tag mit Joe ist mir zu anstrengend. Er ist nervös und verliert schnell seine Geduld. Ich wünsche mir manches Mal, ich wäre ganz alleine, dann könnte ich alles mit mir selbst ausmachen.»

«Ist es dir unangenehm, dass ich jetzt hier bei dir bin?», fragt Heidi, ohne ihre Enttäuschung ganz verbergen zu können.

«Natürlich nicht!», widerspricht ihre Mutter überraschend laut. Heidi spürt eine eher ungewohnte Hilflosigkeit ihrer ansonsten sehr selbstbewussten Mutter. Sie möchte wissen, was sie tun kann. Sie würde gerne jetzt und heute helfen, etwas für sie tun.

«Mach dir keine Sorgen, mein Kind. Es kommt wie es kommt. Es ist leider nicht aufzuhalten», versucht ihre Mutter nun zu einem Abschluss zu kommen. Sie legt beschwichtigend die Hand auf Heidis Schulter und lächelt ihr aufmunternd zu. Als ob sie ahnte, was in ihrem Herzen gerade vorgehe, sagt sie mit betont ruhiger Stimme und in absoluter Klarheit: «Sei einfach nur hier. Das tut mir gut.» Hernach gehen sie schweigend weiter und starren gemeinsam, einsam in die Ferne.

Letzte Nacht war kalt. Das liegt wohl auch daran, dass seine Frau nicht bei ihm im Bett geschlafen hat. Seit Tagen schon zieht sie sich mit Arbeit in ihr Zimmer zurück und verbringt die Nächte auf der Couch. Es ist traurig, wie diese Ehe auf ein Ende zusteuert, denkt er. Aber noch ist er nicht bereit aufzugeben. Er ist zuversichtlich, die gemeinsame Reise nach Hawaii wird ihnen gut tun. Annie freut sich schon darauf. Seine Tochter will so wenig wie er, dass diese Familie auseinanderbricht. Aber welches Kind wünscht sich schon die Trennung der Eltern? Es macht ihn unglücklich, wenn sie den Streit im Haus mithören muss. Es zerreißt ihm das Herz, wie sie versucht, dieser Anspannung durch eine Flucht in ihr Zimmer zu entkommen. Umso wichtiger ist dieser Trip. Weg aus dem normalen Umfeld wie Arbeit, Schule und dem Zuhause in Scottsdale. Schon dieses Wochenende geht es nach Honolulu. Endlich. Hawaii ist einer der wenigen Staaten Amerikas, in dem er noch nicht gewesen ist. Sein Beruf lässt ihn zwar viel reisen, aber bedauerlicherweise nie an so ausgewählt schöne Plätze.

Als Special Agent für HSI, Homeland Security Investigation, ist er viel unterwegs. Drogenübergaben in Kalifornien. Geldabholungen in New York. Übergriffe auf Drogendeals an der mexikanischen Grenze und manches Mal auch an der kanadischen Grenze. Jetzt wollen sie ihn ganz in den Staat Washington holen. Das würde für ihn bedeuten, er hätte kaum noch Einsätze an der mexikanischen Grenze, was ihm gefiele. Leider sieht seine Frau das nicht so. Seit er einen eventuellen Umzug ihr gegenüber erwähnte, hängt der Haussegen endgültig schief. Aber was soll er machen? Er möchte sich weiterentwickeln und nicht immer auf der Stelle treten. Die Kollegen im Norden kennt er und eine Versetzung würde sich in seinem Lebenslauf gut machen. Das muss Joana doch verstehen. In ihrem Job hingegen kann sie überall Fuß fassen. Häuser werden in jedem Staat gekauft und verkauft und gute Maklerinnen werden immer gebraucht. Die für Washington notwendigen Prüfungen kann sie nachholen, er hat bereits alles für sie recherchiert. Außerdem hat sie noch ein paar Monate Zeit, ehe er den ganzen Papierkram für eine Versetzung abgewickelt haben wird. Er hätte auch nichts dagegen, wenn er die ersten Monate alleine in Washington wäre und sie und Annie nachkämen. Aber sie möchte nichts davon wissen.

Er zieht seine Schlafmaske von den Augen und blinzelt. Die Jalousien im Schlafraum sind lichtdurchlässig. So wie Joana es mag. Er hingegen braucht tiefste Dunkelheit und diesen leichten Druck auf seine Augenlider durch die Maske, damit er überhaupt schlafen kann. Tiefen Schlaf, so wie ihn seine Tochter kennt, gibt es für ihn ohnedies nicht. Das kleinste Geräusch weckt ihn auf. Nun legt er die Kopfhörer auf eine Ladestation. Seine Frau hatte ihm am Anfang ihrer Beziehung die ersten geräuschdämmenden Kopfhörer geschenkt. Das war sicherlich auch wegen ihres schlechten Gewissens, denn sie schnarcht zeitweise sehr laut. Er streckt seine Arme und Beine von sich. Im Kopf ist er bereits hellwach. Sein nahezu vierzigjähriger Körper braucht jedoch morgens etwas mehr Zuwendung und vor allem Pflege. Er dreht sich noch einmal zur Seite und starrt dann auf die digitale Zeitanzeige seines Weckers. Mache ich Yoga oder gehe ich ins Gym?

Schließlich quält er sich aus dem gemütlichen Bett und rollt die Matte aus. Yoga und ein bisschen Gewichte stemmen zu Hause, beschließt er als Aktivitäten der nächsten Stunde. Eventuell geht er am Abend nochmals ins Fitnesszentrum. Am Morgen, so wie auch an diesem, ist die Überwindung besonders groß. Nur weil er weiß, wie essenziell es für ihn ist, wird er sich abmühen. Der innere Schweinehund ist ein hinterlistiger Motivationskiller. Er legt sich mit dem Rücken auf den Boden und hält ein Bein mit einem Gurt gestreckt nach oben. Nicht ganz in der Senkrechten, das lassen seine verkürzten Hamstrings nicht zu. Aber genau das ist leider diese große Herausforderung. Strecke deine Beine und ziehe die Fersen weg von den Leisten, erinnert er sich an die Anweisungen seiner strengen Yogalehrerin. Ihr harscher Befehlston und die Schmerzen brachten ihn damals beinahe dazu, den Unterricht bei ihr abzubrechen. Hätte er nicht noch schlimmere Rückenschmerzen gehabt, wäre er niemals bei Yoga geblieben. Die Überraschung kam bereits nach den ersten Wochen. Die Übungen fielen ihm von Mal zu Mal leichter und seine Rückenschmerzen wurden tatsächlich erträglich. Zeitweise sind sie sogar gänzlich verschwunden. Er fühlte sich wie neugeboren und möchte diese Schmerzfreiheit beibehalten. Seitdem versucht er es, auch seinem Kollegen schmackhaft zu machen, denn Tom hat ebenfalls Probleme mit dem Rücken. Jedoch stößt er mit Yoga bei ihm und auch bei den anderen Kollegen auf taube Ohren. Das wäre doch nur etwas für Frauen, hatte er mit einem süffisanten Grinsen erwidert, ohne es jemals selbst ausprobiert zu haben. Nun gut, dann soll er eben mit seinem kaputten Rücken selbst sehen, wie es weiter geht. Ab vierzig regelmäßig Schmerztabletten? Nein danke! Er nicht. Da quält er sich lieber weiterhin auf einer Yogamatte, macht Haltungen für den Bauch, für die Beine und den Rücken. Nach einer halben Stunde Yoga beginnt er mit den Gewichten zu arbeiten, als er seine Frau im Umkleideraum hört.

«Joana?», er möchte mit ihr den Tagesablauf besprechen.

«Mmmh», kommt es etwas mürrisch zurück.

«Gemeinsames Frühstück?»

«Nein! Keine Zeit.»

«Bringst du Annie?»

«Ja. Hab' sie schon längst geweckt.»

Er stöhnt, als er ein letztes Mal die insgesamt achtzig Kilo hochstemmt. «Und Annie? Auch ohne Frühstück?»

Seine Frau steckt ihren Kopf ins Zimmer. Ihr Blick sucht ihn im Bett und wird schließlich auf dem Fußboden fündig. «Ach, da bist du», sagt sie. Er rollt zur Seite und setzt sich auf. «Annie hat schon ihr Müsli gegessen. Wir sind spät dran. Scott, ich dachte, du würdest sie wecken. Egal», umreißt sie in knappen Sätzen die Situation. Sie erwartet keine Antwort, sondern wendet sich sogleich wieder ab und schließt die Tür mit einem Knall laut hinter sich.

«Auch einen guten Morgen!», ruft er ihr genervt hinterher und steht auf. Er hört ihr hektisches und ungestümes Scheppern, Trippeln und Klappern und fasst den Vorsatz, ihr besser nicht nochmals in die Quere zu kommen.

«Papa?» Annie ruft nach ihm.

Nun muss er wohl doch in den Käfig der Löwen. Er reißt die Tür auf und steht in Shorts und T-Shirt adrenalingeladen im Flur. Als Annie auf ihn zukommt und ihm zum Abschied einen Kuss auf die Wange gibt, geht seine Anspannung von Hundertachtzig auf Null. «Hab' einen schönen Tag, meine Süße», sagt er im liebevollen Tonfall zu ihr. Annie eilt zu ihrer Mutter, die bereits ungeduldig mit den Schlüsseln an der Eingangstür rasselt. Mit einem tiefen Zischen lässt er die angestaute Luft zwischen den Zähnen rausströmen. «Na dann, viel Spaß», bemüht er sich, freundlich hinterherzurufen und geht ins Bad.

Zwei Tage später, am Flughafen von Seattle, macht Joana ihrem Unmut Luft: «Kannst du mir bitte erklären, weswegen du gerade jetzt so dermaßen kurzfristig noch nach Seattle musstest? Und vor allem, warum wir alle diesen extrem frühen Flug nehmen mussten und diesen elendslangen Zwischenstopp hier haben?»

Scott schweigt. Zig-Male hat er es ihr bereits versucht zu erklären. Sie will es nicht verstehen, geht es ihm durch den Kopf. Irgendwie beginnt diese Reise nicht so, wie er es sich vorgestellt hat.

Annie hingegen sieht ganz vergnügt aus. Sie hält immer noch ihre Schokolade vom Flug in der Hand und sagt fröhlich: «Ich war noch niemals in Seattle, Mama. Hier soll es tolle Shops geben.»

«Ja, meine Liebe, Seattle ist ganz schön, aber wir», sie bemüht sich dabei nicht, ihren zynischen Unterton zu unterdrücken, «hätten das eventuell nicht mit unserem Urlaub nach Hawaii kombinieren sollen. Und es wäre nett gewesen, etwas später dafür anreisen zu dürfen und nicht mitten in der Nacht! Und nun dürfen wir hier auf deinen Vater stundenlang warten, bis er mit seinen Kollegen von Washington alle Besprechungen erledigt haben wird. Als gäbe es niemand anderen, der das anstelle von ihm hätte machen können!» Dabei wirft sie Scott einen Seitenblick zu, der ihre Verärgerung deutlich zeigt.

Scott beißt sich auf die Zunge, er möchte in dieses Streitgespräch nicht nochmals einsteigen. Sein ursprünglicher Gedanke nach dem Anruf seines Vorgesetzten war, mit diesem unbedingt erforderlichen Zwischenstopp in Washington, seiner Familie die Gegend schmackhaft zu machen. Er wollte lediglich die Notwendigkeit mit einer Möglichkeit verbinden. Ein bisschen versteht er den Unmut von Joana, da sie tatsächlich sehr früh aufstehen mussten, damit er rechtzeitig zu seinem Termin kommt. Das Meeting jedoch würde nicht allzu lange dauern und er wollte die Gelegenheit nutzen, seiner Frau kurz zwei, drei Kollegen aus Blaine vorzustellen. Außerdem hat er für nach dem Meeting genügend Zeit eingeplant, um sich mit seiner Familie etwas gemeinsam in Seattle anzusehen oder etwas zu unternehmen. Er dachte dabei an das Aquarium oder die Nadel, dem Wahrzeichen der Stadt. Den Turm hochzufahren, das könnte Annie gefallen. Oder auf dem Pier zu schlendern, da gibt es immer etwas zu sehen, verbunden mit einem leckeren Essen am Meer. Das wiederum wäre etwas für seine Frau. Aber Joana hört bei dem Thema Washington überhaupt nicht mehr hin. Sie möchte darüber nicht reden und nichts davon interessiert sie. Was ist so schlimm daran, sich bei einem Urlaub, etwas auf dem Weg dahin anzusehen? Warum muss alles immer geplant und so linear erfolgen? Joana könnte einmal über ihren Schatten springen, denkt er und sieht zu ihr. Ihr Gesicht ist wie versteinert. Da gibt es überhaupt keinen Verhandlungsspielraum, soviel steht fest. Er muss seine ursprünglichen Pläne aufgeben. Enttäuscht richtet er seine Gedanken auf eine mögliche Alternative. Eventuell lässt sich ihre Laune mit der Aussicht auf einen kurzen Stadtbummel in Seattle doch noch verbessern. Viel Hoffnung hat er allerdings nicht.

«Ich meine», überlegt er laut, «wenn ihr euch nicht ganz so lange in Seattle umsehen möchtet, wir könnten uns später direkt wieder hier am Flughafen treffen und eventuell schon etwas früher weiterfliegen?» Zu seiner Überraschung hat Joana bei diesem Vorschlag erstmals wieder ein Lächeln im Gesicht. Er ist froh, noch ist nicht alles verloren. Zumindest kann er sich auf diese Weise besser und in Ruhe um seine Arbeit kümmern und hat letztendlich etwas mehr Zeit dafür. Er ist erleichtert und zugleich findet er es schade, nicht mit ihnen gemeinsam etwas in der Stadt zu unternehmen. Aber so ist es nun einmal mit Joana und seinem Job. Noch nie konnte er etwas planen. Wenn John, sein Group Supervisor, anruft, müssen alle springen. Am liebsten wäre seiner Abteilung, er hätte keine Familie und würde nie im Urlaub sein. Seine Frau hingegen liebt es, alles bis ins Detail zu planen und es gibt jedes Mal Stress, wenn er kurzfristig zu Einsätzen oder Meetings abkommandiert wird. Er wundert sich, wie er es geschafft hat, die Familie unter diesen widrigen Umständen überhaupt so lange zusammen zu halten. Wäre Annie nicht, wer weiß, ob sie die ersten paar Jahre überstanden hätten.

Am Ausgang des Flughafens setzt er Joana und Annie direkt in ein Taxi und wünscht ihnen viel Spaß beim Shoppen. Er möchte den Unmut seiner Frau nicht weiter reizen und sie warten lassen, denn sein Kollege aus Blaine, ist noch immer nicht eingetroffen. Etwa fünfzehn Minuten später wird er jedoch abgeholt und irgendwie ist er nun froh, seine Frau nicht warten gelassen zu haben, nur um CJ zu begrüßen. Auf der Fahrt in die Stadt und mit den Gesprächen über die Arbeit entspannt Scott sich von Meile zu Meile.

CJ erzählt ihm von einem Drogenkurier an der Grenze. «Die Kollegen haben 100.000 Dollar im Reservereifen eines Pick-Up-Trucks gefunden und da mussten wir natürlich anrücken.»

«Was meinst du, was die mit so einem Deal verdienen? Ganz sicher das Doppelte und mehr, wenn er das Zeug in LA einkauft», Scott schüttelt den Kopf. «Wie seid ihr überhaupt darauf aufmerksam geworden?»

«Dieses Mal war kein Tipp notwendig. Der Typ im Pick-Up war noch ziemlich jung. Und Louis, ein alter Hase an der Grenze, war kurzfristig für einen anderen Kollegen in dieser Nacht am Dienstag eingesprungen. Das war ein glücklicher Zufall.»

«Oder vielleicht auch nicht? Die haben sicher mit einem unerfahrenen Wachposten gerechnet.»

«Ja, das kann sein. Louis hat nicht lange gezögert. Er meinte, der Junge habe Schweißperlen im Gesicht gehabt, so nervös war er. Wie kann man nur einen Grünschnabel mit so einer Menge Geld über die Grenze schicken. Die werden auch immer dreister.»

«Das heißt, er war noch nicht aktenkundig, oder?»

«Nein. Das war das einzig Vernünftige von deren Seite.»

«Was habt ihr mit ihm gemacht?»

CJ erwidert mit einem Grinsen: «Kennst mich ja. Erst einmal habe ich ihm ordentlich Angst eingejagt. Ich musste ihm nur sagen, wenn er nicht mit uns zusammenarbeitet, wird er in seinem Leben nie wieder zu Disneyworld oder nach Las Vegas reisen können. Und er ist noch jung! Das sind verdammt viele Jahre immer nur Kanada. Da ist er eingeknickt.»

Scott nickt. «Kann ich mir gut vorstellen. Alleine der Gedanke an so eine Aussicht tat wahrscheinlich richtig weh! Und wäre außerdem in seinen Augen sehr uncool.»

«Und dann ging das Übliche ab. Wir haben uns an seine Sohlen geheftet. Sind ihm bis Kalifornien gefolgt und haben die Gauner allesamt festgemacht.»

«Und er war bestimmt nicht sonderlich happy, als ihr ihm dann auch noch den Stoff abgenommen habt.»

CJ bereitet es sichtlich Vergnügen, den Gesichtsausdruck des Dealers nachzuäffen. «Stell dir vor. Fast sieben Kilo Koks. Und dafür, dass er so jung ist, hatte er einen richtig guten Deal ausgehandelt. Der hätte in Kanada aus seinen 100.000 Dollar Rauschgift locker 240.000 Dollar in cash gemacht.»

«Ziemlich hoher Stundenlohn.»

«Was für ein Idiot! Es ist einfach nur übel, das Geschäft mit den Drogen.»

«Ein verdammter Loser, wenn du mich fragst», äußert sich Scott.

Der Verkehr in die Stadt ist zähflüssig und sie kommen nur langsam voran. Ein Unfall blockiert einen Fahrstreifen und mit den vielen Autos geht es teilweise nur im Schritttempo voran.

Es bleibt ihnen etwas mehr Zeit vor dem Treffen und so fragt CJ: «Wie sieht es aus mit deiner Versetzung? Ist der Papierkram endlich erledigt? Hast du schon etwas gehört?»

«Man tut was man kann. Aber du kennst ja das übliche Prozedere. Erst dauert alles ewig und dann muss alles schnell, schnell gehen. Noch bin ich fest in Arizona.»

CJ grinst ihm aufmunternd zu: «Habt ihr denn schon ein Haus gefunden?»

Scott deutet ihm an, er solle Gas geben, die Fahrbahn sei wieder frei. «Alles nicht so einfach mit meiner Familie», versucht er abzuwiegeln.

«Wie geht es deiner Frau und deiner Tochter mit dem anstehenden Umzug?»

Lieber sind Scott die Themen, die im beruflichen Bereich angesiedelt sind, und so erklärt er ihm nur in ein paar knappen Sätzen die Situation. Drogen, Geldkuriere, Gauner und Dreckskerle – darüber kann er sich stundenlang unterhalten. Privates hingegen bespricht er ungern mit seinen Kollegen. Er ist in seinem Leben immer besser damit gefahren, Beruf und Privatleben so weit wie möglich zu trennen. Er darf schließlich auch nicht mit seiner Familie über berufliche Details sprechen. Und so verhält er sich in beide Richtungen lieber zurückhaltend.

Am frühen Abend kehrt er etwa eine Stunde vor Abflug zurück zum Flughafen. Das Meeting hat letztendlich doch länger gedauert als erwartet. Er musste den Abflug zwei Mal verschieben und er hofft innig, dass Joana und Annie sich in Seattle auch ohne ihn amüsiert haben. Am Telefon klang seine Frau nicht sonderlich verärgert. Er hat Hoffnung. Es war in jedem Falle gut, den Plan, sich mit ihnen zu treffen, nie ernsthaft verfolgt zu haben. Dies hätte sie ihm dann eventuell doch nicht verziehen. Ein andermal, denkt er und eilt zum Gate. Seine Frau und seine Tochter sitzen bereits mit Einkaufstüten bepackt am Flugsteig. Sie wirken erschöpft und zufrieden.

«Na endlich», sagt Joana ungeduldig. «Ich dachte schon, du schaffst es auch zu diesem Abflug nicht mehr rechtzeitig.»

«Tut mir leid. Es dauerte doch länger als erwartet und der Verkehr zum Flughafen ist ein Albtraum. Zu viele Autos, zu wenig Fahrbahnen und zu viele Schnarchnasen auf der Strecke. Es kommt immer alles zusammen.» Er schaut skeptisch auf die vielen Tüten auf dem Boden und fragt: «Was habt ihr denn alles gekauft? Passt das noch in unsere Koffer?»

Annie zeigt strahlend auf ihre Jeansjacke und den neuen Sweater. Seine Frau hat sich ein Paar Schuhe gekauft. Er geht davon aus, diese werden nicht mehr in ihren bereits übervollen Schuhschrank passen, behält aber jegliche Kommentare für sich.

«Seattle ist teuer», sagt Joana und fährt mit ihrer Hand glücklich über die roten Riemchen der neuen hochhackigen Sandalen.

Nun muss er sich doch dazu äußern: «Ganz à la Frau Imelda Marcos.»

Ihre Augen funkeln angriffslustig zurück.

«Wer soll das sein?», fragt Annie ahnungslos.

«Erkläre ich dir später, Süße. Ich muss mal ans Gate, um mich anzumelden», sagt Scott und geht schnell weg von seiner Frau, ehe er ihren Unmut abbekommt.

Annie schaut neugierig zu ihrer Mutter. «Wer ist das?», fragt sie nochmals.

Joana erklärt ihr, es wäre die Ehefrau des philippinischen Präsidenten Marcos gewesen. Sie wäre berühmt gewesen für ihren exzessiven Lebenswandel. Unter anderem wäre sie in Verruf für ihren Kaufrausch von unendlich vielen Paar Schuhen geraten.

Annie zuckt nur mit den Schultern und ist dann doch nicht mehr so sehr daran interessiert. Stattdessen nimmt sie ihr neues Buch aus der Tüte.

«Ich hoffe, es gefällt dir», sagt ihre Mutter und lässt sich nochmals den Umschlag des Buches zeigen.

«Ich mag Fantasy», sagt Annie. «Novik schreibt wirklich großartig. Hat mir meine Freundin Angie empfohlen. Es handelt von einem verwunschenen Wald und ist super spannend!» Nahezu ehrfürchtig öffnet sie das Buch und blättert darin.

Als sie in Honolulu aussteigen, ist Scott geschafft. Mit der Waffe an Bord darf er nicht schlafen. Er muss für einen möglichen Einsatz jederzeit bereit sein, auch wenn er in die Ferien fliegt. Während seine Frau schlafen konnte und seine Tochter dies nach ein, zwei Stunden Lesen in ihrem neuen Buch ebenso getan hat, musste er sich sechs Stunden lang wach halten. Das war insbesondere nach diesem frühen Start ihrer Reise und dem langen Meeting anstrengend für ihn, wach zu bleiben.

Er ist froh, Annie liebt es zu lesen. Zum Glück ist sie ihm in der Beziehung sehr ähnlich und interessiert sich mehr für Bücher als für Klamotten oder Schuhe. Ansonsten ähnelt sie Joana in vielen Dingen. Er kann es sich nicht vorstellen, seine Tochter und er würden irgendwann einmal getrennte Wege gehen. Allein der Gedanke daran setzt ihm zu. Er wird sich bemühen und dieser Urlaub soll helfen, wieder eine heile Familie zu werden. Fünf Tage kein Stress, das ist sein Ziel. Es wird schwer, aber er möchte es versuchen. Obwohl sie First Class sitzen und als erste aus dem Flugzeug aussteigen, dauert es dennoch eine Weile bis ihre Koffer ankommen.

«Das kann doch nicht wahr sein. Honolulu ist doch nicht so ein großer Flughafen», beschwert sich seine Frau nicht nur einmal. Das lange Warten und die unbequeme Realität, aus dem Schlaf gerissen worden zu sein, machen ihre Laune um nichts besser. Sie ist gereizt. Scott geht nicht darauf ein. Stattdessen fragt er Annie nach ihrem neuen Buch.

Sie erzählt begeistert von den Guten und Bösen in dem verwunschenen Wald. «Angie hat mir schon gesagt, dass es sehr spannend ist. Ich bin wirklich froh, das Buch im Laden gefunden zu haben.»

Endlich treffen die Koffer ein. Scott hievt einen nach dem anderen vom Rollband auf den Boden, um sie dann auf einen Gepäckwagen zu verladen. Seine Frau macht keine Anstalten, ihm dabei behilflich zu sein. Er ist es gewöhnt und doch ärgert es ihn, wie sehr sie all dies als Selbstverständlichkeit betrachtet.

«Bei welcher Firma haben wir das Auto gemietet?», fragt sie ihn.

Er sagt ihr, er werde es checken, sobald sie in der Halle sind. Das Netzsignal in der Gepäckausgabe sei schlecht.

«Ach so, ich dachte, du weißt das bereits.»

«Weiß ich ja. Aber...», er schluckt den restlichen Satz, den leichten Ärger aber vor allem seine Müdigkeit runter. In der Halle zieht er sein Mobiltelefon aus der Hosentasche und scrollt durch seine Mails. Aus dem Augenwinkel sieht er eine junge Frau, die ihre, so vermutet er, Eltern begrüßt. Der Mann steht in seinem Hawaii-Hemd etwas abseits, aber die Frau strahlt über das ganze Gesicht bei ihrem Anblick. Die Tochter hat wunderschönes langes glattes blondes Haar, das sie in eben diesem Moment mit einem Haarband zusammen bindet. Er fühlt sich von ihrem rundlichen sympathischen Gesicht angezogen und hat Mühe weiter nach dem Mietvertrag zu suchen. Es ist heiß. Anders als in Arizona, nicht so trocken. Die hohe Luftfeuchtigkeit macht die Hitze noch intensiver. Sie öffnet die Poren und treibt den Schweiß heraus. Äußerst unangenehm, findet er.

«Ich kann es nicht fassen! Hast du denn nun endlich die Infos für das Mietauto gefunden?», fragt ihn seine Frau ungeduldig laut. «Das ist wieder so typisch! Warum hast du mir die Mail

nicht weitergeleitet? Alles musst du immer alleine machen»,
hackt sie weiter auf ihn ein.

Endlich findet er die Auftragsbestätigung für den Mietwagen.
Erleichtert teilt er es knapp mit. Sein Blick streift durch die Halle.
Er sucht Annie. Dann bleibt er wieder beim Anblick der blonden
Frau hängen. Ihre blauen fröhlichen Augen lachen ihn an. Er
genießt diese Unbeschwertheit. Sie ist schön. Nicht im klassi-
schen Stil, sondern sie hat etwas, was er bei amerikanischen
Frauen selten sieht. Ihr Gesicht ist kaum geschminkt und ihr
Lächeln wirkt natürlich. Er wünscht sich, dieser Moment möge
nicht vergehen. Er lächelt ihr zu, doch dann wendet sie ihren
Blick ab und die Magie erlischt. Er sieht ihr wehmütig nach und
macht dabei einen tiefen Atemzug. Er deutet seiner Tochter an
zu kommen und schiebt den Wagen mit den Koffern zum Ausgang. Sehr gerne würde er sich noch einmal nach der attraktiven
Frau umdrehen, aber er spürt den Blick Joanas in seinem Rücken
und weiß, das wäre keine gute Idee.

DIE FREUNDIN

Kaum sind sie abgetaucht, schon sind jegliche mühevollen Vorbereitungen, wie Tauchanzug, Flossen und Maske anziehen oder die Geräte checken und einrichten, vergessen. Die schweren Gewichte um die Hüfte und auf dem Rücken lösen sich im Meer in Leichtigkeit auf und Heidi schwebt schwerelos dahin. Sie ist entzückt von den vielen Fischen auf Augenhöhe und all die klangvollen hawaiischen Namen, wie Lau Hau, Kihi Kihi oder Kumu fallen ihr wieder ein. Sie lässt sich im lauwarmen Wasser tiefer absinken und treibt am Rande eines bizarren blumigen Riffs entlang. Die bunten grellen Farben verschwinden von Tiefenmeter zu Tiefenmeter und alles zeigt sich nunmehr nur noch in verschiedenen Grün- und Blautönen. Dabei staunt Heidi jetzt genauso wie damals als Jugendliche über die unzähligen Formen der Meereswelt. Sie liebt die Stille unter Wasser und das Gefühl, mit der Natur eins zu sein. Nur wenige Meter von ihr entfernt taucht ihre Freundin Julia. Für einen Moment nehmen sie Blickkontakt auf und lächeln einander zu. Julia hebt die Hand vor das Gesicht und presst den Zeigefinger auf den Daumen, um das Taucher-Okay zu formen. Heidi dreht sich um die eigene Achse und vollführt einen Freudenschwimmzirkel. Auch das hatte sie schon früher bei ihren Tauchgängen gemacht. So viele Jahre es auch zurück liegen mag, für Heidi fühlt es sich an, als wäre es eben erst gestern passiert. In diesem Moment ist sie ohne Wenn und Aber glücklich und zufrieden. Ihre Beine mit den Flossen bewegt sie flink und gestreckt, um schneller voranzukommen. Eine Beintechnik, die ihr der Tauchlehrer beigebracht hatte. Seine Worte klingen immer noch in ihren Ohren.

Heidi! Streck deine kurzen Beine, hatte Nael sie, als sie im Alter von dreizehn Jahren bei ihm zu tauchen begann, immer wieder aufgefordert. Sie konnte und konnte ihre Beine jedoch unter Wasser nicht gestreckt bewegen, es war ihr unmöglich. An ihrem zweiten Tag kam Nael mit zwei Stöcken und einem Seil zum Tauchunterricht. Erst wusste sie nicht, was er damit vorhatte. Dann glaubte sie ihren Augen nicht zu trauen, als er es schließlich in die Tat umsetzte. Er verknotete die Stöcke mit ihren Beinen, sodass sie diese nicht mehr beugen konnte. Wollte sie es dennoch versuchen, schnitten Seil und Stöcke unangenehm in die Haut. Dieses Korsett abzumachen, hatte sie trotzdem nicht gewagt, ihr Respekt vor ihm war zu groß. Und sie war jung und schüchtern. Eine Ewigkeit lang, so zumindest erschien es ihr damals, ließ er sie mit diesen selbstgebauten Schienen tauchen. Erst als sie die Stöcke nicht mehr als Einschränkung wahrnahm und sich daran gewöhnte, hatte er sie feierlich entfernt. Bei den ersten Schwimmzügen ohne Stöcke und Seile dachte sie, ihre Beine würden im Wasser fliegen. So leicht fühlten sie sich an. Sie schoss geschwind mit ausgestreckten Beinen und Flossen dahin. Das liegt nun beinahe zwanzig Jahre zurück und doch kommt es ihr vor, als flüsterte Nael ihr das Taucher-ABC ins Ohr.

Im nächsten Moment schwimmen direkt vor ihrer Taucherbrille zwei leuchtend blaue Fische. Sie lässt sich reglos hinter ihnen treiben und fühlt sich dabei selbst wie ein Fisch. Julia deutet ihr an, nach links zu schauen. Ihr Blick folgt Julias Hand und da entdeckt sie die große Meeresschildkröte. Sie hebt sich mit ihrem moosgrünen Panzer farblich kaum vom Hintergrund ab und bewegt sich gemach, jedoch nicht schwerfällig. Dieses gewaltige Tier ist faszinierend – so groß, so alt und doch grazil. Heidi ist dabei näher hinzutauchen und es mit ihrer Hand zu berühren, als ihre Freundin sie mit einem Male am Fuß packt und zurückzieht. Sie deutet mit ernster Miene ein Nein. Heidi weiß sofort warum. Sie war von der Meeresschildkröte so in den Bann gezogen und vergaß dabei, wie ihre Annäherung das arme Tier geängstigt hätte. Julias Augen lachen und Heidi vermutet, sie kann die Röte in ihrem Gesicht auch hinter der Taucherbrille erkennen. Wie eine dumme Touristin kommt sie sich vor. Sie verweilen noch einige Zeit in Nähe der Meeresschildkröte und

Heidi hakt sich bei Julia unter. Gemeinsam mit ihrer Freundin unter Wasser zu sein, fühlt sich vertraut an. Nach einer Weile tauchen sie weiter und erst als ihr trotz Tauchanzugs kalt wird, wirft sie einen Blick auf ihre Tankanzeigenadel. Sie macht Julia darauf aufmerksam, ihr Sauerstoff würde sich bald dem Ende neigen und sie müssten den Tauchgang beenden. Julia taucht hoch bis auf zehn Tiefenmeter. Da bleiben sie einige Minuten, um den Druckwechsel auszugleichen. Schließlich erreichen sie die Wasseroberfläche und schwimmen zurück zum Boot.

«Meine Luft war verflixt schnell zu Ende», bedauert sie.

«Das passiert nur, weil du aus der Übung bist», tröstet sie Julia.

Schnaufend stemmt sie sich hoch auf die Plattform, schält sich aus dem engen Tauchanzug und trinkt hernach gierig aus der Wasserflasche. Dann lässt sie sich direkt neben ihre Freundin erschöpft und glücklich nieder. Auf dem Heck des Bootes neben Julia mit den Füßen baumeln fühlt sich gut an. Das haben auch die langen Zeiträume, in denen sie sich nicht sehen, weil sie tausende Kilometer voneinander entfernt leben, nicht verändert. Ihre Freundschaft ist von jung an ungebrochen großartig gewesen. Sie müssen einander nicht viel erklären. Nur zu gut kennen sie voneinander die jeweiligen Ecken und Kanten. Sie hatten in ihrer Pubertät den größten Unfug gemeinsam getrieben, waren in diversen Abenteuern untrennbar und immer ein gutes Team. Mit Grauen denkt sie noch heute an ihren ersten Schultag zurück. Als Heidi neu in Maunawili war, fühlte sie sich wie eine Fremde, alleine und verloren. Doch es hatte nicht lang gedauert und die beiden Mädchen freundeten sich an. Alles ereignete sich relativ unspektakulär. Ihre Freundschaft hat sich schlichtweg ergeben, weil sie im Unterricht nebeneinander saßen. Bald wurden Julias Freunde auch ihre und das ist bis heute so geblieben. Bro, Susan, Joseph und Jeff kommen immer noch regelmäßig zu Julia zu Besuch. Heidi kann es kaum erwarten, sie wieder zu treffen. Außerdem versteht sich ihre Freundin ausgezeichnet mit ihrer Mutter. Und Joe hat sie, wie das eben in so einem kleinen Ort vorkommt, von Kindheit an gekannt. Julia weiß schlichtweg mehr über sie und ihre amerikanische Familie, als es ihre besten Freundinnen in Frankfurt tun. Nicht selten vermisst sie ihre Freundin Julia, wenn sie in Deutschland ist. Jetzt und hier am Meer genießt Heidi jede Minute. Mit ihr konnte sie schon immer gut reden. Es fällt ihr nicht schwer, sich ihr mit Sorgen oder Problemen anzuvertrauen.

«Meine Mutter in ein paar Tagen wieder in diesem schlechten Gesundheitszustand zurückzulassen», beginnt sie das Gespräch, «fühlt sich falsch an. Sie ist so fragil geworden.» Sie taucht ihre Zehen ins Wasser und spritzt in Gedanken versunken ein paar Wassertropfen weg. «Und Joe», fährt sie fort, «er ist unverändert unzuverlässig. Du weißt schon, was ich damit meine.» Darüber zu sprechen, tut ihr gut. «Er ist nervös und ungeduldig. Naja, und finanziell? Ich denke, er ist kein Partner, auf den sich meine Mutter verlassen kann. Was passiert, wenn sie einmal nicht mehr unterrichtet?» Geblendet von der Nachmittagssonne blinzelt sie zu ihrer Freundin.

«Da hast du sicher Recht. Sein Shrimp-Truck wirft nicht allzu viel ab, aber es wird genügen», beruhigt Julia sie. «Du musst dir keine Sorgen machen. Zumindest müssen sie keine Miete mehr in dem alten Haus seiner Eltern bezahlen.»

Heidi beobachtet einen kleinen gelben Fischschwarm knapp unter der Wasseroberfläche. Sie liebt die leuchtenden Farben in diesem Meer. Mit Joes Unzuverlässigkeit denkt sie jedoch an einen aktuellen Vorfall. Am Vorabend, als sie auf der Suche nach den Flossen war, fand sie im Schuppen zwei leere Wodkaflaschen. Sie wurde misstrauisch, hat aber ihrer Mutter gegenüber nichts erwähnt. Vielleicht waren es alte Flaschen, hofft sie, denn als ehemaliger Alkoholiker darf Joe absolut keinen Tropfen mehr trinken. Der Alkohol war nach seinem Militäreinsatz bei dem blutigen Bürgerkrieg im Libanon lange Zeit sein steter Begleiter. Ist Joe tatsächlich nur ein ehemaliger Alkoholiker, denkt sie und stellt diese Frage ängstlich an Julia: «Trinkt er noch?»

«Ja», erwidert sie knapp.

Heidi hätte diese Wahrheit lieber nicht gehört. Nun ist es zu spät und sie kann es nicht lassen, weitere Fragen zu stellen. «Er hat nie aufgehört, oder?», äußert sie ihre Befürchtung und wünscht sich, Julia werde ihr widersprechen.

Ihre Freundin streicht mit den Fingern das nasse kurze Haar aus ihrem Gesicht. «Es gibt immer wieder Phasen», versucht sie seine Sucht in einem besseren Licht darzustellen.

Nach einer Weile, und um etwas von der Schwere des Gesprächs zu nehmen, erzählt Heidi etwas Erheiterndes von ihrer Mutter: «Vor ein paar Tagen habe ich meiner Mama etwas anvertraut und sie gebeten, es keinem weiter zu erzählen. Sie antwortete, bei ihr wäre jedes Geheimnis bestens aufgehoben, denn bis zum nächsten Morgen hätte sie es bestimmt schon wieder vergessen. Was heißt bis morgen, sagte sie dann selbst mit einem Schmunzeln, schon in der nächsten Stunde!»

«Deine Mama hat schon immer einen herrlichen Humor gehabt», pflichtet Julia ihr mit einem Lachen bei. Sie werde den Alltag schon noch eine Weile bewältigen können, Heidi solle sich nicht so viele Gedanken machen.

«Du hast Recht. Mama ist eine starke Frau», bemüht Heidi sich selbst zu beruhigen. Dann wechselt sie das Thema und erzählt von Max, dem treulosen Ex, und Tim dem hoffnungslosen Künftigen. Und dann erwähnt sie eine kurze Begegnung mit diesem gut aussehenden, jedoch leider aller Voraussicht nach verheiratetem, Mann am Flughafen.

«Immer was los bei dir», Julia legt den Arm kameradschaftlich über ihre Schulter. «So viel Aufregung kann ich dir von mir in Maunawili leider nicht bieten.»

«Stille Wasser sind tief, meine Liebe. Sehr tief!», erwidert Heidi und sieht mit einer gespielt ernsten Miene zu ihr. Mit einem mädchenhaften Wimpernschlag versichert ihr Julia, wie unschuldig sie sei und dann kichern sie wie zwei Teenager und bringen das Boot zum Schaukeln.

Schließlich steht Julia auf und sagt, sie fahre nun zurück, denn die Tauchausrüstung müsse vor Ladenschluss zurückgebracht werden. «Bro wird im Übrigen den Grill zu deinen Ehren anschmeißen. Das hat er schon ewig nicht mehr gemacht. Da siehst du mal wieder, wen du hier alles aus der Komfortzone schubst.»

Ein paar Stunden später sitzen sie satt und zufrieden auf Julias Terrasse. Bro hatte Spieße gegrillt und dazu gab es exquisite Salate aus dem Delikatessenladen und Kartoffeln und Mais. Von dem reichlichen Essen ist nichts übriggeblieben, so gut hat es allen geschmeckt. Bro rollt gekonnt einen ersten Joint und raucht ihn an, so wie er es schon immer gemacht hat. Alles ist unverändert und vertraut bei ihren Freunden der Highschool Zeit. Es läuft so ab, wie Heidi es kennt, wenn sie zu Besuch ist. Bro reicht ihr den Joint und sie schnuppert an dem süßlichen Rauch, ehe sie ihn, ohne daran zu ziehen, an Julia weitergibt. Sie mag diesen Zitrus-Cannabisgeruch, inhalieren möchte sie jedoch nicht.

In ihrer Jugend hatte sie Maui Wowie ein paar Mal probiert. Sie erinnert sich an ein sehr angenehmes Gefühl. Sie war tiefenentspannt und erlebte Dinge mit einer Intensität, wie sie sie zuvor noch nie erlebt hatte. In dem Zustand hatte sie ihr Umfeld wie durch eine Röhre wahrgenommen und alles andere, links und rechts neben ihr, ausgeblendet. War sie mit einer Sache beschäftigt, bemerkte sie überhaupt nichts anderes mehr. Sie war äußerst feinfühlig und uneingeschränkt im Hier und Jetzt in ihrer kleinen Heidi-Welt. Sie konnte sich von einer Kleinigkeit begeistern und war davon vollkommen absorbiert. Es macht zufrieden, wenn die Welt überschaubar wird. Andrerseits machte ihr das Gefühl vom Dope Angst. Sie sorgte sich um das, was sie in dem Zustand nicht sehen würde. Wenn direkt neben ihr eine Freundin in Not gewesen wäre oder ein Problem gehabt hätte, hätte sie es nicht bemerkt. Das beunruhigte sie. Der Kontrollverlust und die Befürchtung, etwas Wesentliches zu übersehen, hatten sie damals dazu gebracht, kein Maui Wowie mehr anzufassen. Wenn etwas passiert, und sie wäre in dem Moment unfähig zu reagieren, würde sie es sich niemals verzeihen. So gut kennt sie sich. Und nur für ein kurzfristiges

Hochgefühl hat sie letztendlich andere Wege in ihrem Leben gefunden. Sie liebt es zum Beispiel im Meer zu tauchen oder in den Bergen Deutschlands zu klettern.

Ihre Freunde in Maunawili sind in dieser Hinsicht nicht wie sie. Dope ist über die Jahre zu einem festen Bestandteil ihrer Leben geworden. Julia zieht mehrmals lange und ausgiebig an dem Joint, ehe sie ihn an den Nächsten weiterreicht.

«Du nicht?», fragt Jeff, der geduldig darauf gewartet hat, bis er an die Reihe kommt.

«Heidi raucht doch nie. Schon vergessen?», übernimmt Julia die Antwort und lehnt sich dabei satt und angetörnt in ihren Schaukelstuhl.

«Ist in Ordnung», grinst Jeff und sieht dabei zu Susan, «bleibt mehr für uns übrig.»

Susan lacht zeitverzögert gackernd.

Es war schon immer so, dass sie sich in Julias Haus treffen. Wohl auch, weil Bro immer den Stoff mitbringt und es in der Regel etwas zu essen gibt. Julia ist mit ihrem Haus, der Terrasse und dem AirBnB gut dran. Es gibt ausreichend Platz und keiner stört. Die Jungs hingegen wohnen nur zur Miete in relativ kleinen Apartments. Susan hat zwar ein kleines Haus geerbt, muss es jedoch mit ihrem jüngeren Bruder teilen, der für ihre Besucher kein Verständnis hat. Und Bro hat seine Wohnung in Honolulu, wo er, wie es scheint, nur selten ist. Die meiste Zeit verbringt er ohnedies bei Julia in Maunawili. Er hat immer genug Geld. Heidi geht davon aus, es gehe ihm finanziell deshalb gut, weil er Dope in Honolulu verhökere. Von einem anderen gut bezahlten Job weiß sie nichts. Sie hatte ihn lediglich einmal danach gefragt und er sagte ihr, er würde im Laden seines Onkels aushelfen. Heidi kennt jedoch weder den Onkel noch den Laden. Julia meinte dazu, es gäbe tatsächlich ein Geschäft, in dem er zeitweise arbeiten würde. Heidi hat noch nie verstanden, ob und was zwischen Bro und Julia abläuft. Sie kennt sich bei den beiden nicht aus und Julia weicht etwaigen Fragen dazu gerne aus. Ist er Julias Lover oder sind sie in einer Beziehung? Bro vergöttert Julia, das ist offensichtlich. Das hat Heidi ihrer Freundin schon mehrmals gesagt. In der Regel kontert Julia, er sei nur ein guter Freund. Die Hauptsache ist, sie sind glücklich, denn diesen Eindruck hat sie von Julia und Bro, als ein etwas außergewöhnliches Paar seit vielen, vielen Jahren. Sie hat sich daran gewöhnen müssen, ihre Freunde in Oahu die meiste Zeit abends eingeraucht zu erleben. Sie begeben sich damit in ihre individuellen Scheinwelten. Nicht selten kommt es zu philosophischen Gesprächen, die jeglicher Realität entbehren. Heidi hat den Eindruck, ihre Charaktere werden in diesem Zustand wie das Maui Wowie – süß und langsam. Julia und Bro rauchen viel und an diesem Abend stört es Heidi erstmals. Bei ihrem Besuch vor zwei Jahren war es ihrer Meinung nach noch nicht so exzessiv. In diesem Jahr endete bislang jeder einzelne Abend, den sie mit Julia verbrachte, mit einem Joint. Manches Mal fragt sie sich, ob ihre Freundin ihr in diesem Zustand überhaupt noch zuhört. Oder raucht sie vielleicht deswegen, weil sie nicht so viel von den Problemen hören möchte? Aber es ist nicht nur das Dope, das sie nicht versteht. Sie kann auch Julias fehlende berufliche Ambitionen nicht nachvollziehen. Sie kann sich nicht vorstellen, eine Ferienwohnung zu vermieten wäre erfüllend. In der Schule war Julia immer wesentlich besser als alle anderen. Sie ist intelligent. Irgendetwas hält sie zurück. Schade, denkt sie, dass sie nicht mehr Ehrgeiz in ihrem Leben hat. Julia blockt jedes Mal eigensinnig ab, wenn sie darauf zu sprechen kommen. Oder sie raucht sich eben ein und grinst nur. Jeff ist ebenfalls kein Überflieger. Er renoviert und streicht Häuser, wenn das Geld knapp wird. Und Susan ist bei der Post im Schalterdienst angestellt und beschwert sich ständig über die Kunden. Sie hat sich über ihren Werdegang nie große Gedanken gemacht. Schon ihre Mutter war bei der Post beschäftigt. Zumindest Joseph hat mehr aus seinem Abschluss an der Highschool gemacht. Er arbeitet bei einer Bank und hat sich auf Wertanlagen spezialisiert. Ihm scheint sein Beruf Spaß zu machen. Sie sind wie sie sind, denkt sie mit einem Gefühl von Zuneigung für ihre

Freunde. Das Gute daran ist, es nimmt ihr den eigenen Stress ab. Heidis Freunde auf Hawaii interessieren sich nicht, wie sie ihr Geld in Frankfurt verdient. Ob sie ein Auto hat, was sie macht oder wie sie lebt. Sie muss keinem etwas beweisen und sich ganz bestimmt nicht verstellen. Heidi streckt die Beine von sich und betrachtet ihre Zehen, mit denen sie wackelt. Im Haus läuft sie immer barfuß. Sie mag es, die Unebenheiten auf ihren Fußsohlen zu spüren.

«Hast du noch etwas zu trinken im Haus?», reißt Jeff sie aus den Gedanken. Er nimmt einen Schluck von seinem Wasser und starrt darüber hinweg zu Julia. Er räuspert sich und stellt das Glas geräuschvoll auf den Tisch: «Ich meine damit kein Wasser! Etwas Richtiges.»

«Zum Beispiel ein Bier?», fragt Heidi. Sie kennt ihn und weiß, was er gerne trinkt.

«Mmmmh», erwidert er gedehnt, als würde ihm eine Antwort mit Worten oder in Sätzen zu viel abverlangen.

«Das musst du schon selbst mitbringen, Jeff. In diesem Haus gibt's kein Bier», gibt Julia von sich. Sie ist von seiner Dreistigkeit genervt. «Ich habe zwar ein AirBnB, das Dope hast du auch nicht selbst besorgen müssen, aber ansonsten ist hier doch alles okay? Stimmt's oder habe ich Recht, Jeff!»

«Mmmmh», antwortet er langsam und weiter, «Ich dachte, wenn du Besuch hast, dann gibt es bestimmt auch leckeres Bier im Haus?»

«Dann aber nur für meinen Besuch und nicht für unsere alten Stammgäste!», ergänzt nun Bro bestimmend und legt seinen Arm um Julia. Bro weiß, den Arm auf ihrer Schulter duldet sie nur, wenn sie eingeraucht ist. Er ist also doch der heimliche Hausherr, denkt Heidi und kann ein Grinsen nicht unterdrücken.

«Gib mir 'nen Fünfer, dann hole ich ein paar Biere», sagt schließlich Joseph, der in solchen Fällen immer nachgibt.

«Ich komme heute nicht mit», gibt Jeff stoisch von sich und inhaliert genussvoll von dem Joint-Stummel, den er kaum noch zwischen den Fingern halten kann. Danach lässt er etwas nachdenklich den Rest in einen großen gläsernen Aschenbecher fallen. In einem langsamen Beat entweicht der Rauch durch Mund und Nase. Umständlich behäbig hievt er sich aus dem Sofa und zieht ein paar einzelne Dollarscheine aus seiner Hosentasche. «Bring mir eines. Oder besser zwei. Und um Gottes Willen nicht die Billigmarke.» Er schiebt Joseph die einzelnen Dollarscheine in die immer noch geöffnete Hand. Heidi bekommt bei Gedanken an den Kiosk Heißhunger auf etwas Süßes. Damit meint sie jedoch nicht auf den süßen Joint, sondern auf leckere Schokolade. Etwas Bewegung nach dem vielen Essen würde ihr ebenfalls ganz gut tun, überlegt sie und bietet Joseph an, ihn zum Kiosk zu begleiten.

«Mir ist heiß», stöhnt Susan und öffnet den obersten Knopf ihrer Bluse. Ihr fülliger Busen tut seine Wirkung und die jungen Männer vergessen bei diesem Anblick die Frage nach dem Bier.

Heidi schiebt ungeduldig und mit einem Krach den Tisch von sich und gewinnt dadurch zumindest Josephs Aufmerksamkeit zurück.

Er verdreht schuldbewusst die Augen und steht auf: «Möchtest du auch etwas vom Kiosk? Julia? Oder du, Bro?» Bro beginnt umständlich in seiner Hosentasche zu kramen, doch Joseph will sein Geld nicht. «Sagt mir nur, was ihr möchtet. Ihr habt doch schon alles andere bezahlt. Das ist das Mindeste, was ich beitragen kann.»

Jeff nutzt den Moment, in dem Joseph von seinem Platz aufsteht und rückt näher an Susan heran. Er ist irgendwie goldig, denkt Heidi, Jeff findet sie immer noch gut. Seitdem sie ihn kennt, ist er in Susan verknallt. Schon in der Schulzeit hat er ihr die Tasche nach Hause getragen oder ihr alles Mögliche geliehen oder geschenkt. Dann flirtet sie wieder einmal mit ihm und man sieht sie eine Weile gemeinsam unterwegs. Nach einer Zeit jedoch verschwindet Susan von der Bildfläche und zieht sich zurück. Sie dachte immer, die beiden wären ein Paar. Die Liebe scheint bei Heidis Freunden ein eigenartiges Thema zu sein.

Aber wer ist sie schon, um darüber ein Urteil zu fällen, wenn sie selbst in Sachen Liebe nichts auf die Reihe bekommt? Wenn Jeff kifft, kann er nicht cool bleiben und nun bestellt er für Susan gönnerhaft eine Cola Zero. «Und du meinst, das reicht mit deinen paar Dollars?», kommentiert Joseph die Geste seines Kumpels. «Mehr habe ich nicht dabei. Das wird schon reichen», erwidert Jeff, doch Joseph hat sich bereits kopfschüttelnd von ihm abgewendet und will gehen.

Susan haucht noch ein «Danke» hinterher und rutscht ein Stück näher an Jeff heran.

Heidi hat genug gesehen und folgt Joseph mit einem Grinsen zur Haustür. Alles fühlt sich an wie eh und je und als wäre sie nie weg gewesen. Sie bedauert es, nur noch wenige Tage auf der Insel zu sein. Einerseits freut sie sich, wieder ihren Vater und ihre Freunde in Deutschland zu sehen, andrerseits ist hier alles so überschaubar und gemütlich.

Vor dem Haus beschwert sich Joseph: «Jeff hat nie Geld. Das nervt total!»

«Ist doch egal. Dann kaufst du eben weniger und er trinkt nur das eine Bier, das du ihm mitbringen wirst», versucht Heidi seine Stimmung anzuheben.

«Erst frisst er sich voll, dann beteiligt er sich nicht an den Kosten fürs Dope und zuletzt bestellt er großartig eine Cola Zero für Susan! Was für ein Held!», macht Joseph unbeirrt seinem Ärger Luft.

Heidi kennt das Spiel. Ihre Rolle hier ist es, zu beschwichtigen und das fällt ihr leicht. Harmonie ist in ihrem Leben schon immer wichtig gewesen. In Maunawili fällt es ihr nicht sonderlich schwer, denn sie ist nicht mehr in den täglichen Reibereien ihrer Freunde involviert. Sie hat eine größere Toleranz als die anderen, ist eben nur zu Besuch.»Ist doch nicht so schlimm«, wiegelt sie ab.

«Es geht mir einfach auf die Nerven, weil es jedes Mal das gleiche ist», beschwert er sich.

Heidi erzählt davon, in Frankfurt ebenfalls einen Freund wie Jeff zu haben. Diese besonderen Typen gibt es auf der ganzen Welt. Und wer einmal den Titel eines Schnorrers erworben habe, werde ihn nicht mehr los. Eigenartigerweise sei es genau das, was gute alte Freundschaften ausmacht, denkt sie. Sie sind herzlich und so manche Macken gehören einfach dazu, machen ihre Freunde so liebenswert. Insgeheim wünscht sie sich, nichts möge sich jemals ändern. Am besten wäre es für alle Zeiten, alte Routinen beizubehalten ohne ernsthafte Aufregung.

Joseph fragt sie nach ihren Freunden in Deutschland und ob ihr nicht das Meer und die Sonne fehlten und überhaupt, wie sie es ohne die Highschool-Gang aushalte.

«Meine Freunde in Frankfurt? Die brauen ihr eigenes Bier im Keller», erzählt sie stolz. Bier brauen sei eine Wissenschaft, so viel habe sie in den vergangenen Monaten bei den Brauversuchen feststellen können.

«Wow! Ist das cool», erwidert Joseph.

Heidi verlangsamt ihr Schritttempo, weil sie bemerkt, Joseph möchte mehr Zeit mit ihr verbringen und sich gerne länger nur mit ihr unterhalten. Sie schätzt ihn sehr. Er ist ihr von den Jungs am nächsten. Auch das war schon immer so.

«Ich wette mit dir, die streiten sich nie ums Bier», sagt er.

Heidi lächelt: «Ich kann mich noch an die anfänglichen Brauversuche erinnern. Das erste Bier war fürchterlich bitter. Zu viel Malz, haben mir die Jungs erklärt, aber mit der Zeit haben sie es ganz gut hinbekommen. Es schmeckt mir tatsächlich besser als das Bier, das es zu kaufen gibt. Zumindest manchmal gelingt es ihnen sehr gut.» Über die Zutaten kann sie Joseph nichts verraten, denn dies sei eine reine Männerdomäne und Frauen dürfen bei dem Brauvorhaben nie dabei sein. Sie pflegen ihre Männerfreundschaften damit, indem sie gemeinsam die unterschiedlichen Rezepturen ausprobieren und danach selbstverständlich die Ergebnisse mit Wonne testen. Fast wird Heidi ein bisschen wehmütig, wenn sie von Tim und den anderen erzählt.

Es ist wahrlich ein ewiges Hin und Her mit den Sehnsüchten nach ihren Freunden in Frankfurt und denen in Maunawili.

FEINDSELIGKEITEN

Auf Hawaii hat Scott gemeinsam mit seiner Familie viel Schönes unternommen. Sie folgten den Spuren von Jurassic Park. Den Film hatten er und Annie sich noch kurz vor der Reise zuhause angeschaut. Es ist spannend gewesen, danach auf der Insel die Drehorte live ausfindig gemacht zu haben. An einem Nachmittag waren sie auf einem Katamaran. Das wiederum hat Joana gut gefallen. So heiter hatte er seine Frau schon lang nicht mehr erlebt, denkt er wehmütig. Jeden Tag waren sie ein bis zwei Stunden am Strand, schwammen im Pazifischen Ozean oder waren schnorcheln. Annie und er sahen sogar eine Meeresschildkröte. Alles in allem war es ein guter Urlaub, hätte nur der Ausflug zum Kulturzentrum nicht so geendet.

An dem besagten Abend half Joana liebevoll, ihrer Tochter das Haar zu flechten und ein schönes Kleid auszusuchen. Sie selbst sah in ihrem roten Kleid und den hochhackigen Sandalen umwerfend aus. Scott war stolz auf seine beiden Frauen. In einem romantischen Ambiente, mit Fackeln und aufwändig dekorierten Tischen, wurde ein Abendessen in fünf Gängen serviert. Er war mit dem Verlauf des Urlaubs zufrieden, sie sind sich auf dieser wunderschönen Insel endlich wieder etwas näher gekommen. Es war ihr letzter Abend und er startete den Versuch, in entspannter Stimmung über seine neue Stelle im Staat Washington zu sprechen. Es lag ihm die ganze Zeit über schwer auf dem Herzen und er musste es thematisieren. Wollte er beruflich weiterkommen, müsste er dorthin gehen und seine Familie sollte selbstverständlich mitkommen. Scott dachte, der Moment wäre perfekt und er beabsichtigte, Joanas Lust auf etwas Neues anzuregen und sowohl ihr als auch Annie den nördlichen Bundesstaat schmackhaft zu machen. Er erzählte von Bellingham, von der Nähe zu Kanada und der schönen Stadt Vancouver und von

Seattle, wo sie noch vor kurzem shoppen waren. Er weiß heute, hätte er nur das Gespräch auf später verschoben. Es war ein grober Fehler, den Urlaub und diesen Abend so ausklingen zu lassen. Joana wusste an allem etwas auszusetzen. Zu nass, zu kalt, zu viel Schnee, zu schwierig für sie beruflich und viel zu weit entfernt von ihren Eltern und ihren Freundinnen. Einzig und allein die Tatsache, dass der Staat Washington politisch eher demokratisch orientiert ist, hat ihr daran gefallen. Nicht jetzt und auch nicht in einem halben Jahr nach den Sommerferien, so ihr Resümee ohne einen Kompromiss in Aussicht. Die Fronten verhärteten sich von Satz zu Satz und zu allem Überfluss rutschten sie von dem heiklen Umzugsthema direkt in eine politische Diskussion. Sachliche Debatten über Politik waren schon immer schwierig gewesen für Joana als Demokratin und Scott als Republikaner. Nun stehen jedoch die Präsidentschaftswahlen bevor. Und seit dem immer wahrscheinlicher werdenden Duell Hillary Clinton gegen Donald Trump, gibt es auch zwischen ihnen immer öfters harte Auseinandersetzungen. Trump war unter den republikanischen Kandidaten nicht unbedingt Scotts Favorit, aber ihm gefällt seine Unabhängigkeit und seine Direktheit. Mehr musste er dazu nicht erwähnen. Es war, als hätte er Öl ins Feuer gegossen. Joanas Frust über Scotts bevorstehende Versetzung nach Washington entlud sich in einer Schimpftirade über den ˋMilliardär und TV-Clownˋ. Sie hasst seine chauvinistischen Sprüche, seine Respektlosigkeit gegenüber Frauen und sie mokierte sich über sein Aussehen. Dieser emotionale Angriff in Sachen Politik war wiederum für Scott zu viel. Als hätte das Aussehen etwas mit seinen Fähigkeiten zu tun, hielt er ihr entgegen. Er warf ihr vor, sie verhielte sich ebenso wie Herr Trump. Ihre Häme über seine gefärbte Haarwelle wäre genauso übel wie sein, ihrer Meinung nach, respektloses Verhalten gegenüber Frauen. Die Worte flogen hin und her und in der Hitze des Gefechts wurden sie immer lauter. Auch Scott hielt sich nicht mehr zurück, konnte er bei politischen Auseinandersetzungen noch nie. Er schimpfte über die demokratische

Kandidatin, die sich, wiederum seiner Ansicht nach, sehr männerfeindlich verhielte und bei der sich etliche Leichen im Keller stapeln würden, die bis nach Russland gingen. Sie diskutierten aufgebracht, welcher der beiden der schlechtere Präsidentschaftskandidat wäre und bemerkten dabei nicht, wie Annie inmitten ihres Streits vom Tisch verschwunden ist.

Bis ihnen die Abwesenheit der Tochter auffiel, war schon lang nichts mehr von einer familiären oder gar romantischen Abendstimmung übrig. Es sollte noch schlimmer kommen. Sie mussten über eine Stunde lang in dem geräumigen Kulturzentrum nach ihrer Tochter suchen. In der Zeit der Suche waren sie schonungslos bei ihren gegenseitigen Schuldzuweisungen. Letztendlich fand Scott Annie zusammengekauert auf einer Bank, wo sie verheult auf das Meer hinaus schaute. Sie wollte nicht gefunden werden, sagte sie, so sehr grämte sie der Streit der Eltern in der Öffentlichkeit. Er entschuldigte sich bei ihr immer wieder und später bat er sogar seine Frau um Verzeihung, was ihm ungleich schwerer fiel. Doch es war zu spät. Er war verletzt und zugleich verärgert, wie es möglich sein konnte, dass ein Abend mit dieser unnötigen, aufgeheizten, politischen Streitdiskussion alle anderen schönen Erlebnisse im Urlaub verdrängen konnte. Danach gab es kaum noch eine Unterhaltung und bestimmt kein Lachen mehr. Annie zog sich zurück in ihre Bücherwelt. Joana und er begannen separat mehr mit ihren Mobiltelefonen zu kommunizieren als miteinander. Der Rückflug verlief entsprechend einsilbig.

Zu Hause hat sich die Situation mit seiner Frau seit Hawaii nicht wieder verbessert. Der Urlaub, der sie zusammenbringen hätte sollen, hat genau das Gegenteil bewirkt. Scott arbeitet seit der Rückkunft noch mehr Stunden. Ist er mal daheim, verlässt sie fluchtartig das Haus und trifft sich mit ihren Freundinnen. Wenn sie dennoch aufeinander treffen, ist die Stimmung unangenehm verlegen. Sein Job fordert ihn und er hat keine Lust und vor allem keine Kraft, sich weiter um ihre Ehe zu bemühen. Er will nach der harten Arbeit einfach nur entspannen. An seinem ersten freien Wochenende will er so schnell wie möglich wieder aus dem Haus fliehen. Im Flur ruft er nach seiner Tochter. Als keine Reaktion kommt, geht er ein paar Treppen nach oben und ruft nochmals:

«Kommst du mit zur Ranch, Annie?» Er wartet. Dann pocht er laut an ihre Zimmertür.

«Was ist?»

«Kommst du mit zur Ranch?»

«Wohin willst du?», fragt sie und öffnet die Tür.

Er sieht, warum er so oft nach ihr hat rufen müssen und schmunzelt. Sie schaut fragend zu ihm. Die weißen Kopfhörer um ihren Hals vibrieren und laute Musik ist zu hören.

«Ich gehe zu Patty. Möchte ihr kurz Hallo sagen und dann dachte ich, wir könnten wieder einmal ausreiten und anschließend eventuell zur Schieß-Ranch gehen. Was meinst du dazu?»

So wie immer ist sie schnell begeistert, mit ihrem Vater etwas zu unternehmen. Annie hat ihm den zerstrittenen Abend in Hawaii halbwegs verziehen. «Super! Ich ziehe mir nur noch schnell etwas anderes an. Bin gleich soweit!» Keine fünf Minuten später steht sie für den Ausritt angekleidet, in ihren neuen Stiefeln und dem weißen Hut, den ihr Joana zum Geburtstag gekauft hat, vor ihm.

«Huhu! Schick siehst du aus», Scott pfeift.

«Ach. Papa.»

«Alles klar. Dann lass uns mal abdampfen.» Er möchte schnell weg, um etwaigen Debatten mit Joana auszuweichen. Gerade als er dabei ist, den Pick-Up-Truck aus der Einfahrt zu fahren, kommt seine Frau aus dem Haus gerannt und ruft ihnen etwas zu. Er öffnet das Autofenster einen Spalt.

«Was ist?» Seine Stimme ist scharf. Keine Freundlichkeit und kein Zweifel daran, er will los.

«Annie hat um drei Uhr einen Termin!»

«Bis dahin sind wir zurück.» Er schließt das Fenster und steigt aufs Gas. Im Rückspiegel kann er, bis er in die Hauptstraße abbiegt, ihren verbitterten Blick sehen. «Was für einen Termin hast du, Annie?»

«Ach den. Ich soll zum Friseur gehen. Ist nicht so wichtig», sie seufzt.

«Wir schauen mal, wie lange wir unterwegs sind», er zwinkert ihr zu. Sie dreht das Radio lauter und bewegt sich im Autositz zur Musik. Dann lacht sie. Scott gefällt ihre Art, sich nicht über alles endlos besprechen zu müssen. Es sind für ihn die schönsten Momente, wenn sie sich einig sind, ohne viele Worte darüber zu verlieren. Je weiter sie sich vom Haus entfernen, desto unbeschwerter fühlt er sich und erfreut sich am Ausflug mit seiner geliebten Tochter.

Scott reitet vor Annie durch die White Tank Mountains. Seinen Job in Washington sowie die harten unangenehmen Konfrontationen mit den Drogendealern lässt er dabei so gut wie möglich hinter sich. Immer wieder sieht er über die Schulter hin zu seiner Tochter und genießt es, wie zufrieden sie über die Wüste blickt. Riesige Saguaro-Kakteen mit ausladenden Armen und dornige Mesquite-Sträucher geben den Hügeln ihr bizarres Aussehen. Abgesehen vom Surren der Insekten, ist die Stimmung ruhig und friedlich.

Scott scannt das Umfeld mit seinen Blicken. Gänzlich wird er niemals abschalten können. Immerhin reitet er mit seiner wunderschönen Tochter durch die Wüste. Gauner könnte es überall geben, vor allem in einer abgeschiedenen Gegend wie hier, in der Kakteenwüste Arizonas. Je weniger Menschen unterwegs sind, desto eher trifft man auf einen der Bösen. Damit hat er sich schon längst abfinden müssen. Sein Vertrauen in das Gute der Menschheit hat er mit seiner Ausbildung zum Kriminalpsychologen abgegeben. In seiner Arbeit für HSI wurde die Theorie durch die Realität noch weitaus übertroffen und Abgründe haben sich aufgetan, die den meisten Menschen zum

Glück verborgen bleiben. Menschen ermorden Menschen wegen eines Cents. Sie töten andere, um einen vermeintlichen Vorteil zu erlangen. Sie quälen Menschen mit einer unglaublichen Brutalität und kennen keine Empathie. Immer wieder begegnet er dem Abschaum der Gesellschaft. Nur selten täuscht er sich mit seiner ersten Einschätzung. Diese Menschen sehen böse aus, agieren niederträchtig und verändern sich gewöhnlich nie mehr zu einem Besseren. Im Drogenmilieu überleben nur diejenigen, die keine Skrupel haben. Ein Menschenleben zählt nichts. Er hat Mühe, sich seiner finsteren Gedanken zu entledigen, selbst wenn ihn, wie hier, diese wunderschöne Landschaft umgibt. Ein Königreich für ein paar leichte Gedanken, kommt ihm in den Sinn, ehe er sein Pferd vorantreibt. «Geht's dir gut, Annie?»

Sie strahlt ihn mit ihrer kindlich-jugendlichen Freude an und nickt. «Haben wir schon lang nicht mehr gemacht, Papa.»

«Gehst du nie mit deinen Freundinnen reiten?»

Sie schüttelt den Kopf. «Irgendwie haben alle immer etwas anderes zu tun. Keiner von denen findet reiten cool. Die meiste Zeit über wollen meine Freundinnen shoppen oder irgendwo abhängen.»

Da kann er es sich nicht verkneifen und fragt, ob ihre Mutter sie denn nie zum Ausreiten begleitete.

«Mama?», sie lacht prustend los. «Nie und nimmer, Papa! Sie ist doch die Shopping-Queen. Aber das muss ich dir doch nicht erzählen. Das weißt du! Sie liiiiieeeeebt Schuhe.»

«Naja», er schmunzelt, «und manches Mal bringt sie dir auch etwas Schickes mit.» Annie wird unter ihrem neuen Hut rot bis zu den Ohren. Er lacht sie an und sieht danach wieder nach vorne. Mit einem Male sieht er etwas auf dem Boden vor sich. «Whoa, whoa, whoa!» Er zieht die Zügel kraftvoll an und bringt sein Pferd zum Stehen. Annies gut trainiertes Pferd bleibt ebenfalls sofort stehen, ohne dass Annie die Zügel anziehen muss.

«Was ist los?», fragt sie.

Direkt vor ihm schlängelt sich, teilweise unter den Büschen versteckt, eine etwa ein Meter lange olivgrüne Schlange entlang.

«Eine Klapperschlange.» Scott zieht seine Glock und entriegelt sie.

«Papa, nicht erschießen», fleht ihn Annie sogleich an.

«Habe ich nicht vor. Aber man weiß ja nie. Das ist eine Mojave und es macht bestimmt keinen Spaß, wenn sie zubeißt.» Scott möchte nichts riskieren.

Seine Tochter rutscht unruhig auf dem Sattel hin und her. «Kann ich sie auch einmal sehen?»

Er lässt sie aufschließen und zeigt ihr die schön gezeichnete Schlange. «Sie wird uns nichts tun, solange sie sich nicht bedroht fühlt. Sie verschwendet ihr Gift ungern, denn die Mojave braucht es dringend für ihre Nahrung. Es dauert bis zu sechs Monate, bis sich ihr Gift wieder nachbildet. Das hier ist eine alte Schlange. Sie wird ihr Gift in kleine Rationen einteilen. Das überlebst du. Die Jungen entleeren sich mit einem einzigen Biss, die können das noch nicht portionieren. Wenn dir das passiert, bist du mausetot.»

Annie schaut fasziniert auf den aufgerichteten Kopf des Reptils. «Und wenn wir einfach daran vorbei reiten?»

«Das würde ich mit dir nicht riskieren wollen. Wir kehren um. Ein paar Meter weiter hinten ist eine Gabelung gewesen. Wir nehmen den anderen Weg, der geht ebenfalls zurück zur Ranch.» Die Schlange rührt sich nach wie vor nicht von der Stelle. Nach einer Weile verliert Annie das Interesse. Sie steuert ihr Pferd zurück. Scott lenkt seinen Quarter-Hengst ebenso langsam weg von der Stelle. Erst als sie weiter entfernt sind, steckt er die Waffe wieder in den Schaft. «Immer genau beobachten, was um dich krabbelt, schleicht und lebt, Kleine», sagt er.

«Ja, ich weiß das», sagt Annie gedehnt und lässt ihren Vater wieder an sich vorbei nach vorne reiten.

An diesem frühen Nachmittag sind die beiden alleine an der Schieß-Ranch. Scott legt drei Waffen auf den Tisch und holt die Munition dazu. Seine Glock 19, die mit einem hellbraunen Griff versehene Detonics 1911 Combat Master und sein schlankes AR15 Gewehr.

«Wollen wir heute mit den beiden Colts und mit dem Gewehr schießen?», fragt Annie in kindlicher Begeisterung.

«Nur wenn du möchtest», erwidert Scott. Er ist froh, seine Tochter so leidenschaftlich bei der Sache zu sehen. «Hol schon mal die Kopfhörer aus dem Pick-Up», sagt er und beginnt die Waffen zu laden. Seine Frau mag es nicht, wenn sie auf der Schieß-Ranch sind. Joana wollte Annie generell von allen Waffen fernhalten. Das Waffengesetz ist in ihrer Ehe ebenso ein immer wiederkehrender Streitanlass. Er ist der Überzeugung, wer in Arizona lebt, sollte mit einer Waffe umgehen können. Da gibt es nichts zu verheimlichen und erst recht nichts zu mystifizieren. Die Vorstellung, Annie hätte keine Ahnung von Waffen, würde ihn wesentlich mehr beunruhigen.

«Lass mich das machen», sagt Annie, legt die schallisolierenden Kopfhörer auf den Tisch und nimmt eine Patronenschachtel in die Hand.

«Du kannst die Detonics laden.»

«Ich wünsche es mir so sehr, ich könnte eine Waffe mit in die Schule nehmen, Papa.»

Scott sieht, wie ernst sie mit einem Male zu ihm sieht.

«Du weißt schon. Dieser Mörder in Glendale. Er hat zwei Mädchen, die etwa so alt waren wie ich, erschossen.»

«Mmmh, ich weiß. Und dann sich selbst.» Sie schweigen jeder in eigenen Gedanken während sie die einzelnen Patronen nachschieben. «Es wäre jedoch besser, wenn eure Lehrer Waffen tragen dürfen.»

Annie möchte ihrem Vater zeigen, wie erwachsen sie ist und beginnt eine Diskussion über Sicherheit. «Keiner denkt daran, in unserer Schule herumzuballern, wenn wir Kids bewaffnet wären», sagt sie.

«Ganz so simpel sehe ich das nicht, Annie. Es ist besser, wenn Kids ohne Waffen im Unterricht sitzen. Ansonsten hätte ich als

Lehrer stets Angst, dass ihr mich abknallt. Wenn ich euch zum Beispiel keine gute Note gäbe oder etwas Ähnliches.»

«Blödsinn», entgegnet ihm seine Teenage-Tochter.

«Annie, du weißt, wie du mit einer Glock oder einer Detonic umgehst. Andere Eltern investieren nicht so viel Zeit in eine Erziehung mit der Waffe oder vermitteln ausreichend, was Verantwortung bedeutet. Außerdem hocken immer mehr Jugendliche vor Computerspielen. Die kennen oft gar nicht mehr den Unterschied zwischen Schießen an einem PC oder in der Wirklichkeit.»

«Papa! Das ist ja wohl nicht wahr.»

«Oh doch! Leider. Viele Kids sind sehr viel Zeit am Tag alleine und sich selbst überlassen. Außerdem gibt es immer schwarze Schafe! Aber die Lehrer», er bestimmt nun die Richtung des Gesprächs, «könnte man dafür ausbilden. Auch dann kommt ein Mörder erst gar nicht auf die Idee, eine Schule als Tatort auszuwählen.» Er hält ihr die geladene Glock mit dem nach unten gerichteten Lauf hin. Annie geht etwa zwanzig Meter von der Zielscheibe entfernt in Position. Ihr Vater stellt sich seitlich hinter sie. Sie lässt sich gerne immer wieder aufs Neue zeigen, wie sie am besten steht, um den Rückstoß gut abzufedern. Scott zieht seine Kopfhörer auf und weicht zurück. Sie schießt daneben. Sie trifft. Sie schießt daneben. Bis die Munition aufgebraucht ist, erzielt sie drei gute Treffer. Scott lobt sie. Dann wartet er, bis sie zurück geht und sich hinter den Tisch stellt. Er zielt mit der Detonic auf eine vierzig Meter entfernte Zielscheibe. Seine Hände sind ruhig und bis auf einen ist jeder Schuss ein Treffer in die Mitte. Annie lädt nach und schon in der nächsten Runde verbessert sich ihre Zielsicherheit.

«Ich komme wieder in Übung», freut sie sich.

Er lädt seinen Colt für die nächste Runde. Zwischendurch unterhalten sich Vater und Tochter. Es ist eine kostbare Zeit, die beide sehr zu schätzen wissen. Sie sprechen über die Schule. Er erzählt ihr von Bellingham und seinen Kollegen in Washington. Sie wiederum öffnet sich ihm gegenüber und erbittet sogar einen

Ratschlag in einer etwas verfahrenen Angelegenheit mit ihren Freundinnen. Er ist zufrieden, sie wertschätzt seine Meinung. Auch wenn es sich um Mädchenprobleme handelt, hört sie auf ihn. Nur das eigene Familienthema wird ausgespart. Scott möchte die Stimmung nicht ruinieren. Er ist erleichtert, sie spricht es ebenfalls nicht an.

Schließlich treibt sie der Hunger weiter. Sie haben es nicht eilig. Auf dem Weg halten sie an Scotts Lieblings-Take-Away und verschlingen Burger und Pommes im Wagen. Erst kurz vor dem Haus erinnert sich Scott wieder an Annies Termin. Er schaut auf die Uhr und gibt einen Stoßseufzer von sich.

«Verdammter Mist», flucht er. «Du hast Mama nicht zufällig eine kurze Textnachricht geschickt?»

«Warum sollte ich?»

«Na – wegen des Friseurtermins.»

Sie wird blass. «Oh nein!», entfährt es ihr.

Scott verzieht das Gesicht. «Lass mich das regeln», sagt er.

«Tut mir leid, Papa. Das habe ich wirklich vollkommen vergessen!»

«Ja und ich erst», erwidert er. «Bin sicher, deine Mutter kocht schon.» Als Annie ihn fragend ansieht, erklärt er ihr den Wortwitz: «Sie kocht bestimmt kein Abendessen!», sagt er mit einem trockenen Lachen. Bald wird ihm das Lachen vergehen. Der heutige Abend wird bestimmt kein Spaß.

ZWEI JAHRE SPÄTER:
KURZ VOR WEIHNACHTEN

«Ein Heidelbeer-Glühwein, ein weißer Glühwein, eine Feuer-
zangenbowle. Was war das vierte Getränk noch einmal?», fragt
Heidi einen jungen Mann vor dem Ausschank. Seit einer Woche
arbeitet sie auf dem Frankfurter Weihnachtsmarkt am Römer
und trägt wie die anderen links und rechts neben sich eine rote
Weihnachtsmütze und ein weinrotes Firmen-Sweatshirt des
Glühweinstand-Betreibers. Die Mütze findet sie albern und all
das hätte sie sich vor zwei Monaten nicht im Traum vorgestellt.
Aber die Firma, für die sie bereits mehrere Jahre gearbeitet hatte,
hat ihren Vertrag in diesem Winter nicht verlängert. Der größte
Auftrag wäre an ein anderes Unternehmen gegangen und die
Geschäftsführer meinten, sie sollte im Frühjahr wieder nach Arbeit fragen, da sähe es bestimmt wieder besser aus. Sie ärgert
sich über die Ausrede, als wäre ohne dieses große Projekt kein
Geld im Topf. Heidi ist der Ansicht, Lothar und Werner hätten
genügend andere Aufträge und sie ist enttäuscht. Im Winter sind
bei den meisten Eventfirmen so kurz vor Weihnachten bereits
alle Jobs vergeben und zum Jahresbeginn ist es in der Branche
üblicherweise ruhig. Zum Glück hat ihr Marie, eine Kollegin,
den Tipp mit dem Weihnachtsmarkt gegeben. Es gibt zwar nur
den Mindestlohn, aber sie kommt damit für kurze Zeit klar,
wenn sie möglichst viele Tage pro Woche am Stand steht. Sie
weiß, es ist nur vorübergehend und sie ist froh, so kurzfristig
überhaupt einen Job bekommen zu haben.

«Einen Eierpunsch noch für meine Mutter!», ruft der Gast ihr
zu. Wie konnte sie das nur vergessen. Sie fragt sich, weswegen
ältere Damen so gerne Eierpunsch mögen. Vielleicht erinnert es
sie an frühere Zeiten? Oder ist es tatsächlich dieser süße cremige
Geschmack des zähflüssig gelben Getränks mit Eierlikör?

«Heidi, kannst du für mich auch einen Eierpunsch richten?»,
fragt Fabian, der neben ihr eine andere betagte Frau bedient.
Am Nachmittag kommen etliche Omis und Mütter mit ihren
Freundinnen oder manches Mal, wie in ihrem Falle, auch mit
ihrem Sohn und gönnen sich einen Eierpunsch auf dem
Frankfurter Weihnachtsmarkt. Sie selbst hat das Getränk einmal
probiert. Sie mag es nicht. Es ist ihr zu süß und zu dickflüssig.
Seit sie mit diesem Job im Freien angefangen hat, ist das
Wetter schlecht. An jedem zweiten Tag regnet es und auch heute
hat es zu Beginn der Schicht wieder genieselt. Die feuchte Kälte
zieht bis in die Glieder und man würde meinen, es halte Leute
davon ab zum Weihnachtsmarkt zu kommen. Tut es jedoch nur
bedingt. Am Wochenende sind trotzdem immer viele Gäste da
und der Römer ist im Nu voll. Die Leute stehen in der Regel
Seite an Seite unverdrossen am Glühweinstand. Unter der
Woche, so wie heute, wird es bestimmt ab fünf Uhr nach Feierabend, wieder brechend voll. Dann wird jedoch garantiert kein
Eierpunsch getrunken, sondern eher nach härteren Getränken
gefragt, wie zum Beispiel ʾDon Papa Rumʾ oder einem Glühwein
mit Gin. Dann bitte nicht nur einen Schuss sondern gerne auch
zwei. Zum Glück sind diese Bestellungen dann üblicherweise
mit mehr Trinkgeld verbunden. Heidi kommt mit dem Mindestlohn nur knapp über die Runden und sie kann das extra Geld
von manchen großzügigen Gästen gut verwenden. Sie ist erleichtert, eine günstige Wohnung mit ihrer Freundin Lena zu teilen
und nur niedrige Festkosten zu haben. Ihren Vater möchte sie
keinesfalls um Unterstützung bitten. Er würde ihr zwar gewiss
gerne aushelfen, aber sie will ihn nicht beunruhigen. Im Alter
von vierunddreißig Jahren sollte man meinen, erwachsen zu sein
und sich um die eigenen Finanzen kümmern zu können.
«Danke, Süße», haucht ihr Fabian ins Ohr, als er den Eierpunsch mit Sahnehäubchen an sich nimmt.
«Aber gerne doch mein Schatz.» Sie lächeln einander zu. Fast
alle ihre Kolleginnen und Kollegen am Stand sind sympathische
Studentinnen oder Studenten, die sich etwas dazuverdienen

wollen. Der Standbetreiber hat nur Leute eingestellt, die gut Deutsch sprechen. Hinter manch anderen Ständen finden Unterhaltungen oft nur noch in einer ihr fremden Sprache aus Osteuropa statt oder eben gar keine. An ihrem Glühweinstand ist jedoch hinter dem Tresen immer viel Spaß. Das macht den Billiglohnjob etwas erträglicher. Gelegentlich gönnen sie sich kurz vor Feierabend noch ein wärmendes Getränk. Auf diese Weise hat sie diverse Glühweinsorten bereits getestet. Dem Chef hat sie erklärt, sie müsste die Getränke kennen, sonst könnte sie den Gästen nichts empfehlen. Er ist – abgesehen von der Tatsache, alle seine Beschäftigten mit Kameras zu überwachen – ganz in Ordnung. Gleich bei ihrer Einstellung sagte er ihr direkt und unverblümt, er müsste sein Personal kontrollieren, damit keiner auf dumme Gedanken käme. Außerdem wollte er sein Personal nicht inmitten der Weihnachtsmarktzeit wieder austauschen müssen. Er würde prinzipiell keinem trauen. Er wäre schon lang im Geschäft und geklaut würde immer. Nur eben seit den bei ihm installierten Kameras nicht mehr. Zumindest war er damit ehrlich, überlegte sie, und hat den Vertrag unterschrieben. Morgen ist ihr erster freier Tag nach sieben Tagen am Stück. Endlich! Ihre Schicht hat zwar gerade erst vor ein paar Stunden begonnen, aber die Beine schmerzen bereits. Lena hat ihr versprochen, an diesem Abend zu kommen. Das ist ein Lichtblick und sie freut sich, denn sie wollten danach zum Tanzen gehen. Mal sehen, ob sie dazu überhaupt noch in der Lage sein wird oder ob ihre Beine schlappmachen.

Kurz vor Dienstende taucht Lena auf. Am Stand war die ganze Zeit über viel zu tun und der Trubel hat Heidi in ein Adrenalinhoch versetzt. Der Umsatz stimmt und der Chef erlaubt ihr, die Freundin auf einen 'Hot Aperol' einzuladen. Das ist übrigens auch Heidis Lieblingsgetränk und so schenkt sie sich ebenfalls ein Glas ein. Sie geht vor den Tresen und wischt ein, zwei Tische sauber, ehe sie die Gläser vor Lena abstellt. Im Moment der Begrüßung mit einer behaglichen Umarmung werden ihre Beine plötzlich schwer und geben nach. «Weiß nicht, ob ich heute noch tanzen kann, meine Liebe», sagt sie zu ihr.

«Das schaffst du schon», erwidert Lena zuversichtlich und hält sie an den Schultern fest. Erst sieht sie ihr ernst ins Gesicht, dann muss Lena jedoch schmunzeln: «Deine Zöpfe und darüber diese Weihnachtsmütze – sieht echt süß aus.»

Heidi verdreht die Augen. «Hast du an meine Klamotten gedacht? Und an die Schuhe?»

«Na klar. Obwohl als Weihnachtsfrau fetzt du sicher auf der Tanzfläche.»

«Oh bitte nicht. Das Zeug muss runter. Aber so was von ...» Sie zieht an ihrer Zipfelmütze und grinst.

«Der eine Kollege von dir sieht echt schnuckelig aus. Magst du mich nicht mal vorstellen?», fragt Lena sie. «Vielleicht möchte er mit uns kommen?»

«Wer?» Ihr ist kein schnuckeliger Kollege aufgefallen. Das liegt vielleicht daran, dass ihr Bedarf an Beziehungen mit jungen Männern, die nicht wissen was sie wollen, gedeckt ist. «Meinst du Fabian?», rät sie, als Lena diskret zu ihm hindeutet. Heidi winkt ihren Kollegen direkt zu sich an den Tisch.

«Wir müssen noch die Töpfe leeren. Schon vergessen?», sagt er mit Blick zum Chef.

«Nein. Nein. Selbstverständlich nicht. Entspann dich mal, du Muster-Glühweinstand-Kollege.» Der Aperol auf nüchternen Magen macht ihre Zunge schwer und sie bekommt dieses Wort kaum über die Lippen. «Darf ich vorstellen? Das hier ist Lena, meine Freundin und meine WG-Mitbewohnerin», sie zeigt auf Lena. «Und das ist Fabian. Tataaa! Der beste Glühwein-Ausschenker.» Sie verneigt sich dabei aus Spaß in seine Richtung. Wenn Heidi sich nicht täuscht, kann sie ein freudiges Funkeln in seinen Augen sehen. Ist das Liebe auf den ersten Blick, fragt sie sich und seufzt, als sich die beiden die Hände schütteln und sich anstarren, als habe der jeweils andere etwas ungemein Umwerfendes. «Ich gehe dann mal die Fässer leeren», sagt sie, um etwas von der Peinlichkeit zu nehmen. Sie hätte in einen leeren Wald rufen können, so wenig wurde ihrer Aufforderung Gehör geschenkt. Fabian und Lena kommen sofort in ein Gespräch. Sie unterhalten sich, lachen und machen kein Hehl daraus, wie sehr sie von einander angetan sind. Wenn sich da nicht etwas anbahnt, denkt Heidi und beschließt, sich zurückzuziehen. Sie beginnt mit den Aufräumarbeiten, sammelt die Pappteller mit den restlichen Kekskrümeln ein, stopft schmutzige Servietten in die Mülltüten und wischt die Stehtische ab. Immer wieder schaut sie zu den beiden hin, die von all dem um sich nichts mitzubekommen scheinen. Fabian gestikuliert und Lena lacht und amüsiert sich. Den Inhalt der Unterhaltung kann sie nicht hören, denn Dominic scheppert viel zu laut mit den leeren Tassen am Geschirrspülautomaten. Als es darum geht, die Fässer zu leeren, und sie im Begriff ist, Fabian um Hilfe zu bitten, ruft Lena:

«Heidi, er auch!»

Sie weiß zwar nicht, was ihre Freundin damit gemeint hat, aber Fabian kommt kurz darauf gut gelaunt hinter den Tresen und klärt sie auf: «Ich begleite euch zum Jazzkeller. Wollte schon immer einmal in diesen Club gehen.»

Gemeinsam kippen sie routiniert den ersten Topf und leeren den Rest des Pflaumenglühweins in ein Plastikgefäß. Nach und nach führen sie diese Arbeit mit einem Fass nach dem anderen durch. Nach getaner Arbeit lässt sie sich erschöpft auf einen der Hocker sinken. Ihre Waden fühlen sich an wie Pudding und ihr ganzer Körper schreit förmlich nach ihrem gemütlichen Bett. Mit Vorsichtig artikuliert sie ihre Sehnsucht, eventuell doch nicht mitzukommen.

«Aber klar kommst du mit», erwidert Fabian bestimmt und zieht sie wieder hoch.

Sie ist zu müde, ihm zu widersprechen. Stattdessen versucht sie sich selbst davon zu überzeugen, wie gut es sei zu tanzen, und dass sie direkt nach der Arbeit ohnedies nicht sofort einschlafen könne. Die letzten Handgriffe erledigen Heidi und Fabian eingeübt als Team zügig und effektiv. Zuletzt schließen sie die Fensterklappen und stehen zufrieden vor dem dunklen, verriegelten Stand auf dem Römer. Unterdessen haben auch die meisten anderen Stände dicht gemacht. Die Angestellten vom Ordnungsamt gehen ihre Abschlussrunde und achten darauf, dass nach zehn Uhr keiner mehr ausschenkt und die Stände geschlossen sind. Wäre die Polizei nicht präsent, würde sich wahrscheinlich keiner an die frühe Sperrstunde halten. Einige beginnen erst mit den Aufräumarbeiten, wenn sich die Polizisten demonstrativ vor den Stand stellen. Sie wiederum kennen das Spiel und gehen zu exakt den Verkaufsständen hin, die es jeden Abend hinauszögern wollen.

Heidi nimmt von Lena die Tasche mit ihren Klamotten entgegen und geht ins Lager, um sich umzukleiden. Die Weihnachtsmütze und das Firmen-Sweatshirt stopft sie sogleich in einen großen Wäschesack. Zum Glück kümmert sich der Chef um die Reinigung der Arbeitskleidung und sie müssen zumindest das nicht selbst erledigen. Dann schlüpft sie in ihr frisches Shirt und zieht die Stiefeletten an. Mit einem kleinen Spiegel und der Taschenlampe ihres Mobiltelefons versucht sie ein paar Schminktricks, um ihr müdes Gesicht etwas aufzufrischen. Ihre Zöpfe lässt sie geflochten. Sie befürchtet, mit offenem Haar würde sie nicht besser aussehen. Außerdem ist sie zu erschöpft, noch etwas an ihrer Frisur zu verändern.

Bis sie beim Jazzkeller eintreffen, stehen bereits mehrere Partygäste davor und warten, eingelassen zu werden. Hier beginnt erst die Nacht und die `Friday Funky Night` ist beliebt. Der über 70-jährige DJ ist immer noch unglaublich fit und mittlerweile legendär. Er hat einen ausgezeichneten Musikgeschmack und sein Publikum ist ein Mix aller Altersschichten. Lena und Heidi zählen mit Mitte dreißig endlich einmal nicht zum alten Eisen, wie in vielen anderen Clubs, sondern sogar zu den jüngeren Gästen. Im Jazzteller wird noch kurz vor dem Grabe getanzt, pflegt man zu spaßen, und damit sind all die fidelen Rentner und Rentnerinnen gemeint, die hier regelmäßig aufschlagen. Die Stimmung in dem Kellergewölbe ist von Beginn an gut. Heidi bestellt eine Cola, um zumindest noch ein, zwei Stunden durchzuhalten. Fabian trinkt antialkoholisches Bier und Lena eine Apfelsaftschorle. Getanzt wird auf einer kleinen Fläche und jeder tanzt mit jedem oder alle tanzen alleine. Das tut nichts zur Sache, denn bei der Enge dreht man sich einmal um, schon steht wieder ein neuer Tanzpartner vor dir. Das ist praktisch, wenn dir einer, den du nicht so gut findest, zu nahe rückt. Sie lässt sich ein auf gute alte Funkmusik und das tanzende Gemenge. Dieser wunderbare Rhythmus schafft es, selbst ihre müden Beine in Bewegung zu halten. Ein paar Gäste tanzen auf einer kleinen Empore neben dem DJ. Sie stellen gerne zur Schau, wie gut sie es können. Andere tanzen holprig oder schubsen die anderen unabhängig von Melodie und Rhythmus. Das macht nichts. Sie genießt dennoch die Musik, und die Tanzenden sind ihrer Meinung nach immer noch rücksichtsvoll. Einige von ihnen kennt Heidi bereits von vergangenen Tanzabenden im Keller. Sie scheinen so oft wie sie selbst, wenn nicht noch öfters, den Club aufzusuchen. Beschwingter Jazz löst funky Grooves ab und kurze Zeit später geht es über zu Latin und Soul. Mehr als zwei Stunden schafft sie allerdings nicht mehr.

Zurück am Stehtisch leert sie ein Glas Wasser in großen Schlucken. Lena und Fabian stehen immer noch an ein und derselben Stelle, sie haben sich nicht wegbewegt. Die Beiden tanzen überhaupt nicht, sondern sind durchgängig in Gespräche vertieft. Sie scheinen nicht viel von ihrem Umfeld wahrzunehmen. Abgetanzt und müde macht Heidi sich schließlich mit Abschiedsküsschen links und rechts alleine auf den Heimweg. Sie geht davon aus, bei den beiden werde es noch länger dauern, und möchte nicht länger auf sie warten. Sie schaut noch einmal zurück. Die beiden würden ein schönes Paar abgeben. Das freut sie, denn Lenas Ex war keine gute Wahl gewesen. Heidi mochte ihn nicht sonderlich und sie muss mit dem Partner ihrer

Mitbewohnerin schließlich ebenso klar kommen. Sie setzt sich auf ihr Fahrrad, während in ihrem Kopf immer noch die Melodie des zuletzt gespielten Songs nachklingt. `Got to get you into my live` von Earth Wind and Fire ist ein herrlich beschwingter alter Song, der sie auf dem Fahrrad voran und bis nach Hause treibt.

Ihre Wohnung ist um diese Uhrzeit wegen der Nachtabsenkung der Heizung bereits ausgekühlt. Sie friert und nur widerwillig schält sie sich aus ihren warmen Klamotten. Sie stellt sich eine gefühlte Ewigkeit unter die Dusche und lässt das warme Wasser auf ihren klebrigen Körper prasseln. Die aufgeschäumte Seife mit Lavendelduft verdrängt nach und nach den Geruch von Tanzschweiß und Glühweindampf. Wieder gut duftend und in ihrem flauschigen Pyjama kriecht sie ins Bett. Zu Beginn sind Laken und Bettdecke kühl, nach und nach passt sich der Stoff ihrer warmen Körpertemperatur an. Ihre Beine bedanken sich, indem sie sie nun gar nicht mehr spürt. Reglos liegt sie unter der kuscheligen Decke und schließt die Augen. Erst versucht sie es sanft. Dann kneift sie sie zu und wühlt ihr Gesicht tiefer ins weiche Kopfkissen. Sie ist müde. Doch ist an eines leider überhaupt nicht zu denken. An den süßen Schlaf, süße Träume oder gar ein süßes Nichts. Stattdessen beginnt sich wieder einmal das Gedankenkarussell zu drehen. Sorgen um den Job. Enttäuschung wegen Tim, der nun nicht mehr ihr Freund ist. Vor allem denkt sie an ihre kranke Mutter. Sie hat sie fast zwei Jahre nicht mehr gesehen und kann sie zurzeit nicht erreichen. In den vergangenen Tagen und Wochen hatte sie es schon mehrmals versucht. Keine Antwort. Vielleicht sollte sie es jetzt noch einmal probieren? Mit den zwölf Stunden Zeitunterschied ist es dort gerade um die Mittagszeit. Sie schickt eine Textnachricht, ob sie skypen möchte und hofft, dass sie an diesem Freitag nicht allzu lang in ihrer Schule ist.

Es liegt einige Zeit zurück, als sie zuletzt mit ihr gesprochen hat. Dabei fiel ihr auf, wie fahrig und zerstreut sie während ihrer Unterhaltung war. Manche Worte fielen ihr weder auf Englisch noch auf Deutsch ein. Sie hatte sich gewundert, wie ihre Mutter überhaupt noch das Unterrichten schaffen würde. Als sie nachhakte, versicherte sie ihr jedoch, die Abwechslung in der Schule täte ihr gut und wie sehr sie ihre Schüler genießen würde. Mehr als eine halbe Stunde liegt Heidi schon in Gedanken im Bett und wartet auf eine Antwort von ihrer Mutter. Hoffentlich ist nichts passiert, schleicht sich nun die Angst dazu. Sollte sie Joe ebenfalls eine Nachricht schicken oder vielleicht besser eine an Julia? Kurzerhand beschließt sie, ihrer Freundin zu texten, und fragt ob sie Zeit habe. Keine fünf Minuten später meldet sich Julia per Skype.

«Hey Heidi. What's up?», begrüßt sie Heidi, die sich freut, ihre Freundin lächelnd auf dem Bildschirm zu sehen und zu hören. Julia sitzt entspannt mit einer Tasse Kaffee in der Hand auf ihrer Terrasse.

Damit auch sie auf dem Monitor sichtbar wird, knipst sie die Nachttischlampe an. «Alles gut und ich bin hellwach. Bin gerade vom Tanzen nach Hause gekommen und kann nicht einschlafen.» Nach einer kurzen Einleitung kommt sie direkt auf den Grund ihres Anrufs zu sprechen: «Ursprünglich wollte ich mit Mama sprechen, aber ich kann und kann sie nicht erreichen. Sie ist anscheinend nur noch unterwegs oder in der Schule.» Heidi bildet sich ein zu sehen, wie Julia verlegen zur Seite schaut.

«Weißt du es noch nicht?», fragt Julia zögerlich.

Bei dieser Frage gehen bei ihr sämtliche Alarmglocken los. Fast hysterisch schnellt sie besorgt zurück: «Was ist denn? Was soll ich wissen?!»

«Na – deine Mutter. Sie ist schon lang nicht mehr in der Schule. Mindestens ein halbes Jahr nicht mehr.»

Nun sitzt Heidi aufrecht in ihrem Bett. Leise spricht sie zu ihr mit einem nervösen Gefühl: «Sie hat mir davon nichts erzählt. Warum ist sie nicht mehr in der Schule? Und wo ist sie dann?»

«Zu Hause? Nehme ich an.»

«Und warum antwortet sie mir nicht?»

«Weiß ich leider auch nicht. Vielleicht kann sie gerade nicht», Julia wartet einen Moment, ehe sie zögernd weiterspricht. «Kann es sein, dass sie nicht mit dir sprechen möchte?»

Heidi stützt ihren Kopf in die Hände und getraut sich nicht, ihre angestaute Luft rauszulassen.

Ihre Freundin räuspert sich und sagt: «Heidi, das tut mir total leid, dass du es so erfahren musstest. Sie arbeitet definitiv nicht mehr in der Highschool.»

«Aber warum nicht?», fragt sie ängstlich leise, denn sie vermutet, der Zustand ihrer Mutter ist dafür verantwortlich.

«Was genau in der Schule los war, weiß ich nicht. Ich weiß nur, sie lief einige Male wirr durch den Ort. Sie konnte den Weg zurück nach Hause nicht finden. Bro hat sie sogar einmal am anderen Ende der Stadt angetroffen und sie flehte ihn an, sie nach Hause zu begleiten.»

«Was ist mit f... Joe? Warum hat er sie nicht abgeholt?»

«Das weiß ich auch nicht, Heidi.»

Alle möglichen Gedanken gehen ihr gleichzeitig durch den Kopf. Sie möchte etwas sagen, weiß jedoch nicht, womit sie beginnen soll.

Schließlich ergänzt Julia: «Ich denke, du musst dir selbst ein Bild davon machen. Das klappt nicht mehr so reibungslos mit Karoline und Joe. Die beiden haben ...», sie kann sehen, wie ihre Freundin nach den richtigen Worten sucht. «Die beiden sind ziemlich unkoordiniert. Vor allem braucht dich deine Mutter.»

Heidi lässt sich zurück ins Kissen sinken. «Scheiße, scheiße, scheiße! Das ist zurzeit wirklich schwierig für mich. Ich habe gerade nur einen Billiglohnjob.»

Julia zieht die Augenbrauen hoch. «Was ist passiert?», fragt sie.

Heidi erklärt in Kürze ihre Situation. Sie fühlt sich dabei schlecht, weil sie ihrer Freundin bislang davon nichts erzählt hat. «Ich kann jetzt absolut nicht nach Oahu fliegen, ich habe das Geld nicht», jammert sie. Noch nie hat sie sich in einer so ausweglosen Situation befunden. Aber andrerseits darf sie ihre

Mutter nicht hängen lassen. Sie muss zu ihr. Sie muss sich etwas einfallen lassen. «Okay Julia», sie will nun das Gespräch beenden, es ist ihr unangenehm. Sie braucht Zeit für sich, um erst einmal alles zu verarbeiten, was sie eben erfahren hat, und um eine Lösung zu finden. «Danke für deine ehrlichen Worte, das war wichtig für mich zu wissen. Dieser beschissene Joe. So ein Mist!», flucht sie vorerst laut und ungehalten und schimpft dann leise vor sich hin. «Schau doch mal vorbei bei meiner Mutter. Geht das?», bittet sie die Freundin in ihrer Hilflosigkeit.

Julia verspricht es ihr, sie werde sich direkt nach dem Wochenende nochmals bei ihr zurückmelden.

Heidi weiß, auf Julia ist Verlass und sie ist ihr dankbar. Nach dem Gespräch klappt sie den Laptop zu und schiebt ihn zur Seite auf das Nachtkästchen. Tränen laufen über ihre Wangen. Je mehr sie an das hilflose und ängstliche Umherirren ihrer Mutter auf Oahu denkt, desto heftiger beginnt sie zu weinen. Sie vergräbt ihr nasses Gesicht im Kissen und schluchzt, bis sie nach einiger Zeit endlich erschöpft einschläft.

WEIHNACHTSBLUES

Seit ein paar Tagen ist Scott wieder zurück aus Arizona und in seiner Wohnung in Bellingham im Staat Washington. Hinter ihm liegen nervenaufreibende Weihnachtsfeiertage. Die Zeit bei seiner Exfrau und seiner Tochter war alles andere als entspannend. Ursprünglich wollte er bei einem früheren Kollegen in Phoenix übernachten und nur tagsüber im Haus sein. Aber Joana überredete ihn, bei ihnen über die Feiertage in Scottsdale zu bleiben. Sie versicherte ihm, es wäre kein Problem und Annie würde es schöner finden. Es wäre schließlich Weihnachten und sie würde für ihn das Gästezimmer vorbereiten. Es waren seine ersten Weihnachten seit der Scheidung. Bereits als er in Scottsdale eintraf, musste er einsehen, dass dies ein Fehler war. Joana hatte sich zwar bemüht und alles aufwändig dekoriert, aber er fühlte sich in seinem ehemals eigenen Haus wie ein Fremder. Im Vorgarten leuchteten wie jedes Jahr zu Weihnachten das große Rentier mit dem Schlitten, der dicke Weihnachtsmann und die um die Bäume gewickelten Lichterketten. Im Haus standen an den Fenstern wie eh und je die Kerzen mit batteriebetriebenen Flammenlämpchen in schlanken bunten Gläsern. Der große Christbaum, behangen mit Lametta und goldenen Kugeln, stand festlich vor dem Kamin im Wohnzimmer. Aber vielleicht war es gerade deshalb: die Nächte in dem Haus, die Bescherung, das Essen, die Feier – er empfand die drei Tage als äußerst bedrückend. Zum Glück hatten Joanas Eltern ihren Besuch kurz davor abgesagt, das wäre noch beklemmender gewesen.

Vielleicht hatte jedoch seine Exfrau sie ausdrücklich darum gebeten, nicht zu kommen. Wer weiß.

Abgesehen von den Weihnachtsfeiertagen hatte Scott seine Tochter im vergangenen Jahr nur zweimal gesehen. Öfters ging es nicht. Mit Joana hatte er seit Beginn des Jahres zumeist nur noch über Rechtsanwalt kommuniziert, um die Sache nicht zu `verkomplizieren`, so ihre Worte. Mit seinem neuen Job, dem Umzug und den Rechtsanwaltsterminen blieb ihm letztendlich nicht mehr viel freie Zeit, die er mit Annie verbringen hätte können. Seit Herbst ist die Ehe offiziell geschieden – endlich. Er hofft, bald wieder mehr Besuche für Annie organisieren zu können. Joana verdient gut und hat ihn mit ihren Unterhaltsforderungen zum Glück nicht vollends vernichtet. Das Haus musste er ihr dennoch überlassen, auch wenn sie gewillt war, den restlichen Kredit alleine zu übernehmen. Scott weiß, das große Haus wird sie sich alleine nicht lange leisten können. Es sei denn, ihre Eltern springen ein oder sie hat einen neuen wohlhabenden Freund, der sie bei der Finanzierung unterstützen würde. Den letzten Gedanken schiebt er von sich, daran möchte er nicht denken. Es fällt ihm schwer.

Seine beste Ablenkung ist die Arbeit. Er mag den neuen, sehr abwechslungsreichen Job. Endlich kann er all sein Know-how vielseitiger einsetzen und wird wieder gefordert. Nicht so wie in Phoenix, wo er sich zuletzt oft nur noch gelangweilt hatte. Seit der Versetzung reist er allerdings kaum. Das hätte ihm damals in Arizona ganz gut gefallen, als Annie klein war. Jetzt hofft er, bald wieder öfters unterwegs zu sein.

Seit etwa einem Jahr mietet er eine Wohnung in Bellingham. Er mag das kleine Städtchen. Es gibt ein paar Kneipen, immer wieder Live-Musik, ein neues Kino mit gemütlichen Sitzen und es liegt in einer umwerfenden Landschaft zwischen Meer und Bergen. Im Frühjahr möchte er sich jedoch ein kleines Haus direkt in den Bergen kaufen. Er weiß, dann wird es wieder mehr Häuser zur Auswahl geben. Zurzeit ist der Markt wie leergefegt.

Wer möchte sich schon in der Weihnachtszeit mit einem Umzug oder dem Verkauf einer Immobilie beschäftigen? Da sitzen alle mit ihren Familien vor dem Kamin und machen es sich gemütlich. Er hingegen sitzt an diesem Wochenende wieder alleine in seiner kargen Mietwohnung am Frühstückstisch. Das Jahr ist bald zu Ende und in der Ecke steht immer noch ein nicht ausgepackter Umzugskarton. Die Bücherregale sind lieblos gefüllt mit Ordnern, Büchern und ein paar Dingen, von denen er nicht wusste wohin damit.

Seine Gedanken gehen im Kreis. Seine gescheiterte Ehe und vor allem, dass er Annie wieder länger nicht sehen wird, setzen ihm zu. Er presst seine Lippen zusammen und starrt aus dem Fenster. Der Schnee fällt dicht vom Himmel und verdunkelt den Morgen. Er sieht auf die Flocken und denkt daran, wie gerne er dies mit seiner Tochter teilen würde. Einen richtigen Winter mit Schnee auf Wiesen und Straßen kennt sie nicht. In Arizona wird es manches Mal kalt, vor allem in den Nächten. Aber Schnee? Den gibt es kaum, zumindest nicht in Scottsdale. Annie ist mittlerweile beinahe sechzehn Jahre und eine junge Frau. Er findet Mädchen in diesem Alter sehen erwachsen aus. Annies Freundinnen sind geschminkt und zurechtgemacht, er würde sie auf mindestens zwanzig Jahre oder älter schätzen. Es stimmt ihn dann doch ein bisschen wehmütig, dass seine Annie schon so groß ist. Im nächsten Jahr, so viel steht fest, werde er Weihnachten nicht mehr in Arizona verbringen. Annie kommt zu ihm, das haben sie bereits fest vereinbart. Eventuell muss er sich doch eher nach einer größeren Immobilie in Stadtnähe umsehen als nach einem kleinen Haus in den Bergen, damit Annie sich bei ihm wohl fühlt. Junge Frauen brauchen viel Platz und sie lieben den Stadtrummel, denkt er. Sie ist eben nicht mehr die `Kleine`, die mit ihm enthusiastisch zur Schieß-Ranch geht oder mit ihm ausreitet. War sie früher eher von stämmiger Statur und immer zu Späßen aufgelegt, so ist sie heute feingliedriger, groß, still, zurückhaltend. Er denkt mit einem Kloß im Hals daran, wie schüchtern sie ihn ansah, als sie sich zuletzt nach Monaten der Trennung am Flughafen begrüßt haben. Der Klingelton des Mobiltelefons reißt ihn aus einer Welt der Nachdenklichkeit. «Ja?», sagt er wie immer knapp und wartet, ohne seinen Namen zu nennen. Oft handelt es sich bei den Anrufen ohnedies nur um Spams oder um hartnäckiges Telefonmarketing. Die andere lästige Option wäre ein Anruf seiner Dienststelle. Das passiert immer dann, wenn ein Auftrag oder sonstige Arbeit ansteht, die er am Wochenende erledigen muss. Er ist immer auf Standby, sein Firmenmobiltelefon darf er niemals ausschalten.

«Wollen wir hoch zum Mount Baker, in den Schnee?», sein Kollege CJ ist am anderen Ende der Leitung. Er klingt gut gelaunt.

Dieser Anruf kommt Scott äußerst gelegen. Raus aus der Wohnung und hoch in die Berge. «Gerne!», erwidert er erfreut. Sie verabreden sich und in zwei Stunden soll er CJ abholen, da er in seinem Wagen mehr Platz für die Skiausrüstung habe. «Gut, dass du anrufst, mir ist schon die Decke auf den Kopf gefallen.» CJ fragt ihn nach seiner Winterausrüstung. «Schneeketten? Kein Problem. Habe ich auch dabei, falls wir welche brauchen. Bin ja schon eine Weile hier und weiß, das mit dem Wetter hier ist etwas anders als in Arizona», erwidert er und fängt noch während des Telefonats an, seine Sachen zusammenzusuchen.

Die Parkplätze auf Mount Baker sind eingeschlossen von großen Schneemassen, die aussehen wie umzäunende meterhohe Wände. Die glitzernd weiß bedeckten Bäume, der dichte Schneefall und die wenigen Menschen fügen sich in eine bezaubernde Winterlandschaft. Auch auf den Metallpfosten des Sessellifts haben sich Hütchen aus Schnee gebildet.

«Es soll heute irgendwann aufreißen», murmelt Scott in das weiche hellblaue Schlauchtuch um seinen Hals, das Annie ihm zu Weihnachten geschenkt hat. «Die Sonnenbrille habe ich allerdings nicht dabei.» Er lacht.

«Ich auch nicht», CJ lässt sich mit Schwung neben ihm auf dem Sessellift nieder und bringt die Sitze zum Schaukeln. «Mensch bin ich froh, dass du Ski fahren kannst», sagt er beschwingt. «Die anderen hängen ständig nur mit ihren Familien ab. Cool, dass du jetzt hier wohnst.»

Scott schaut auf die Piste und den immer höher werdenden Schnee auf der Strecke. «Das da wird für mich nicht ganz einfach! Mit Tiefschnee habe ich nicht viel Erfahrung.»

CJ klopft ihm mit seinen dicken Handschuhen auf die Schulter und meint: «Zumindest fällst du weich.»

An der Bergstation wird nicht mehr lange geredet, sondern CJ schmeißt sich sogleich auf die Bretter und fährt los. Scott folgt ihm etwas langsamer und in größerem Abstand. Mitten auf dem Hang erwartet ihn bereits sein Kollege, als er schnaufend und in großen Stemmbögen aufschließen kann. CJ deutet mit dem Skistock auf die Spitze eines der umliegenden Berge.

«Da! Schau mal. Da, wo der Himmel aufreißt, gehen ein paar den Berg nach oben. Da ist es sicherlich herrlich, nach unten zu wedeln.»

Scott ist von der Vorstellung nicht sonderlich begeistert. «Ist das nicht verboten? Ich meine, wegen der Lawinengefahr?»

CJ nickt. «Trotzdem – einmal ganz alleine auf einem Hang sein. Das reizt mich schon.»

Scott ist anderer Meinung. Ehe er sich umsieht, ist CJ schon wieder losgefahren. Auch wenn er mit seinem Kollegen kaum mithalten kann, gefällt es Scott auf der Piste. Sein Handgelenk, das vor einem Jahr einen Durchschuss erlitten hatte, schmerzt ihn zwar manches Mal. So auch heute beim Halten des Skistocks. Andrerseits ist Scott jegliche Schmerzen gewöhnt. Sie begleiten ihn schon sein ganzes Erwachsenenleben.

Bei Verfolgungsjagden passiert immer irgendetwas. Den jungen Mann, den er vor zwei Wochen zu Fall brachte, war gerade einmal halb so alt wie er. Scott ist noch schnell genug, um mit den jungen Gaunern mitzuhalten. Nur seine Knochen und Gelenke machen ihn bei Sprüngen oder Attacken doch auf sein

Alter aufmerksam. CJ lacht ihn aus, wenn er sich so sehr ins Zeug schmeißt. Er würde keine Auszeichnung für Heldentaten erhalten, provoziert er ihn dann. Aber irgendwie kann Scott nicht anders. Wenn es um Drogendealer geht, kennt er kein Pardon. Egal welche Drogen – selbst Dope findet er übel. Seit diesem Herbst wurden ebenso in Kanada die leichteren Sorten Rauschgift, wie beispielsweise Cannabis, legalisiert. Er ist der Ansicht, das war keine gute Entscheidung. Im Staat Washington rauchen sie schon Jahre lang, ohne dafür belangt zu werden. Und was ist das Resultat? Die Probleme häufen sich und es gibt keine Möglichkeit, die Lage in den Griff zu bekommen. In Arizona sind leichte Drogen zum Glück noch illegal, denkt er und ist erleichtert, seine geliebte Annie dort zu wissen.

Er schaut nochmals zu den beiden Schneewanderern auf dem Gipfel und fragt sich, was sie ohne Ski da oben machen. Dann sieht er nach unten, wo CJ bereits vor der Talstation des Lifts steht und den Stock hochstreckt. Im kontrollierten Tempo fährt er den letzten Hang ab und bremst direkt neben seinem Kollegen.

«Bei der Gangsterjagd bist du zum Glück dann doch etwas schneller!», lacht ihn sein Kollege aus.

«Mach dich nur lustig über mich.» Scott boxt ihm in die Schulter.

«Huhu etwas leichter bitte. Ich bin ja nicht einer von den Bösen.»

«Das kann man nie wissen.»

Sie lassen sich in den Liftsessel plumpsen und sogleich geht es wieder den Berg nach oben.

«Sag mal. Stört dich das nicht, dass es hier an jeder Ecke nach Dope riecht?», fragt er.

«Habe mich daran gewöhnt», erwidert CJ.

Sie schauen wieder zu den Bergen, wo sie zuvor die Schneewanderer gesehen haben. Der Schneefall hat etwas nachgelassen. Die Sonne kämpft sich stellenweise durch die Wolkendecke und scheint ihnen auf die Rücken.

«Die Sonne tut gut.»

«Man müsste die Strafen bei Verkehrsunfällen unter Drogeneinfluss schärfer ahnden», greift Scott das Thema nochmals auf. CJ pflichtet ihm ohne Einwand bei.

Auf einem Seitenhang sieht Scott eine kleine Schneelawine und schubst seinen Kollegen, um sie ihm zu zeigen. «Da – wie ein Rollmops würdest du darin aussehen. Wir bleiben auf jeden Fall hier bei der abgesicherten Strecke, verstanden?»

«Ist ja gut. Habe es nicht vorgehabt», CJ lacht. An der Bergspitze angekommen, klopft er Scott aufmunternd auf den Rücken. Er fährt los und ruft ihm über seine Schulter zu: «Komm, alter Knabe. Zeig einmal was du auf dieser abgesicherten Strecke zustande bringst.»

Scott stöhnt auf und fährt ihm hinterher. Sein Kollege ist wie immer wesentlich flinker. Nur dieses Mal packt ihn der Ehrgeiz. Er macht keine langen, sondern schnelle kurze Bögen und nimmt an Fahrt auf. Die Mulden und Buckel bringen ihn zum Schwitzen. In einem riskanten Ausweichmanöver vor einer Eisplatte, fährt er in eine angehäufte Tiefschneestelle und schon ist's passiert. Seine Ski überkreuzen sich, der eine geht auf und er verliert das Gleichgewicht. In hohem Bogen fliegt er, dann rollt er und schließlich taucht er mit dem Gesicht voran in den Schnee. Ist noch alles dran? Er schaut auf seine Arme und Beine. Alles scheint in Ordnung zu sein und sodann bringt er den einen Ski parallel zum Hang. Er stützt sich mit der Hand ab, um aufzustehen. «Sch...!!», prustet er und lässt sich sogleich wieder stöhnend zur Seite fallen. Reflexartig greift er an sein Handgelenk.

«Was ist los? Hast du dich verletzt?», fragt CJ, der nicht weit von ihm entfernt stehen geblieben ist.

«Das Handgelenk. Scheiße, tut das weh!»

CJ staffelt hoch zu ihm und will ihm auf die Beine helfen.

«Ist ja nur die Hand», wehrt Scott energisch den Versuch seines Kollegen, ihm zu helfen ab. «Dieses sch... Handgelenk macht immer wieder Probleme.» Er formt einen Schneeball und legt ihn sich auf das Handgelenk.

«Wollen wir zur Hütte fahren?», fragt ihn CJ mit dem zweiten Ski in der Hand.

Scott schiebt sich umständlich, während er den Schneeball auf das verletzte Handgelenk presst, den Ski in Position. «Ja. Eine kleine Pause wäre gut», erwidert er mürrisch. Langsam rappelt er sich auf, schnallt den Ski an und rutscht vorsichtig den Hang nach unten. Sein Kollege fährt das letzte Stück im sicheren Abstand hinter ihm.

«Endlich spüre ich meine Zehen wieder», gibt Scott in der warmen Hütte von sich, nachdem er die Skischuhe geöffnet hat.

«Sei nicht so zimperlich», erwidert CJ knapp und geht vorneweg an das Buffet. Er hat Hunger.

Scott ist über sich und seine schlechte Stimmung verärgert. Sein Handgelenk brennt vor Schmerz. Die Befürchtung, er wird seine Hand wieder einige Wochen nicht richtig bewegen können, macht ihm zu schaffen. «Allzu groß sind die Burger hier nicht», beschwert er sich an der Theke.

«Die Portionen auf dem Berg sind immer etwas kleiner und teuer», stimmt CJ mit ihm überein. «Nächstes Mal fahren wir woanders hin zum Essen. Der 'Black Forest' ist nicht weit von hier. Ist ganz in der Nähe und ein super Restaurant. Betreibt eine Deutsche mit ihrem amerikanischen Mann. Die Portionen sind immer groß und die Schnitzel und Steaks schmecken hervorragend.»

Sie suchen sich einen Tisch direkt an der Fensterfront. Eine Weile sitzt jeder in eigene Gedanken versunken und isst seinen Burger.

«Wir gehen doch noch einmal auf die Piste, oder?», fragt ihn CJ verunsichert.

«Klar», erwidert Scott sofort, der sich seine Schmerzen nicht mehr anmerken lassen möchte. Er hat nicht vor aufzugeben. Der

Skipass für den Tag war viel zu teuer, als dass man dann nur ein paar Stunden auf der Piste verbringt.

In dem Restaurant spielen vier Blue Grass Musiker auf ihren Gitarren und Banjos beschwingte Live-Musik. Der Frontmusiker mit seiner Baseballkappe heizt die Stimmung auch bei den paar Gästen an.

Nach einer Weile kann Scott sich wieder besser entspannen. Das Pochen im Handgelenk lässt nach und er genießt die Musik.

«Hast du Carols Mann schon einmal spielen gehört?», fragt er.

«Du meinst Kevin?»

«Ja! Der spielt ganz gut.»

«Ich höre immer nur Carol davon erzählen, wenn sie mal nicht am Schreibtisch wieder eingeschlafen ist.»

Scott lacht. «Ja. Sie schlägt sich die Nächte um die Ohren, nur um bei seinen Auftritten dabei zu sein.»

«Warum tut sie das?»

«Naja – zum einen spielt er wirklich gut. Und dann», er schüttelt mit dem Kopf. «Sie ist verdammt eifersüchtig.»

«Und?»

«Sie lässt ihn nicht gerne alleine, wenn er von all den Mädels auf der Bühne angehimmelt wird.»

«Ist er so gut?»

«Ja! Und er sieht nicht übel aus.»

«Aber Carol ist doch eine attraktive Frau.»

«Stimme ich mit dir überein. Aber hartnäckige, aufdringliche Groupies gibt's überall. Carol traut ihrem Mann wohl nicht.»

CJ nimmt sein Rootbeer und trinkt den Rest in einem Zug leer. «Das stelle ich mir anstrengend vor», sagt er und weiter: «Wie waren denn übrigens deine Weihnachten? Du warst doch in Arizona?»

«Mmmh», äußert sich Scott wieder etwas gereizt. «Wie soll ein Weihnachtsfest mit der Exfrau schon verlaufen?»

«Hast du denn deine Tochter nicht gesehen?»

«Doch – das schon. Aber nächstes Mal», sagt er bestimmt, «kommt sie zu mir. Keine Chance, dass ich da nochmals hinfliege.»

«War wohl nicht so einfach. Kann ich mir vorstellen.»

Scott schaut in Gedanken aus dem Fenster, ehe CJ weiterspricht: «Du musst hier mal raus aus dem Trott, Scott. Mach mal richtig Urlaub. Nur du alleine, ohne Anhang», er grinst ihn verschwörerisch an. «Lach dir eine schöne Frau an und genieße dein Single-Leben.»

«So wie du?»

«Na klar! So wie ich! Es gibt prima Dinge in einem Leben als Single.»

«Und die wären?»

CJ grinst darauf nur zurück und schweigt.

«Ich war so lang in einer Beziehung, dass ich überhaupt nicht mehr weiß, wie das ist. Vielleicht sollte ich wirklich einmal Urlaub alleine machen. Das hat schon etwas Verlockendes», spricht Scott langsam weiter und denkt dabei an Sandstrand und warmes Wetter.

«Da kannst du sicher sein.» CJ steht auf und holt Kuchen von der Theke. Ohne Scott zu fragen, bringt er ihm ein Stück mit und sagt: «Hier – das hebt die Stimmung.»

Scott beißt in den Schoko-Brownie. Gedanken an die Möglichkeit, alleine in Urlaub zu fahren, und die Süße des Desserts heben tatsächlich ein Stück weit seine Laune. Er hat schon lang keinen richtigen Urlaub mehr gemacht, wird ihm klar. «Mit meinen paar Wochen im Jahr versuche ich meistens etwas mit Annie zu unternehmen.»

«Wie alt ist sie denn?»

«Sie wird in ein paar Monaten sechzehn.»

«You're sixteen, you're beautiful and you're mine...», summt CJ vor sich hin und grinst ihn an.

«Mensch lass das! Sie ist meine Tochter, du Arsch!»

«Uiuiui, da darf man keine Scherze machen.»

«Nein. Ganz bestimmt nicht.»

«Keine Angst – meine Frauen müssen ein paar Jahre älter sein», wehrt er ab. «Hat Annie noch keinen Freund?»

Scott sieht überrascht zu ihm.

«Sag bloß, du hast dir darüber noch nie Gedanken gemacht», meint CJ.

Scott setzt sich aufrecht hin: «Nein. Habe ich nicht.» Dann schiebt er jedoch nach: «Doch, manches Mal natürlich schon. Ich kann mir das nur nicht vorstellen.»

«Alter Knabe, gewöhne dich an den Gedanken! Du wirst nicht mehr lang die Nummer Eins im Leben deiner Tochter sein.»

Sie beobachten eine Familie mit zwei kleineren Kindern, die sich laut unterhalten, umständlich ihre Jacken und Mützen ausziehen und sich an einem der Nebentische ausbreiten.

«Möchtest du keine Kinder?»

«Ehrlich jetzt?», fragt CJ nach.

«Na klar – ehrlich!», wiederholt Scott und legt die benutzten Papierservietten und Plastikteller auf das Tablett. Dabei lässt er ihn nicht aus den Augen.

«Nein. Habe zu viel gesehen und erlebt. Das will ich keinem Kind antun. Viel zu viele beschissene Typen in unserer Welt. Und du?»

«Ich habe eine Tochter. Schon vergessen?»

«Ja», er grinst ihn an. «Hattest du das damals entschieden oder war es eher ein ʾUnfallʾ?»

Scott massiert sein Handgelenk. Diese intimen Fragen über seine Ehe sind ihm unangenehm. Er würde lieber wieder über etwas anderes mit seinem Kollegen sprechen. Gedanken hat er sich damals schon gemacht, als Joana ihm sagte, sie wäre schwanger. Er hatte es nie weiter hinterfragt und dann war es gut. «Ist eben passiert. Ich habe nicht verhütet und sie», er zieht die Luft ein, «wohl auch nicht, wie sich später heraus gestellt hat.» Dann hat er genug von den privaten Gesprächen und schiebt seinen Stuhl geräuschvoll nach hinten.

«Soll ich dir das Tablett abnehmen?», fragt CJ, als er sieht, wie Scott umständlich versucht, sein Handgelenk dabei zu schonen.

Scott hat genug. Es widerstrebt ihm, Mitleid von seinem Kollegen gezeigt zu bekommen. Verärgert schubst er ihn mit dem Tablett zur Seite. Er möchte jetzt wieder auf die Piste.

Am darauffolgenden Sonntagabend kommt ein Anruf von John, dem Group Supervisor. Sie sollten einem ihrer Informanten folgen, mit dem CJ angeblich in Kontakt stehe.

«Aber ich bin dieses Wochenende nicht dran!», beschwert sich Scott.

«Ich weiß. Aber Steve kann nicht – seine Frau!»

«Bekommt sie das Baby?», fragt Scott scheinheilig. Er weiß, der Termin ist erst in ein paar Monaten. Steve benutzt die Schwangerschaft seiner Frau ständig als Ausrede, um nicht am Wochenende zum Einsatz kommen zu müssen.

«Was weiß ich», erwidert John brüsk, er hat offensichtlich keine Lust auf weitere Debatten. Stattdessen gibt er ihm die klare Anordnung, sich mit CJ in Verbindung zu setzen und alles abzusprechen.

«Klar Boss. Wird gemacht.» Scott legt auf. Er ist genervt, wie Steve sich stets der Verantwortung entzieht. Das einzig Gute daran ist, dass er den Einsatz gemeinsam mit CJ machen wird. Er wechselt von seiner Jogginghose in die Jeans und legt gedanklich den soweit gemütlichen Sonntagabend ad acta. Während seiner mittlerweile automatisierten Handlungsabläufe, wie Dienstwaffe und Dienstmarke anlegen, ein paar Snacks einpacken für man weiß nie wie lang ohne Pause, telefoniert er mit seinem Kollegen. Er ist nicht erfreut zu hören, wie vage der Deal ist. CJ hat nur wenige Anhaltspunkte und wartet auf mehr Einzelheiten zu einem späteren Zeitpunkt.

«Das ist doch alles eine Sch...», lässt er seinen Ärger raus.

«Stell dich nicht so an», erwidert CJ gelassen, «mir geht es genau wie dir. Wir sitzen im selben Boot.»

«Nein, tun wir nicht! Ich hätte ihn schon längst weichgeklopft und mehr Infos festgemacht.»

«Hast du aber nicht», CJ ist kurz angebunden. «Wir treffen uns vor der Mall. In fünfzehn Minuten. Schaffst du das?»

«Muss wohl.»

Zwei Stunden später wartet Scott noch immer in seinem Auto auf dem Parkplatz vor der Mall. CJ, zwei andere Kollegen und er kommunizieren in jeweils ihren eigenen Fahrzeugen miteinander über Polizeifunk. Bislang ist nichts passiert. Keiner der Kollegen ist über diesen Einsatz am Wochenende erfreut. Sie beschweren sich abwechselnd. Jeder habe etwas Besseres an diesem Sonntagabend vorgehabt und sei es nur auf der Couch vor dem Fernseher zu sitzen. Ihr gemeinsamer Groll richtet sich gegen Steve, der sich wieder einmal elegant der Sache entzogen hat. Unmut kommt nach und nach auch gegen CJ auf, der den Kontakt nicht auf Montag schieben konnte.

«Eine Stunde von meinem Wochenende gebe ich dir noch. Dann reicht's», mault einer der Kollegen.

«Du hättest ja so oder so nur mit deiner Frau zu Hause gestritten.»

«Was weißt du denn schon?»

«Mehr als dir lieb ist.»

«Haltet die Klappe», fährt CJ harsch dazwischen. «Es geht los.»

Ein kleiner stämmiger Latino kommt aus der Mall und geht direkt zu einem alten hellgrauen Pick-Up auf dem beinahe leeren Parkplatz. Ohne sich umzusehen, steigt er ein und fährt los. Er hat keine Eile. Der erste Kollege hängt sich an den Pick-Up, die anderen warten, bis die beiden Autos außer Sichtweite und auf der Autobahn sind. Dann folgen sie ihnen im großen Abstand. Sie lösen einander immer wieder ab, damit sie nicht als Verfolgungsfahrzeuge und somit als ʼVerbündeteʼ des Latinos auffallen. Sie dürfen nichts riskieren. Es geht über Stunden quer durch den Staat Washington. Scott ärgert sich, nicht vorher gepinkelt zu haben. Er möchte nicht schon wieder während des Einsatzes in einer Flasche Wasser lassen. Er hasst es, genau dann immer den Urindrang zu verspüren, wenn endlich etwas passiert. Angeblich wird die Übergabe am Fuß der Berge stattfinden, nicht allzu weit entfernt von der kanadischen Grenze. So lange hält er noch durch, beschließt er. Der Latino hat schon in einigen Deals mit ihnen zusammengearbeitet. Nicht freiwillig, er hätte das Geld lieber selbst behalten. Er hatte die Seiten wechseln müssen, als er an der Grenze mit zehn Kilo Koks in einem Verkaufswert von rund 350.000 US Dollar aufgeflogen war. Nach einem kurzen intensiven Verhör hat er weinerlich aufgegeben. Jetzt arbeitet er für sie. Mit dem Verrat hat er sich seit einigen Monaten in eine abhängige und prekäre Situation begeben müssen, soviel ist selbst ihm mittlerweile klar geworden. Nur was blieb ihm anderes übrig? Er hatte keine Wahl. Als der graue Pick-Up die Ausfahrt zur Tankstelle nimmt, fährt Scott direkt hinter ihm. Da wird es stattfinden, vermutet er.

Alles geht schnell. Etwas abgelegen von den Tanksäulen gibt der Informant die Drogen weiter und erhält das Geld. Scott beobachtet den Käufer im sicheren Abstand. Es ist ein schmaler Mann mit Bart und Brille. Alter – etwas über dreißig, Aussehen – unauffällig. Niemals würde man ihn als Dealer vermuten. Scott gibt das Kennzeichen und die Personenschreibung weiter an CJ. Er selbst fährt weg, ehe irgendjemand an der Tankstelle Verdacht schöpfen kann und ihn bemerkt. Er hat es schon etliche Male gemacht und doch verursacht es immer wieder einen Adrenalinschub. Ein beschissener Dealer weniger, denkt er und fährt auf der Autostraße in Richtung Süden. CJ wird die Washington Streife verständigen. Sie werden den schwarzen Honda Civic mit dem von ihm durchgegebenen Kennzeichen aus British Columbia bei der nächsten Gelegenheit stoppen. Ein defektes Rücklicht, zu schnell gefahren oder an einem Stoppschild vorbeigefahren – der Vorwand wird beliebig gewählt. Ihr Latino ist längst wieder weit entfernt und der Kanadier wird keine Zusammenhänge vermuten. Das ist wichtig, denn sie brauchen ihren Mann noch für künftige Deals. 'Verbrannt', so nennen sie es, wenn seine Verdeckung auffliegt, nutzt er ihnen nichts.

Für Scott und die anderen Kollegen ist der Abend gelaufen. Er hält kurz an einem Take-Away, um endlich eine Toilette aufzusuchen. Bei dieser Gelegenheit holt er sich ein Sandwich, sein Magen knurrt. Ein Zeichen, sein Adrenalin wird langsam abgebaut. Bei so einem Einsatz ist er, obwohl er nur im Auto sitzt, in höchster Alarmbereitschaft. Man weiß nie, was bei Übergaben passiert. Es ist schon vorgekommen, dass alles in einem Blutbad endet. Die Nerven der Dealer liegen blank. Wenn nur eine Kleinigkeit schief läuft, kann die Situation eskalieren. Am größten ist die Gefahr für den Informanten. Sein Leben hängt an einem dünnen Faden, denn er steht direkt vorne an der Front. Dementsprechend schnell hauen sie in der Regel direkt nach den Übergaben wieder ab. Das Geld wird CJ später weit weg von der Übergabestelle an sich nehmen. Gezählt wird morgen. Heute hat keiner mehr den Nerv dazu, auch er nicht.

Jetzt, wenn die Aufregung nachlässt, spürt er seine Müdigkeit und möchte nur nach Hause in sein Bett – leider in ein kaltes, leeres. Die verlockende Idee eines Urlaubs fällt ihm wieder ein. Er wird den GS nach Urlaub fragen, beschließt er. Er braucht unbedingt ein paar freie Tage und einen Lichtblick in seinem Leben. CJ lag damit vollkommen richtig. Ausnahmsweise wird er seinen Rat befolgen.

ES BRENNT

Vater und Tochter sitzen gemütlich am Esstisch. «Möchtest du noch mehr von dem Apfelstrudel?», fragt er.

Heidi lehnt sich satt im Stuhl zurück und winkt dankend ab.

Ihr Vater faltet seine Hände vor sich auf dem Tisch und räuspert sich: «Ich bin froh, dass du es vor deiner Abreise noch einmal zu mir geschafft hast», sagt er.

«Ich auch», beteuert sie. «Es war wirklich hektisch in den letzten Wochen und Monaten. Das kubanische Projekt hat mich sehr gefordert.» Ihr Vater betrachtet sie nachdenklich und Heidi fügt mit einem Gähnen hinzu: «Morgen ist es vorbei – endlich!»

«Ja, ich weiß», erwidert er, «aber schon in ein paar Tagen fliegst du weg!»

Sie kann den Vorwurf in seinen Worten hören und setzt sich weiter nach vorne, um ihm näher zu sein. «Es geht leider nicht anders. Ich muss. Ich war schon wieder mehr als zwei Jahre nicht bei ihr», verteidigt sie ihre Entscheidung, ohne zu erwähnen, dass ihre Arbeit für die Agentur damit vorläufig endet und zur Zeit kein Anschlussprojekt in Aussicht ist. Sie kann seinen besorgten Blick, den er immer hat, wenn sie über seine Exfrau beziehungsweise ihre Mutter sprechen, kaum ertragen.

Er hat seiner damaligen Frau bis heute nicht verziehen, dass sie ihn wegen eines Amerikaners verließ, den sie beim Mauerfall in Berlin kennengelernt hatte. Und erst recht nicht, als sie die kleine fünfjährige Heidi vorerst in Frankfurt zurückgelassen hatte, um sie vier Jahre später für das Gymnasium beziehungsweise die Highschool nach Oahu zu holen. Jedes Gespräch über sie ist emotionsgeladen und schmerzhaft für ihn. Ebenso für Heidi. Dabei hat sie es noch nicht gewagt, mit ihm über den schlechten Gesundheitszustand ihrer Mutter zu sprechen. Er regt sich jedes Mal auf und Maunawili ist nach wie vor ein Thema, das sie versucht möglichst ganz zu vermeiden. Von ihrer Reise hat sie ihm somit auch erst vergangene Woche erzählt.

«Kann ich heute bei dir hier übernachten, Papa?», fragt sie stattdessen.

«Klar», antwortet er freudestrahlend. «Wollen wir uns gemeinsam einen Film anschauen?»

Der Themenwechsel stimmt sie zufrieden. Sie legt ihre Hand auf seinen faltigen Handrücken und fragt, ob er eventuell lieber eine Partie Schach spielen möchte. Sie weiß, wie gerne er das Spiel mag und sie genießt es ebenfalls.

«Eher nicht, ich bin etwas müde», entgegnet er.

«Das Rentnerdasein ist wirklich sehr anstrengend», feixt Heidi.

Er lächelt müde zurück und greift nach den leeren Tellern.

«Lass mal, Papa», sagt sie schnell und nimmt ihm das Geschirr ab, «du hast für heute schon genug getan. Das Essen war super!»

«Das mache ich doch gerne, meine Liebe.»

«Setz dich schon mal ins Wohnzimmer und schau im Programm nach, welchen Film wir uns später anschauen könnten.»

Ihr Vater ist immer noch stolzer Besitzer eines alten Fernsehgeräts und sie müssen sich in der Regel das ansehen, was die Programme hergeben. Sie versucht ihn schon seit längerer Zeit, von Netflix und Filmen per Streaming zu überzeugen, aber da stößt sie bei ihm auf taube Ohren. Sie räumt die schmutzigen Teller in den Geschirrspüler. Irgendwie schafft ihr Vater es, die Küche sogar bei den Vorbereitungen eines Dreigängemenüs ordentlich zu halten. Auch wenn der Apfelstrudel vom Bäcker kam, das Chilli Con Carne und die Spargelsuppe hat er selbst gekocht. Trotzdem ist in der Küche kaum etwas aufzuräumen. Alles steht an seinem Platz und sie ist im Nu mit allem fertig. Bei ihrer Mutter und bei ihr selbst endet alles meistens in einem Chaos und die Aufräumarbeiten brauchen mindestens genauso lang wie der Kochvorgang.

«Möchtest du noch ein Gläschen Wein?», ruft sie ihm zu.

«Ja, gerne. Eines geht noch», antwortet er.

Sie schenkt nach und geht damit zu ihm ins Wohnzimmer.

«Ich hoffe, du bleibst nicht allzu lang», greift er das Thema der Reise nach Oahu erneut auf.

Heidi verzieht angespannt ihr Gesicht. «Ich bin doch immer nur alle zwei Jahre bei Mama. Du weißt das. Der Flug ist teuer genug und ich möchte ...»

Er hält seine Hand defensiv hoch und unterbricht sie: «Ich weiß, ich weiß. Ich habe immer ein bisschen Angst. Nicht, dass du ...»

«Ach, Papa», erwidert sie sanft, «du weißt doch. Ich lasse dich nicht im Stich. Ich halte es niemals lang ohne dich aus. Außerdem vermisse ich Lena und meine Freunde hier in Frankfurt. Keine Sorge – ich bleibe in Deutschland wohnen.»

Verlegen schiebt er seine Brille nach oben und atmet einmal tief durch. Dann küsst er seine Tochter auf die Stirn. «Hast du Lust, dir den Film ˋFrühstück bei Monsieur Henriˊ nochmals anzuschauen?»

Heidi schmunzelt. Es ist ein amüsanter französischer Film über einen knurrigen alten Mann, der ein Zimmer an eine junge pfiffige Studentin untervermietet. Sie sahen ihn gemeinsam im Kino und mochten ihn beide sehr. «Aber ja doch, Papa. Warum nicht?»

«Mehr schaffe ich heute nicht mehr und er läuft zufällig auf ˋArte.»

Das ist genau die Art von Unterhaltung, die auch Heidi an diesem Abend gut findet. Ein bisschen Ablenkung, etwas zum Lachen und eine sympathische Geschichte über Generationen hinweg.

Am nächsten Morgen ist sie bereits um sechs Uhr hellwach und wälzt sich unruhig im Bett. Gedanken an die bevorstehenden Arbeiten in der Agentur lassen sie nicht länger schlafen. Nach wochenlangen Vorbereitungsarbeiten ist heute endlich der große Tag des Events. Ihre Agentur hat ein kubanisches Projekt Anfang des Jahres akquiriert und Lothar hat sie zum Glück gleich wieder damit beauftragt, das Projekt zu leiten. Genau zum richtigen Zeitpunkt, denn sie kann das Geld dringend für den Flug nach Honolulu gebrauchen. Sie steht auf und zieht sich den Pullover über. So früh am Morgen ist es im Hause ihres Vaters kühl. Sie geht in die Küche, um sich Tee aufzugießen. Starker heißer schwarzer Tee hilft, um sich zu wärmen und um wach zu werden.

Plötzlich reißt sie der Klang der schrillen Türklingel aus dem morgendlichen Tran. Wer schellt denn um diese Uhrzeit bereits an der Haustür? Das werden doch keine Hausierer sein, oder erwartet ihr Vater jemanden? Sie geht in den Flur und schaut die Treppe nach oben zu seinem Schlafzimmer. Sie kann keine Geräusche vernehmen, ihr Vater scheint die Klingel nicht gehört zu haben. Um diese Uhrzeit möchte sie die Haustür lieber nicht aufschließen und so öffnet sie das Fenster im Erdgeschoß und schaut raus.

Vor der Haustür steht ein Mann, der mit seinen Händen hektisch zur anderen Straßenseite gestikuliert. «Es brennt!», schreit er hoch zu ihr und weiter, «schon ganz hoch!»

Ihr fällt sofort die ungewöhnlich rötlich gelbe Lichtstimmung auf. Ihr Blick folgt seiner gestikulierenden Hand in Richtung Straße und sie sieht das brennende Auto. Der Rahmen, die Größe, die Form. Kein Zweifel – es ist unverkennbar ein Smart, der in hellen hohen Flammen brennt. Im Schock schnellt ihr Blick fragend zurück zu dem Mann. Aufgewühlt versucht sie Herrin ihrer Gedanken zu bleiben und doch sind es eher Fragen als Antworten. Was solle sie zuerst machen oder wie könne sie helfen.

«Ich habe bereits die Feuerwehr verständigt», ruft ihr der Mann mit lauter Stimme zu. «Zwei Fahrzeuge haben schon Feuer gefangen. Weiter oben in der Straße ein drittes Auto! Da sind die Flammen noch klein und ein Feuerlöscher wäre gut.»

Heidi dreht sich um. Sie hört ihren Vater hinter sich, der zu ihr ans Fenster tritt.

«Haben Sie einen Feuerlöscher?», schreit der Mann ungeduldig und gestikulierend über ihren Kopf hinweg zu ihrem Vater. Im Gegensatz zu ihr, reagiert er sofort: «Ich hole ihn!», sagt er laut zurück und eilt los.

Heidi bleibt ungerührt am Fenster lehnen und starrt auf ein Ohr-Piercing des Mannes, das beinahe so groß ist wie sein Nasenloch. Wie hypnotisiert greift sie an ihr eigenes Ohr und empfindet einen fiktiven Schmerz beim Anblick des dunklen Fleischtunnels in seinem Ohrläppchen. Nur kurze Zeit später steht ihr Vater mit dem Feuerlöscher vor der Haustür. Er und der Mann eilen gemeinsam in Richtung der Flammen, biegen um die Ecke und verschwinden aus ihrem Blickfeld. Als sie einen lauten Knall hört, zuckt sie zusammen.

«Papa!», schreit sie verängstigt auf und jetzt reagiert sie schnell und rennt los. Sie biegt um die Hausecke und kann die beiden an einem nur leicht kokelnden Auto mit dem Feuerlöscher hantieren sehen. Sie ist erleichtert, ihrem Vater ist nichts passiert. Direkt hinter dem lichterloh brennenden Smart hat jedoch noch ein Auto Feuer gefangen, was sie vom Fenster aus nicht sehen konnte. Sie erstarrt, denn sie erinnert sich in diesem Moment mit Schrecken, wo sie am Vorabend ihr eigenes Auto geparkt hat. Tatsächlich! Es ist ihr Fiat! Was kann sie nur tun und weswegen braucht die Feuerwehr so lang? Sie tritt nervös von einem Fuß auf den anderen: Ihr Blick folgt den züngelnden Flammen nach oben und sie sieht, wie die Markise des Bäckers nebenan Feuer fängt. Kurz darauf kommt der Verkäufer aus dem Laden.

Heidi ruft ihm zu und deutet nach oben: «Hallo! Ihre Markise! Sie müssen den Stoff löschen! Das Feuer breitet sich aus. Ihre Markise! Schnell, schnell! So geh'n Sie doch.» Obwohl sein Blick ihrer gestikulierenden Hand nach oben folgt und er die Flammen sieht, verharrt er reglos an Ort und Stelle. Nun ist Heidi es, die schneller ist und ihn mit lauter Stimme drängt: «Sie müssen etwas tun, sonst beginnt der ganze Laden zu brennen. Und das Haus! Holen Sie einen Feuerlöscher! Tun Sie etwas!» Ihr hysterisches Schreien löst ihn aus einer Schockstarre und er rennt zurück in seine Bäckerei. Dann weiß sie endlich, wie sie helfen kann. Sie geht zu den umstehenden Häusern und schellt an den Türen. Die Nachbarn sollen ihre Autos in Sicherheit bringen und wegfahren.

Der Smart qualmt und brennt am höchsten – faszinierend und beängstigend zugleich. In der Nähe ihres eigenen Wagens bleibt sie noch einmal stehen. Hier sind die Flammen auch schon hoch. Bei dem Anblick schnürt es ihr die Kehle zu. Ihr geliebter kleiner grüner Fiat. Autos sind nicht wichtig, versucht sie sich zu beruhigen, solange das Feuer nur nicht auf die Häuser übergreift.

«Ist das nicht dein Wagen, Heidi?», ihr Vater kommt auf sie zu und nimmt sie sogleich in seine Arme. In dem Moment seiner wohligen Umarmung beginnt Heidi unwillkürlich zu schniefen. «Die Versicherung wird den Schaden sicher bezahlen», versucht er zu trösten.

«Ich weiß – trotzdem ...», sie löst sich aus seiner Umarmung und schaut zu ihm hoch. «Was ein Glück, dass du eine Garage hast, Papa. Ich möchte mir gar nicht vorstellen müssen, was geschehen würde, wenn dein geliebter alter BMW brennt.»

«Endlich hat sich diese teure Garage bewährt!», sagt er ernst mit einem Hauch eines Lächelns.

Mehr und mehr Nachbarn kommen in Jogginghosen oder Schlafmänteln aufgeregt aus den Häusern und stellen sich auf die Straße. Ihr Vater kennt die meisten von ihnen und sie unterhalten sich, wobei sie immer wieder die Straße hochschauen, ob nicht endlich die Feuerwehr auftauchen würde. Ein Anwohner fährt sein in Nähe der Feuerstelle geparktes jedoch unbeschädigtes Fahrzeug weg. Heidi muss tatenlos zusehen, wie ihr Auto brennt und knallt. Es ist zu gefährlich, etwas selbst zu unternehmen. Sie fühlt sich hilflos und wartet in ängstlicher Ungeduld auf ein Ende.

Endlich trifft die Polizei ein und kurz darauf die Feuerwehr. Dann geschieht alles sehr schnell. Jeder ihrer Griffe ist eingeübt und es dauert keine Viertelstunde bis die Flammen gelöscht sind.

Das Flammeninferno ist vorüber. Heidi ist von dem schnellen routinierten Handeln beeindruckt und starrt nun nur noch auf die Reste ihres Autos. Sowie die Feuer gelöscht sind, verändert sich die Atmosphäre. Aufregung und Hektik sind verpufft und ein langsameres Tempo macht sich breit. Von dem Smart ist bloß ein metallenes Rahmenskelett übrig geblieben. Von ihrem Fiat ist zwar etwas mehr Masse übrig geblieben, dennoch ist es ein Totalschaden. Der dritte Wagen hat, abgesehen von ein paar Kokelspuren, kaum etwas abbekommen. Die Sonne taucht langsam hinter der Häuserwand auf und die dunkle gespenstische Nacht wird von der Morgenstimmung und einem wolkenlosen Frühlingshimmel abgelöst. Nun sieht die Straße mit den Autowracks nur noch deprimierend aus. Die Protokollierung mit den Polizisten ist zäh und dauert länger als erwartet und Heidi muss ihre Agentur verständigen.

Schließlich fährt ihr Vater sie in die Stadt zur Arbeit, damit sie nicht noch mehr Zeit an diesem wichtigen Projekttag verlieren würde. Immer noch etwas zittrig nervös trifft sie im Büro ein. Lothar empfängt sie ungehalten. Sie hätte die Gespräche mit der Polizei ihrem Vater überlassen sollen, wirft er ihr vor. Sie weiß dem nichts zu entgegnen, ärgert sich aber über seinen unfreundlichen Empfang. Wütend schmeißt sie ihre Tasche auf den Schreibtisch. Sie stützt sich mit beiden Händen ab, denn sie hat das Gefühl, ihre Beine geben gleich nach. Sie muss unbedingt etwas essen. In ihrer Schublade hat sie immer Schokolade gebunkert, da sie unter Stress manches Mal vergisst zu essen. Und tatsächlich, die Schokolade mit der Kokosfüllung tut gut. Das Zittern wird von Biss zu Biss weniger und sie beruhigt sich.

Der Event ist für sie enorm wichtig und sie hat vor, den Vorfall des Morgens und ihr geliebtes ruiniertes Auto so gut wie möglich zu verdrängen. Sie muss jetzt funktionieren und fasst den Entschluss, ihre Gedanken ausschließlich auf die Organisation zu fokussieren. Gibt den Kollegen präzise Anweisungen. Schaut und kontrolliert auf ihrer Liste, was gepackt werden muss. Überprüft, wer was zu tun hat. Sie schafft es, sich gut zu konzentrieren und kommt zügig voran. Der Ablauf für diesen Tag hat sich in den vergangenen Wochen in ihren Kopf eingeprägt. Immer wieder geht sie zwischen Büro, den Dienstfahrzeugen und dem Lager hin und her. Nach zwei Stunden sind sie alle abfahrbereit. Ursprünglich hatte sie für die Vorbereitungen und das Packen drei Stunden kalkuliert. Jetzt liegen sie wieder gut in der Zeit.

«Lothar! Wir können los!», ruft Heidi ihm zu.

«Perfekt», sagt er grinsend und zieht sein Jackett an.

«Vergiss das Geschenk für den Kunden nicht», erinnert sie ihn und deutet auf das Päckchen auf seinem Schreibtisch.

«Beinahe hätte ich ...», gesteht er und kommt mit einem gestressten Lächeln auf sie zu. Dann legt er seinen Arm väterlich über ihre Schultern und drückt sie. «Danke.»

Sie ist erleichtert. All die Aufregungen vom frühen Morgen scheinen beinahe vergessen zu sein. Sie gehen zu Lothars BMW und fahren los. Ihnen folgen die Kollegen in drei weiteren Fahrzeugen. Im Auto versucht Heidi gedanklich nochmals die anstehenden Aufgaben durchzugehen. Zwischendurch läutet ständig ihr Telefon und sie koordiniert, erklärt und beruhigt. Die Caterer, die Beleuchter, die Musiker – alle haben Fragen und sind unterwegs zur Veranstaltungsstätte, dem Kloster Eberbach, einer wunderschönen Anlage inmitten der Weinberge am Rhein. Auch der Hausherr ruft zum wiederholten Male an, um sich nochmals über die Ankunftszeit der Gäste zu vergewissern. Um drei kommen die geladenen Gäste, erklärt sie geduldig, bis dahin werde alles bereit sein, er müsse sich keine Sorgen machen.

Am Kloster steigt sie aus und Lothar fährt weiter zum Hotel, um den Gastgeber abzuholen. Die Bühne ist bereits seit dem Vorabend aufgebaut, das Licht wurde gehängt, ist aber noch einzurichten. Das Team muss sich um die Dekoration und die Bestuhlung kümmern. Zuletzt, wenn die Band eintrifft, wird Tonprobe erfolgen. Bis dahin ist noch Zeit. Ihre Agentur arbeitet immer ausschließlich mit Profis, die sie gewöhnlich bereits von anderen Projekten her kennt. Sie wissen, was zu tun ist und es gibt selten böse Überraschungen. Alles verläuft schnell, unaufgeregt und in Ruhe. So ist Heidi es gewöhnt. So liebt sie ihren Job. Und doch: Ständig hat sie das Gefühl, etwas vergessen zu haben. Sie geht ihre Liste zum wiederholten Male durch. Sie hofft, nichts übersehen zu haben. Marie schaut ihr über die Schulter und fragt, ob sie alles im Griff habe. Heidi nickt und bittet sie darum, sich um den Soundcheck mit den Musikern zu kümmern.

Kurz vor zwei kommt ihre Kollegin wieder auf sie zu und fragt, was als Mittagessen für das Team geplant sei. Heidi erstarrt. «Schhh...!», flucht sie, «daran habe ich nicht gedacht!» Sie schüttelt den Kopf über ihren eigenen Fehler. «Wie? Du hast kein Essen für uns?», hakt Marie ungläubig nach.

Für das Abendessen sei gesorgt, erklärt Heidi: «Die Caterer haben diesen kubanischen Eintopf für unser Team. Aber das gibt es erst später am Abend.» Dann seufzt sie laut auf: «Aber jetzt! Verdammt!» Sie spricht mehr zu sich. «Ich wusste es die ganze Zeit über, dass irgendetwas fehlt. Ursprünglich wollte ich Pizzas bestellen. Heute früh wollte ich das machen. Das wollte ich nicht eher machen, damit die es im Pizzaladen nicht vergessen. Aber dann war alles so eilig. Und dann habe ich ... und mit diesem Feueralarm ... egal.» Mit hochrotem Kopf schaut sie Marie direkt in die Augen. Sie muss jetzt handeln. «Was könnten wir in den nächsten zwanzig Minuten auf die Schnelle auftreiben?», fragt sie. Marie schaut sie nur verzweifelt an. So kommen sie nicht weiter, wird ihr klar und sie läuft zum Hausherrn des Klosters.

«Gibt es hier in der Nähe einen Laden, einen Imbiss, wo ich schnell für zwanzig Mann etwas zu essen organisieren kann, das bezahlbar ist?»

Sein eher langsames Gemüt macht sie nervös. Die Zeit tickt. Endlich fällt ihm der Markt im Ort ein, da gebe es Bratwürste und Ähnliches. Mehr muss sie nicht wissen. So schnell ist sie noch nie geflitzt. Marie überträgt sie kurzerhand die Verantwortung, das Team so lange zu beruhigen und schon fährt sie vom Hof. Das muss klappen, spricht sie sich Mut zu.

Um keine Zeit zu verlieren, parkt sie direkt am Eingang vor dem Markt. Zum Glück kommt sie am Stand schnell an die Reihe und bestellt zur Freude des Standbetreibers dreißig Bratwürste. Zwischenzeitlich organisiert sie für die Vegetarier im Team Obst, Käse und Brötchen an den anderen Marktständen. In kürzester Zeit hat sie alles beisammen.

«So ein Mist!», flucht sie neben ihrem Wagen und zieht den Strafzettel für Falschparken von der Windschutzscheibe. «Das hat mir gerade noch gefehlt.» Verärgert schmeißt sie den Zettel auf den Beifahrersitz. Dann atmet sie einmal tief durch. Sie ist erleichtert, das Auto voll Essen zu haben.

Zum Zeitpunkt ihrer Ankunft hat das Team den Aufbau und alle Vorbereitungen abgeschlossen. Jeder hat nur noch auf sie gewartet. Heidi hupt ein paar Male und fährt in den Hof. Schwungvoll drückt sie die Autotür auf und zieht sogleich die ersten Tüten aus dem Wagen. «Es gibt Bratwürste, Käsebrötchen und Obst, Leute! Sorry, dass ihr so lange warten musstet!»

Marie lächelt erleichtert und hilft beim Verteilen der Essens-rationen. Das Obst ist umgehend vergriffen und die Bratwürste verschwinden ebenso eine nach der anderen. Manche greifen doppelt zu, Heidi hat jedoch genügend von allem mitgebracht. Teams sind immer hungrig, weiß sie aus Erfahrung und zu viel Essen hat es noch nie gegeben.

Endlich hat sie die Chance, sich ein paar Minuten hinzusetzen. Das tut gut. Sie blickt zufrieden auf die Bühne in dem alten Steingemäuer. Die Tische davor sind mit langen weißen Tisch-decken, kleinen Vasen und Frühlingsblumen gedeckt. Alles steht an seinem Platz, die Stimmung mit dem Licht ist perfekt. Jetzt ist es an der Zeit, glücklich aufgeregt und zuversichtlich zu sein. Alles wird gut verlaufen. Der größte Teil ihrer Arbeit ist abge-schlossen.

Kurz nachdem sie auf einem der bequemen Sessel durch-atmet, kommt eine Nervosität auf, die sich nicht auf den Event bezieht. In weniger als zwei Wochen wird sie ihre Mutter wieder sehen. Sie hatte in diesem Jahr noch kein einziges Mal mit ihr gesprochen. Das kommt ansonsten niemals vor und beunruhigt sie. Ein einziges Mal gelang es ihr, Joe ans Telefon zu holen. Er klang nicht überzeugend, als er ihr zu verstehen gab, ihre Mutter wäre viel unterwegs. Sie hatte das gegenteilige Gefühl. Während des Telefonats hörte sie Geräusche im Hintergrund und sie vermutete, ihre Mutter wäre nicht unterwegs sondern im Haus gewesen. Julia konnte ihr in einem späteren Gespräch mehr dazu sagen. Sie offenbarte ihr, der Zustand ihrer Mutter hätte sich rapide verschlechtert und sie würde nicht gut aussehen. Sie hatte die beiden besucht und mit ihren eigenen Augen gesehen, wie schmutzig und unordentlich es in dem Haus mittlerweile wäre. Sie bot Joe kurzerhand an, ihm zu helfen und versuchte, in dem Haus ein wenig Ordnung zu schaffen. Bei ihrem zweiten Besuch jedoch gab Joe ihr klar zu verstehen, sie müsste nicht mehr kommen, sie würden sehr gut ohne ihre Hilfe zurechtkommen. Heidi macht sich Sorgen. Sie kann sich nicht vorstellen, wie die Krankheit ihre Mutter und deren Wohnsituation verändert haben soll.

Lothars laute Stimme bringt sie zurück zu Event und Gegenwart. Er unterhält sich mit Jesus Rodriguez vom kubanischen Ministerium für Tourismus. Heidi springt auf und begrüßt den Kunden. Rodriguez spricht perfekt Deutsch, er hat es angeblich als junger Mann während seines Studienaufenthalts in der ehemaligen DDR erlernt.

«Das Kloster ist noch schöner, als ich es von den Bildern kenne», sagt er begeistert, «und die Beleuchtung – das sieht wirklich sehr schön aus. Vielen Dank für alles, Frau Schmidt.»

Heidi freut es, dass er sich an ihren Namen erinnert und er ihre Arbeit wertschätzt. Ein kurzer Smalltalk mit ihm und dann entschuldigt sie sich, sie müsse sich um die Gäste kümmern, die jeden Moment eintreffen werden. Der Saal füllt sich zunehmend mit Geschäftsleuten und Reiseveranstaltern und, soweit sie es erkennen kann, sind die meisten, die sie anschrieb, der Einladung gefolgt. Nach einer offiziellen Begrüßung durch den Minister aus Havanna beginnt der unterhaltsame Teil mit Live-

Musik. Wie es bei einem kubanischen Fest sein muss, wird die Atmosphäre bei Essen und Trinken zu Salsa, Son und Rumba zunehmend lockerer. Die beschwingten karibischen Rhythmen zaubern eine exotische Stimmung in die alten Gemäuer des Klosters in den Weinbergen. Die Musiker in ihren weißen Anzügen stehen keine Minute still. Die Trompeten, Posaunen und Trommeln füllen den Raum und die Sängerin mit ihrer angenehmen weichen Stimme überzeugt. Heidi ist stolz, Lothar die kubanische Sängerin vorgeschlagen zu haben. An seinem Blick kann sie erkennen, wie zufrieden er mit dem Verlauf der Veranstaltung ist. Seine Nervosität vom Morgen ist wie weggewischt. Genau so hat sie es sich vorgestellt. In Ruhe zusehen kann sie allerdings nie lang, denn immer wieder gibt es irgendetwas, das gesucht oder gebraucht wird. Sie ist an diesem Nachmittag und am Abend nur selten an ein und derselben Stelle und abwechselnd hier, da oder dort.

Anderthalb Wochen später sitzt Heidi im Flugzeug nach Honolulu. Sie bildet sich ein, immer noch die Trommeln der Kubaner zu hören. Die Musiker hatten das Kloster Eberbach in eine wunderbare Party-Location verwandelt. Sie spielten unermüdlich bis in die Nacht hinein und nachdem die Gäste gegangen waren, tanzte das Team noch ein paar `canciones` weiter. Was für ein herrlicher Event! Sie hofft, Lothar wird ihre Gage in den nächsten Tagen prompt überweisen, damit ihr Konto wieder gedeckt sein wird. Sie vertraut auf seine Zuverlässigkeit. Bislang hat er sie da noch nie enttäuscht. Der Flug ist wie immer lang und ab Kanada schrecklich. Zu spät eingecheckt und nun muss sie auch noch in der Mitte in einer der hinteren Reihe sitzen. Eingequetscht zwischen einem dicken Amerikaner und einer fülligen Kanadierin, laut und unruhig im Gang direkt vor den Toiletten, schafft sie es kaum, an Bord zu schlafen. Außerdem ist sie angespannt und unruhig. Was wird sie auf Oahu erwarten? Bis zuletzt hatte sie überlegt, ihrem Vater von der Krankheit ihrer Mutter zu erzählen. Dann entschied sie jedoch, sich erst selbst ein Bild von der Situation zu machen. Sie wollte ihren Vater schonen. Es genügt, wenn sie nervös ist.

An der Passkontrolle gibt es eine ungewöhnlich lange Warteschlange. Die Inseln von Hawaii sind in den Frühjahrsferien bei amerikanischen Touristen besonders beliebt und es dauert eine Stunde bis sie endlich an die Gepäckbänder gelangt. Mit ihrem großen Koffer geht sie zaghaft durch den Ausgang. Ihre Augen suchen nach Joe und ihrer Mutter. Enttäuscht stellt sie fest, sie sind nicht gekommen. Stattdessen sieht sie Julia und Bro hinter der Absperrung stehen.

Ihre Freundin kommt sofort auf sie zu und schließt sie liebevoll in ihre Arme. «Ich habe mit Joe gesprochen. Es ist besser, wenn wir dich fahren», erklärt sie in sanftem Tonfall.

Bro begrüßt sie mit einem müden Lächeln und nimmt ihr den Koffer ab. «Puhh. Was hast du denn alles mitgebracht?»

«Ich weiß doch nicht, wie lang ich bleiben werde», verteidigt Heidi schuldbewusst den schweren Koffer.

«Aber hier brauchst du doch gar nicht so viel.»

«Lass sie!», hält Julia ihm in ungewohnter Strenge vor.

«Kein Problem», entgegnet er und zieht den Koffer zu sich, ehe Heidi ihm den Koffer wieder abnehmen kann.

Als sie zum Pick-Up gehen, umfängt Heidi diese wohlige tropische Wärme, die Deutschland mit einem Schlag in weite Ferne rücken lässt. Sie ist angekommen. Auch wenn sie Nervosität aufkommen spürt, sie freut sich. Sie wird endlich wieder einmal ihre Mutter sehen.

Scott geht mit dem Schlüssel in der einen und dem Koffer in der anderen Hand zum Mietwagen. Er erinnert sich vage an Joanas Zankerei an diesem Flughafen vor nahezu drei Jahren. Es kommt ihm noch länger vor, viel hat sich in seinem Leben in der Zwischenzeit getan. Er packt seinen kleinen Metallkoffer in den Kofferraum und geht rund um den Mietwagen herum. Dabei sucht er mit der Taschenlampe seines Mobiltelefons nach etwaigen Dellen oder Schrammen und macht Fotos, um später gegebenenfalls alte Beschädigungen des Fahrzeugs nachweisen zu können. Ein, zwei Kratzer, mehr konnte er nicht finden. Als er sich in das fast neue Auto setzt, schweift sein Blick über den Parkplatz. Er ist überrascht, als er auf der anderen Straßenseite eine Frau erkennt. Sein einwandfreies Erinnerungsvermögen für Personen, was in seinem Job sehr wichtig ist, ist ungetrübt. Das ist sie. Da ist er sich ganz sicher. Die Erinnerung an sie ist klar und eindeutig. Es war damals in seinem Familienurlaub gewesen. Er hat sie sofort wieder erkannt. Es ist die schlanke blonde Frau mit ihren hellen freundlichen Augen und dem sympathischen runden Gesicht, die ihn schon damals fasziniert hat. Sie wird ihn jetzt durch die spiegelnde Fensterscheibe seines Wagens nicht sehen und wer weiß, ob sie sich überhaupt an ihn erinnert. Was für ein netter Zufall, denkt er. Er wartet ab, bis sich die Frau, gemeinsam mit einer ihm nicht bekannten Frau und einem Mann mit etwas dunklerem Teint, alle etwa im selben Alter, in den Pick-Up setzt.

Ohne weiter darüber nachzudenken startet er seinen Wagen und fährt hinterher. Wo fahren sie hin? Für sein Hotel am Waikiki Strand müsste er jetzt eine andere Richtung einschlagen. Er tut es nicht. Er folgt dem dunkelgrünen Pick-Up, raus aus der Stadt in Richtung Norden. Sein Abstand ist groß genug, um nicht aufzufallen. Wie er Verfolgungen unauffällig macht, weiß er nur zu gut. Eigentlich ganz schön außerhalb von Honolulu, denkt er. Nun bereut er es, sich nicht persönlich um seine Unterbringung gekümmert zu haben. CJ hatte ihm ein Hotel empfohlen. Da wäre er mittendrin, so sein gut gemeinter Rat. Er hatte nicht lange gezögert und es gebucht. Jetzt wäre er allerdings lieber etwas außerhalb der großen Stadt. Er fährt auf einer schmalen Landstraße, die durch einen Wald führt. Es gefällt ihm. Um diese späte Uhrzeit sind nur noch vereinzelt Fahrzeuge unterwegs. Sie fahren in einen Ort namens Maunawili hinein. Er kann sich nicht erinnern, hier während seiner letzten Hawaii-Reise gewesen zu sein. Als der Pick-Up an einem kleinen Häuschen direkt an der Straße stehen bleibt, fährt er daran vorbei. Hinter einer Kurve stoppt er und markiert sich die Position im GPS. Er schüttelt den Kopf über seinen nächtlichen Verfolgungstrip. Immerhin weiß er jetzt, wo sie wohnt. Was er damit machen wird, ist ihm noch nicht ganz klar. Erst einmal fährt er wieder zurück zu seinem Hotel nach Honolulu, das steht für ihn fest. Als er im Radio kurz vor Mitternacht seinen Lieblingssong `Bad Guy` von Billie Eilish hört, dreht er die Musik lauter. In Gedanken an die Verfolgungsaktion von eben, schüttelt er belustigt über sich selbst den Kopf. Wird Zeit, dass er in ein Bett kommt.

Der nächste Morgen beginnt für Scott später als gewöhnlich. Er war müde und hat ausnahmsweise gut und lang geschlafen. Um diese Uhrzeit wird in seinem Hotel kein Frühstück mehr serviert, er wird voraussichtlich außerhalb etwas essen müssen. Immer noch etwas verschlafen, rollt er sich auf den Rücken und streckt Arme und Beine genüsslich von sich. Was für ein herrliches Leben es doch sein kann, wenn man lang schlafen darf, denkt er. Er geht ans Fenster und schaut aufs Meer hinaus.

Am Waikiki Strand herrscht bereits reges Leben. Männer und Frauen liegen oder sitzen in der Sonne, Kinder spielen im Sand und ein paar Menschen schwimmen im Wasser. Er beobachtet einen Wachmann in Uniform, wie er den Strand entlang patrouilliert. Hin und wieder geht er auf Strandgäste zu und spricht mit ihnen. Scott kennt den Job, er beneidet ihn nicht darum. An einem Strand für Ordnung sorgen zu müssen und für das Einhalten der Baderegeln verantwortlich zu sein, kann aufreibend sein. Nicht viele schätzen seine Arbeit. Vor allem diejenigen nicht, die Regeln nicht beachten. Er wendet sich vom Fenster ab. Nein, er möchte nicht an den Job denken, lieber möchte er sich unauffällig unter die Badegäste mischen und entspannen. Vollkommen wird es ihm wahrscheinlich nicht gelingen, denn in Notfällen muss er seine Dienstmarke zücken und eingreifen, da bleibt ihm nichts anderes übrig.

In diesem Moment hat er jedoch nur eines im Kopf. Er möchte unbedingt diese Frau kennenlernen, die er nun schon zum zweiten Mal hier auf der Insel gesehen hat. Er hat noch keine Idee, wie er es anstellen soll. Zurzeit weiß er nur wo sie wohnt – immerhin! Gut gelaunt beginnt er den Tag, duscht, zieht sich an und geht mit seiner Tasche in die Hotelgarage. Er steigt in seinen Mietwagen und macht sich auf den Weg in Richtung Norden.

Bei Tag sieht die Landschaft außerhalb der Hauptstadt noch schöner aus als in der Nacht, bemerkt er zufrieden. Nur wenig später macht er in dem Ort direkt am Kailua Beach Park ein ansprechendes Café für sein Frühstück ausfindig. Hungrig lädt er sein Tablett voll mit einem Stapel Pancakes, einem großen Avocado-Schinken-Wrap, Rührei mit Tomaten und nicht zuletzt einem duftenden Milchkaffee. Außerdem füllt er einen Becher mit kaltem Wasser und setzt sich damit an einen Tisch auf die Empore des Cafés. Er muss immer alles im Blick haben, das ist scheinbar eine Berufskrankheit. Für sein Vorhaben sollte es ihm jedoch nützlich sein. Sollte die Frau in eben dieses Café kommen, so würde er sie sofort sehen. Und dann? Welchen Vorwand benutzt er, wenn er auf sie zugeht? Soll er sich dann zufällig noch etwas an der Bar zu essen holen oder eventuell das Glas Wasser nachfüllen? Oder wäre es besser, wenn er direkt auf sie zugeht und ihr ein Kompliment macht? Wie spricht er eine Unbekannte an, mit der er gerne in ein Gespräch kommen möchte? ʾHallo, auch wieder hier?`, `Der Kaffee schmeckt hier vorzüglich.` oder `Sie sollten einmal diese Pancakes probieren.` Alles klingt in seinen Ohren albern. Er ist vollkommen aus der Übung, wird ihm bewusst. Nach fünfzehn Jahren Ehe scheint er vergessen zu haben, wie man mit einer attraktiven fremden Frau in Kontakt kommt. Vielleicht fragt er besser CJ um Rat, denkt er einen kurzen Moment. Er beißt in den Wrap und muss selbst über seine Anmachstrategien und Unsicherheit schmunzeln. Die weiche reife Avocado ist lecker und keinesfalls so geschmacklos, wie er sie aus dem Staat Washington kennt. Er isst gierig, um seinen ersten Hunger zu stillen. Von Bissen zu Bissen verlangsamt er bewusst das Tempo. Er hat doch Zeit, erinnert er sich. Er ist auf Urlaub und darf diese Tage genießen, ganz ohne Hektik und Stress.

Scott beobachtet in dem Café die vielen jungen Leute, wahrscheinlich Studenten oder Schüler. Einige sitzen mit ihren Laptops alleine an den kleinen Tischen oder an der Bar, andere zu zweit oder dritt etwas gemütlicher beisammen beim Lunch. Es ist ein Kommen und Gehen. Manche nehmen sich nur ein Getränk und gehen damit wieder, andere bleiben mindestens genauso lang sitzen wie er. Ihm gefallen die bunten kraftvollen Bilder an den pfirsichfarbigen Wänden, sie strahlen eine Wärme aus. Sein harter Holzstuhl in dem Café wird allerdings mit der Zeit etwas ungemütlich. Oder kommt ihm das nur so vor, weil sein Objekt der Begierde noch nicht aufgetaucht ist und er enttäuscht feststellt, so einfach wird es nicht passieren.

Er muss sich in ihre Situation hineinversetzen, überlegt er, damit er einen realistischen Ort der Begegnung herausfindet. Allzu viele Anhaltspunkte dafür hat er allerdings nicht. Er nimmt an, sie reist gerne. Wenn sich ihre Wege bereits zwei Mal am Flughafen gekreuzt haben, so ist sie wahrscheinlich in der Zwischenzeit auch einmal in Honolulu am Flughafen gewesen. Andrerseits ist sie selten genug unterwegs, weil sie jedes Mal herzlich von Menschen empfangen wird. Das letzte Mal waren es wahrscheinlich ihre Eltern, die sie abgeholt haben. Die ältere

Frau und sie sahen sich ähnlich, erinnert er sich. Dieses Mal hatte sie einen sehr großen Koffer dabei, das lässt auf eine lange Reise oder Abwesenheit schließen. Lässt es das? Vielleicht reist sie gerne mit viel Gepäck. Denkt er an seine Exfrau, so weiß er nur zu gut, Frauen können auch für nur wenige Tage große Koffer füllen. Ein Sonnenstrahl blendet ihn durch das Fenster und er setzt die Sonnenbrille auf. Er hat genug von all den Gedanken an eine Frau, mit der er noch nicht einmal einen einzigen Satz gewechselt hat. Schließlich schiebt er seinen Stuhl kräftig nach hinten und geht die Treppe nach unten zum Ausgang. Das Tablett stellt er auf den Geschirrrückgabewagen und leert Plastikbesteck, Pappbecher und Servietten in die Tonne. Ohne sich nochmals umzusehen, verlässt er das Café. Er hat alles gesehen, beziehungsweise, er hat sie nicht gesehen.

Auf dem Weg zum Strand geht er nochmals zum Parkplatz und löst einen Parkschein für den ganzen Tag. Außerdem verschließt er seine Waffe und die Dienstmarke im Kofferraum. Er sichert die Glock mit einem Kabelschloss, das er für solche Fälle immer dabei hat. Er fühlt sich unwohl, ohne seine Waffe unterwegs zu sein und macht es nur, wenn es keine andere Möglichkeit gibt. Scott vermutet immer das Schlimmste. Wenn man nichts erwartet, passiert garantiert etwas, so seine Erfahrungen. Nicht selten musste er bereits eingreifen, um hilflosen Menschen beizustehen. Er sieht und erkennt sofort und in der Regel als Erster ungewöhnliche Vorgänge, die andere Menschen nicht einmal im Ansatz bemerken. Für seine Arbeit ist er ausgebildet und trainiert, schnell zu reagieren und kann, wenn es sein muss, jederzeit auch physisch eingreifen. Das ist für ihn nicht mit irgendeinem Urlaub oder einem Flugticket nach Hawaii abzulegen. Solange er sich in den Vereinigten Staaten aufhält, ist er Vierundzwanzig-Sieben im Dienst. Er hat über die Jahre gelernt damit zu leben.

Er nimmt seine Tasche, verschließt das Auto und geht an den Strand. Es ist um die Mittagszeit und bereits sehr heiß. Eine

Abkühlung wird ihm gut tun. Mit der Tauchermaske in der Hand geht er direkt ins Wasser. Er schwimmt weit genug raus, bis er die Menschenstimmen nur noch als Hintergrundgeräusche wahrnimmt. Dann taucht er mit dem Kopf unter Wasser und schnorchelt. Der Anblick der vielen bunt leuchtenden Fische und die Stille um ihn, lassen ihn ruhiger werden. Er fühlt sich selbst wie ein Fisch im Wasser, zufrieden mit sich und diese Reise gemacht zu haben, lassen ihn mit Genuss an der Wasseroberfläche dahintreiben. Er bewegt nur hin und wieder seine Arme oder Beine und schaut den Fischen nach. Er lässt seine Gedanken schweifen und überlegt, was er die nächsten Tage machen wird. Gewiss möchte er dieses Mal auf die 'Missouri' gehen. Bei seiner letzten Hawaiireise hatte er dazu keine Gelegenheit. Einmal das Schlachtschiff sehen, worüber er schon so viel gelesen hat – das interessiert ihn. Alles andere könne warten, denkt er und schwimmt gemächlich zurück zum Ufer.

Den restlichen Nachmittag verbringt er, mit genug Sonnencreme und einer Baseballkappe auf, am Strand. Erst jetzt spürt er, wie dringend er diese Erholung gebraucht hat. Wie sehr ihn die vergangenen Jahre mit der Scheidung, der Trennung von seiner Tochter, dem Umzug und der Eingewöhnung an die neue Umgebung in Washington zu schaffen gemacht haben. Es war eine harte Zeit, wenn nicht sogar die härteste bislang in seinem Leben, gesteht er sich ein. So sehr er seine Tochter zeitweise in seiner neuen Wohnung auch vermisst, er weiß, es war eine richtige Entscheidung. Es fühlt sich mit der zeitlich größeren Distanz zunehmend besser an. Joana und er hatten sich im Laufe der Ehe sehr auseinandergelebt. Ihr war es wahrscheinlich schon früher aufgefallen als ihm und sie hatte deswegen den Umzug nach Washington nicht mehr mitmachen wollen. Er war zu sehr mit seiner Arbeit beschäftigt und zu oft unterwegs, als dass er die Krise hätte anrollen sehen. Ihr schneller Entschluss zur Scheidung hatte ihn überrascht und schockiert. Wegen Annie wollte er noch ein paar Jahre länger durchhalten. Jedoch mit seinem Umzug wurde die Scheidung vorangetrieben und war letztendlich nicht mehr abzuwenden. Er sinniert ohne Argwohn vor sich hin und genießt dabei die warme Sonne. In seinem Buch blättert er ohne darin zu lesen. Seine Gedanken an die vergangenen Jahre lenken ihn immer wieder ab. Als sein Magen zu knurren beginnt, denkt er an das nächste Essen und wo er es einnehmen wird. Er bleibt in jedem Fall in diesem Ort, beschließt er. Eventuell geht er noch einmal an dem Haus der Frau vorbei – ganz zufällig. Er möchte wissen, wie sie wohnt. Eventuell begegnet er ihr auf der Straße? Wer weiß. Er dreht sich um und lässt sich ein letztes Mal für diesen Tag die Sonne auf den Bauch scheinen. Dann packt er seine Tasche und geht zu den öffentlichen Duschen. Den Kopf unter das lauwarme Wasser halten und das Salz aus Gesicht und Haar spülen, fühlt sich gut an. An seinem Wagen rubbelt er seine Haare trocken und zieht sich direkt auf dem Vordersitz um. Short und T-Shirt würden bei dem angenehmen Wetter vollkommen ausreichen, dennoch entscheidet er sich für seine Jeans. Sein Shirt ist etwas weiter und verdeckt die Pistole, die er sofort wieder an sich nimmt.

Welches Restaurant hat die meisten Empfehlungen? `Tripadvisor` schlägt ihm ein Restaurant mit hawaiianischer Küche vor, das sich zufällig in derselben Straße befindet, in die er ihr am Vorabend gefolgt ist. Scott grinst verschmitzt über den nächsten Zufall. Diese Frau bestimmt seinen Tagesablauf, denkt er. Das Auto lässt er stehen. Maunawili ist klein und die Wege sind kurz. So schlendert er an diesem frühen Abend direkt an ihrem Haus vorbei. Zu seinem Bedauern steht keiner vor der Tür. Die Fensterläden sind geschlossen, was nicht ungewöhnlich ist. An der Sonnenseite bleiben die Fensterläden der meisten Häuser zu. Diese Holzfensterläden könnten allerdings einen neuen Anstrich gebrauchen, stellt er fest. Sie sehen schäbig und heruntergekommen aus. Der Vorgarten und der Eingang sehen vernachlässigt aus. Zwei Blumentöpfe mit welken Blumen stehen links und rechts davor und ein verblasster roter Briefkasten hängt schief auf einem Holzpfahl. Die Tür des Schuppens ist morsch und provisorisch mit einem alten, dicken Kabel verschlossen. Irgendwann einmal musste die Tür aufgebrochen worden sein. Kein gutes Zeichen, denkt er und geht weiter zum Restaurant.

Bei den wenigen Tischen zur Auswahl hat er Glück. Er ist früh genug dran und findet direkt am Fenster einen freien Platz. Draußen sitzen wollte er nicht. Er mag die kühle klimatisierte Luft nach diesem Nachmittag in der Sonne. Außerdem ist die Internetverbindung im Lokal besser als auf der Terrasse. Er möchte sehen, was seine Freunde auf Facebook treiben und ob es Neuigkeiten aus Arizona oder Washington gibt. Es ist eine unterhaltsame Beschäftigung, die das Warten kurzweiliger macht. Wenn er zu viel Zeit ohne Zerstreuung hat, soviel hat er bereits herausgefunden, kommt er doch nur zum Grübeln. Da gefallen ihm selbst die politischen Debatten mit seinen FB-Freunden besser.

Er hätte damals nicht zu hoffen gewagt, dass Trump der neue Präsident werden würde. Er ist mit dem Ausgang der Wahl zu-frieden. Obwohl, mit seiner Entscheidung für ihn als Präsiden-ten, hatte er sich damals bei Joana und ihren Freundinnen äußerst unbeliebt gemacht. Auch an seinem neuen Wohnort in dem nördlichen Staat an der kanadischen Grenze geht es all-gemein eher liberal zu. Es passiert ihm immer wieder, mit seiner republikanischen Gesinnung, die seit der Wahl nur noch als `Trump`-Gesinnung zählt, in deftige Streitgespräche zu geraten. Zumindest ist er mit seinen Kollegen beim HSI, zumeist Repub-likanern, sicher und muss nicht ständig aufpassen, was er von sich gibt. Sie verstehen ihn. Er findet die Gespräche mit seinen Kollegen sachlich fundiert und nicht nur emotional.

Er muss nicht lang auf sein Essen warten, die Restaurant-betreiber wollen Geld verdienen. Der Fisch, den er bestellt hat, ist frisch und schmeckt köstlich. Während er isst, schaut er aus dem Fenster hinaus. Noch nicht einmal sieben Uhr und die Sonne geht bereits unter. Es ist eben Frühling und noch lange kein Sommer, auch wenn die warmen Temperaturen etwas anderes vermuten lassen. Er hat das Gefühl, der Tag ist vorbei gegangen, ohne dass er etwas gemacht hat. Nach dem cremig fruchtigen Dessert lehnt er sich satt zurück und liest weitere Posts. Abgesehen von witzigen Tierfilmen oder ein paar entzückenden Kinderfotos stolzer Eltern, dreht sich das meiste immer noch um 'Trump macht dies' und 'Trump entscheidet das'. Nicht selten sind es hasserfüllte Kommentare und Fakten spielen dabei eine untergeordnete Rolle oder werden je nach Bedarf in die gewünschte Richtung gedreht oder gewendet. Der Umgangston ist selbst unter realen Freunden, mit denen er auf FB korrespondiert, härter geworden. Immer wieder muss er FB-Bekannte 'entfreunden', weil ihm die Debatten zu unsachlich werden. Wie schnell es zwischen Demokraten und Republikanern zu hitzigen Auseinandersetzungen kommen kann, erlebt er immer noch das eine oder andere Mal mit seiner Exfrau, wenn sie in politisches Terrain abrutschen. Und die Medien bieten immer wieder neuen Zündstoff, indem sie mit ihren Berichten polarisieren. Schließlich legt er das Mobiltelefon zur Seite, er hat genug gelesen und möchte gehen. Die nächsten Gäste warten bereits in dem kleinen Restaurant und er will den Tisch nicht länger blockieren. Mit einem guten Trinkgeld verabschiedet er sich und macht sich auf den Rückweg.

Wieder geht er an ihrem Haus vorbei. Ein kleiner Lichtstrahl ist seitlich an der Tür des Schuppens zu sehen. Scott wundert sich, dass sich um diese Uhrzeit noch jemand in dem alten Schuppen aufhält. Beide Türen, die zum Schuppen als auch die zum Haus, sind nur angelehnt. Auch das bemerkt er und er fragt sich, was es bedeuten könnte. Das wird er an diesem Abend nicht klären können und geht ihn auch nichts an, drängt er seine besorgten Gedanken beiseite und geht etwas rascher weiter. Noch einmal möchte er bei Mondschein aufs Meer schauen und den Abend angenehm ausklingen lassen. Er geht am Parkplatz vorbei zum Strand.

Am Abend sind nun wesentlich weniger Menschen unterwegs. Die Familien haben längst ihre Badesachen eingepackt und sind mit ihren Kindern nach Hause gegangen. Nur ein paar junge Leute sieht er. Er riecht den süßlichen Ananasduft von Maui Wowie, dem beliebten Dope auf Hawaii. Er weiß, es ist zwar noch gegen das Gesetz und nicht erlaubt, doch bald wird es auch in diesem Staat nicht mehr unter Strafe stehen. Eigentlich müsste er die Jugendlichen ansprechen und etwas unternehmen, er hat jedoch schlichtweg keine Lust auf eine Auseinandersetzung in seinem Urlaub. Er wählt den Weg in die entgegengesetzte Richtung, weg von den Dope-Jugendlichen, und hin zu einer kleinen Anhöhe. Als er sich einer Bank nähert, sieht er jemanden darauf sitzen. Er ist enttäuscht, denn er wollte sich genau an dieser ausgenommen schönen Stelle an den Strand setzen. Umkehren möchte er allerdings auch nicht und so geht er weiter. Er wirft nochmals einen Blick auf die Person auf der Bank, dann stockt er. Er glaubt seinen Augen nicht zu trauen. Das ist sie! Wegen ihr ist er überhaupt in diesem kleinen Ort. Sie ist es, nach der er immer wieder Ausschau gehalten hat. Und jetzt sitzt sie in ihren Shorts mit angezogenen Beinen genau hier auf der Bank. Ihr Haar hat sie in Zöpfe geflochten. Im Mondschein sieht sie aus wie ein junges Mädchen.

Er überlegt nicht lang und geht auf sie zu. Als er näher kommt, blickt sie kurz hoch und wieder weg. Und nochmals hoch. Erkennt auch sie ihn? Er lächelt. «Ist bei dir auf der Bank noch frei?», fragt er.

«Ich kenne dich», sagt sie. Obwohl sie zuvor eher melancholisch geschaut hat, kann er in ihrem Gesicht einen Hauch eines Lächelns entdecken.

«Das könnte sein», sagt er.

«Auf dem Flughafen?», fragt sie ihn.

«Ja. Aber das ist schon eine Weile her.» Er weiß, am Vorabend hat sie ihn bestimmt nicht gesehen.

Sie lacht. «Ich habe leider ein sehr gutes Gedächtnis für Gesichter. Manches Mal wünsche ich mir, ich würde das eine oder andere Gesicht etwas schneller vergessen.»

«Ich weiß, was du meinst», erwidert er. «Ist es okay, wenn ich mich zu dir setze?», fragt er.

Sie macht eine einladende Geste und dann setzt er sich neben sie. Nicht zu nahe, aber auch nicht zu weit weg.

«Scott», stellt er sich vor.

«Heidi», sie streckt ihm die Hand entgegen. «Und deine Frau und die Tochter?», fragt sie ihn direkt.

Sie kann sich wirklich an alles erinnern. Für einen Moment hat es ihm die Sprache verschlagen, weiß nicht wie er es am einfachsten erklärt, ohne in Details gehen zu müssen.

«Entschuldigung, ich wollte nicht so indiskret sein», zieht sie ihre Frage zurück.

«Nein, nein! Kein Problem. Ich bin seit einem Jahr geschieden», erklärt er schließlich. «Meine Tochter ist glücklicherweise alt genug, dass sie mich mittlerweile alleine besuchen kann.»

Sie nickt. Und wieder hat er das Gefühl, er sieht ein Lächeln auf ihrem Gesicht. Er ist froh, noch einmal hier entlang gegangen zu sein, genau zu dieser Bank und exakt zur richtigen Uhrzeit. In seinem Brustkorb wird es heiß wie Feuer. Er erinnert sich an dieses beinahe schon vergessene Gefühl, das sich beim Anblick einer attraktiven Frau bemerkbar macht. Am liebsten würde er seine Hand nach ihr ausstrecken und sie einfach nur berühren. Sie sieht im Mondlicht wunderschön aus, schöner als er sie in Erinnerung hat. «Du lebst hier?»

«Nein.»

Er meint eine Wehmut in diesem Nein herauszuhören.

«Ich lebe in Frankfurt. In Deutschland.»

Er kann es kaum glauben. Ihr Englisch ist akzentfrei. Wie schaffen das die anderen immer. Er spricht keine einzige Fremdsprache. Mit Spanisch hat er sich einmal etwas herumgeplagt. Aber abgesehen davon, dass er damit nach Dope und Geld fragen konnte, hatte er nichts gelernt.

Sie scheint sein fragendes Gesicht richtig zu deuten und sagt: «Meine Mutter lebt hier. Sie ist zu ihrem Freund gezogen.»

Er hört in ihren Worten eine Bitterkeit und beschließt, nicht weiter nach der Mutter zu fragen. «Ach so – deshalb sprichst du so gut Englisch», sagt er stattdessen.

«Ich bin hier auf die Highschool gegangen. Zum Studium bin ich dann allerdings wieder zurück nach Deutschland, zu meinem Vater.»

Wie liebevoll sie das Wort Vater ausspricht. «Du liebst deinen Vater», sagt er, um von dem Freund der Mutter wegzulenken.

Sie nickt.

«Meine Tochter liebt mich auch», äußert er mit einem Lächeln. «Ich denke das ist das Glück der Väter, dass ihre Töchter immer ein besonderes Verhältnis zu ihnen haben, während sie sich an den Müttern reiben.»

Sie schaut ihm direkt in die Augen. Ihm wird heiß. Gibt es Liebe auf den ersten Blick, geht es ihm durch den Kopf. Er ist von seinen eigenen Gefühlen verwirrt. Üblicherweise ist er eher ein Analytiker, der sich von Emotionen nicht ohne weiteres leiten lässt. Diese junge Frau jedoch ist natürlich sympathisch, sie agiert so, als wäre es das Normalste auf der Welt, sich Abends auf einer Insel in Hawaii mit einem Mann zu unterhalten, den sie zum ersten Mal sieht oder besser gesagt zum zweiten Mal. Und dann sagt er etwas, was er nie und nimmer gedacht hat, er würde es jemals zu jemandem sagen. «Ich habe das Gefühl, als würde ich dich schon länger kennen.» Er sieht im Mondschein, wie sich ihre Wangen rötlich färben.

«Ich hatte einen ähnlichen Gedanken», erwidert sie nach einer Weile, «vielleicht sind wir uns einmal in einem anderen Leben begegnet? Wer weiß – Reinkarnation?» Sie lacht unbeschwert und laut. «Vielleicht war ich in meinem früheren Leben der Vater und du meine Tochter?»

Er prustet vor Lachen.

«Oder es ist viel einfacher», sagt sie.

Scott wartet gespannt. Er kann es kaum erwarten zu erfahren, was sie damit meint. Sie lässt ihn zappeln, denkt er. Doch dann sagt sie ganz lapidar «Es kommt wahrscheinlich daher, weil wir uns vor ein paar Jahren gesehen haben und scheinbar vergisst auch du keine Gesichter.»

Nun weiß er nichts darauf zu sagen. Nach einer Weile fragt er sie: «Wie lang bleibst du?» Sie versteht seine Frage nicht und er wiederholt sie: «Wie lang bleibst du in Hawaii?» «Du meinst auf Oahu?», hakt sie nach. Sie wisse es noch nicht, sagt sie in einem langsameren Tempo.

Er hat das Gefühl, sie wollte ihm gerne mehr erzählen, aber sie schweigt. Nun sieht er wieder ihren melancholischen Blick. Die Magie ist entwichen – zumindest für den Moment. Sie trägt ihr Herz im Gesicht, denkt er und steuert ein vermeintlich unverfängliches Thema an. «Was hast du in Deutschland studiert?» Sein Plan geht auf, sie lächelt.

«Kunstgeschichte. Das war eine tolle Zeit.» Er sieht, wie ihre Augen zu leuchten beginnen. «Ich würde sagen, es war die beste Zeit meines Lebens.»

Warum, will er wissen.

«Du beschäftigst dich mit etwas, das dich interessiert. Du musst dich nicht um Geld kümmern, weil deine Eltern dich unterstützen. Und du musst nicht so früh aufstehen!»

Das bringt ihn zum Lachen. «Das sind allerdings gute Argumente. In den USA stimmt das nicht ganz. Hier sind die Kosten für ein Studium so hoch, da bist du immer auch mit dem Geldverdienen involviert.»

«Hast du studiert?»

Er zögert einen Moment. Etwas hält ihn zurück, von seinem jetzigen Beruf zu sprechen. Er kennt sie zu wenig und möchte sie nicht in seine Welt von Kriminellen ziehen. Sie sieht unschuldig aus und eigentlich würde er lieber den ganzen Abend über Kunst und sie und ihre Welt sprechen. Wenn er von seinem Beruf anfängt zu sprechen, ist es in der Regel so, dass die meisten nur noch den Kriminalgeschichten lauschen wollen oder alles über Geldwäsche und Drogenhandel erfahren möchten. «Psychologie», antwortet er und hat dabei den ersten Wortteil 'Kriminal-' weggelassen.

«Ach darum weißt du so viel über das Gefühlsleben von Töchtern.» Sie schmunzelt zu ihm.

«Genau so ist es», er lächelt zurück und dann rutscht er ein kleines Stück näher. Ihr ist gewiss nichts aufgefallen, hofft er. «Ich arbeite als Ranger in einem Nationalpark. Ich bin also kein klassischer Psychologe in der Forschung oder in der Beratung», erklärt er. Er kann nicht von etwas reden, von dem er keine Ahnung hat. Deswegen beschließt er, über den Beruf zu sprechen, den er vor seiner Anstellung als Special Agent bei HSI ausgeübt hatte. «Die Psyche der Menschen zu verstehen ist wichtig. Immerhin musst du tagaus, tagein die Besucher des Nationalparks verstehen und mit ihnen umgehen können.»

«Das stelle ich mir schön vor, den ganzen Tag in der Natur. Wo ist das?»

«Ich lebe im Staat Washington.»

«Ahh – ich kenne Vancouver. Das ist zwar in Kanada, schließt aber an den nördlichen Bundesstaat. Eigentlich kenne ich da aber auch nur den Flughafen», ergänzt sie mit einem Seufzen. «Vancouver, soll eine schöne Stadt sein. Ich möchte sie mir unbedingt einmal ansehen. Bislang kenne ich nur Bilder von dort aus Filmen und TV-Shows. `Fifty Shades of Grey`, `Twilight` oder auch zum Beispiel `Hectors Reise, die Suche nach dem Glück` – alle in Vancouver gedreht.»

Gute Idee, denkt er und wünscht sich bereits, sie werde ihn einmal besuchen. «Und wo kann man mit einem Abschluss in Kunstgeschichte arbeiten? In einem Museum? In einer Galerie?»

Sie hat offensichtlich keine Lust darüber zu sprechen und fragt ihn stattdessen nach den typischen Aufgaben eines Rangers. Gerne erzählt er von der Natur im Olympic Park in Washington, kommt aber unweigerlich ebenfalls auf die unliebsamen Besucher von Parks zu sprechen, mit denen er letztendlich manchmal zu tun bekommt. Sie lauscht seinen Geschichten, er spürt ihre Aufregung und dass sie nicht glauben kann, was in Amerikas Parks teilweise alles passiert. Dann steht sie auf und fragt ihn, ob er mit ihr ein paar Schritte gehen wolle. Überrascht bemerkt er, wie sie ihren Arm bei ihm unterhakt und ihm plötzlich ganz nahe ist. Es ist lang her, dass er eine Frau im Arm hatte. Nun möchte er nicht mehr über seine Arbeit sprechen. Er riecht sie. Er spürt ihren Körper. Sie regt ihn an. Sie tut alles mit einer Leichtigkeit, die er nicht mehr hat. Zu lang ist er ohne Frau gewesen. Zu lang war er davor in einer Ehe, die nicht mehr von Leidenschaft geprägt war. Sie gehen am Strand entlang und er spürt ihre wippenden Hüften. Dann hält er es nicht mehr aus und bleibt stehen. Legt beide Hände auf ihre Hüften und dreht sie zu sich. Sie lässt sich wie eine Feder bewegen. Kein Widerstand. Dann sieht er ihr in die Augen.

Sie lächelt ihn an. «Was ist?», fragt sie ihn mit einem Hauchen in ihrer Stimme.

«Darf ich dich küssen?», fragt er sie sanft und behutsam.

Sie erwidert nichts. Kommt näher an seine Lippen heran. Sie muss nichts mehr sagen. Er kann nicht anders, er muss sie zu sich ziehen und küssen. Er verliert sich in ihren weichen Lippen und die Aufregung übermannt ihn. Ein Kuss, so schön, so weich, so sinnlich. Ein Kuss, der niemals enden sollte. Er wagt zu hoffen, diese Zärtlichkeiten würden zu mehr führen, wären sie nicht an einem Strand und in der Öffentlichkeit.

Sie umfasst seine Hüfte, dann zuckt sie zurück. «Du trägst eine Waffe?»

«Ja, ich muss. Hab' keine Angst. Als Ranger bin ich immer dazu verpflichtet.» Er hofft, sie fragt nicht weiter.

Sie tut es nicht und schmiegt sich an ihn. Wieder versinken sie in ihr zärtliches Spiel. Könnte Scott die Zeit anhalten, er würde es tun – ohne Wenn und Aber.

OHNE WENN UND ABER

Heidi ist in dem Haus ihrer Mutter und sie fühlt sich fremd bei ihr. Es ist noch schlimmer als sie es sich vorgestellt hatte und sie ist schon kurz nach ihrer Ankunft gestresst. Alles ist schmutzig, nichts ist so, wie es früher einmal war. Sogar ihr gemeinsamer Spiegel mit den Schildkröten, der für sie immer mit vielen schönen Erinnerungen verbunden war, ist verschwunden und hängt nicht mehr im Badezimmer. Joe sagt, er sei beim Putzen gebrochen. Der ihr vertraute Geruch von Kokosnuss und Limonen im Bad ist verpufft, stattdessen riecht es feucht und schlecht gelüftet. Bücher, die früher ordentlich in Regalen aufgestellt waren, liegen jetzt, untypisch für ihre Mutter die Bücher über alles liebt, achtlos in den Regalen oder lieblos verstreut im Haus. Ein Teil der Küchenschränke ist ramponiert. Abgesehen von dem Berg benutzten schmutzigen Geschirrs in der Spüle, den sie am Abend ihrer Ankunft vorfand, fehlen auch diverse Teller und Tassen. Julia bot ihr am Vorabend an, als sie sie vor dem Haus absetzte, sie könnte sich jederzeit bei ihr melden. Heidi beschließt jedoch, nicht gleich um Hilfe zu bitten. Sie will sich einen besseren Einblick verschaffen und vorerst versuchen, alleine eine Lösung zu finden.

Heute Nachmittag hat sie mit ihrer Mutter einen Termin bei Bill, dem Hausarzt und Freund des Hauses. Er ist ehrlich und beschönigt nichts. Seine Diagnose, sie habe Alzheimer-Demenz im mittleren Stadium, war ihr zwar bereits verständlich und doch, von ihm so eindeutig geäußert, ein herber Schlag. Er erklärt, die Krankheit sei bei ihrer Mutter schnell fortgeschritten, weil sie diese in einem ungewöhnlich jungen Alter bekommen habe. Sie müssen sich auf das Schlimmste vorbereiten. Bald werde sie eine Betreuung rund um die Uhr benötigen. Joe könne das alleine nicht durchhalten. Mit dieser schlechten Nachricht macht sie sich bedrückt auf den Heimweg. Sie fragt sich, ob der Arzt diese Einschätzung Joe ebenfalls mitgeteilt habe. Mit der für sie überraschenden Tatsache, eine Pflegerin organisieren zu müssen, geht sie in eigenen Gedanken schweigsam dahin. Ihre Mutter fragt indessen ständig, was das für ein Mann gewesen wäre, der so viel dummes Zeug über sie gesagt hätte. Sie spricht langsam und ihr großer, ansonsten heiterer Mund wirkt klein und ängstlich. Manche Worte bringt sie nur schwer über die Lippen. Manchmal verliert sie mitten im Satz den Faden und weiß nicht mehr, was sie eigentlich sagen wollte. Dann hört sie auf zu sprechen und beginnt etwas Nonverbales, wie zum Beispiel an ihrem Shirt zu nesteln. Heidi kann sich glücklich schätzen, dass ihre Mutter sie überhaupt noch erkennen würde, klingen Bills Worte in ihren Ohren nach. Sie nimmt ihre Mutter liebevoll an die Hand und hat das Gefühl, sie mit dem Körperkontakt etwas zu beruhigen. Sie will von dem Gespräch mit Bill weglenken und spricht mit ihr über das Abendessen. Heute Abend gibt es schnelle einfache Kost, nahrhaft und nicht zu spät. So erhofft sie sich, mit beiden danach in Ruhe sprechen zu können, vor allem mit Joe muss sie sich ernsthaft unterhalten. Wie hat er sich das alles vorgestellt?

Am frühen Abend wippt Joe unruhig mit dem Bein unter dem Tisch, als sie den Topf mit Nudeln auf den Tisch stellt. Ihre Mutter klatscht in die Hände und sagt, Nudeln sei ihr Lieblingsessen. Sie steht immer wieder auf und stellt unnützes Zeug auf den Tisch. Heidi bittet sie, sitzen zu bleiben. Sie hat es jedoch zwei Minuten später schon wieder vergessen. Heidi versteht mehr und mehr, was Bill mit einer professionellen Betreuung meinte. Joe, soviel steht für sie fest, ist damit gänzlich überfordert. Schon der Zustand des Hauses ist ein klares Indiz dafür, wie wenig er die Situation im Griff hat. Sie befürchtet darüber hinaus, dass Julia Recht hat und er seit einiger Zeit wieder trinkt. Das macht die Situation nicht einfacher. Sie muss es schaffen, ihn mit ins Boot zu holen. Nur wie? Sie reibt den Parmesan über die

Tomatensoße und reicht Reibe und Käse aus Gewohnheit weiter an ihre Mutter, die sie daraufhin fragend anschaut.

Joe nimmt ihr beides aus der Hand und beginnt, für ihre Mutter den Käse zu reiben. «Das kann sie schon längst nicht mehr», sagt er matt und stellt die Reibe hernach laut auf den Tisch.

«Was kann ich nicht?», fragt ihre Mutter sichtlich irritiert mit heller mädchenhafter Stimme.

So unsicher hat Heidi ihre Mutter noch nie zuvor erlebt. «Ich weiß doch nicht, was sie kann und was nicht», erwidert sie schließlich etwas zu barsch im Tonfall.

Joe zuckt nur mit den Schultern und schiebt eine riesige Nudelportion in seinen Mund.

«Hast du dir schon einmal Gedanken darüber gemacht, eine Hilfe für den Haushalt zu holen?», fragt sie nunmehr etwas milder.

«Ach Heidi, uns geht's doch gut», sagt ihre Mutter.

«Das sehe ich», erwidert sie und schaut hilfesuchend zu Joe. Er reagiert nicht. deshalb beschließt sie, deutlicher zu werden: «Joe – du brauchst dringend Hilfe für Mama.»

«Das kann ich mir nicht leisten, Fräulein», antwortet er mit einem sarkastischen Unterton.

«Gibt es denn hier auf Oahu keine günstigen Aushilfskräfte? Oder was würde eine Unterbringung in einem Heim kosten?»

«Ich gehe in kein Heim», sagt ihre Mutter bestimmt und mit einer ausnehmend festen Stimme.

«Ein Heim wäre noch teurer», ergänzt Joe.

«Okay. Es muss ja nicht unbedingt gleich ein Heim sein. Ihr hättet im Haus genügend Platz für eine Hilfskraft», wiegelt sie ab. «Mein Zimmer ist zum Beispiel das ganze Jahr über leer. Und Mama braucht kein Büro mehr, eure Räume würden genügen.»

Ihre Mutter steht wieder auf, als gehe sie das alles gar nichts an. Sie ist rastlos und kann nicht lange an einer Stelle verweilen. Das wiederum macht Heidi nervös und am liebsten würde sie sie am Esstisch festbinden.

Nachdem ihre Mutter in ihrem Zimmer verschwunden ist, fragt sie Joe, ob sie ihre Medikamente regelmäßig nehme. Er schaut sie fragend an und sie führt ihre Frage weiter aus: «Abgesehen von dem biologischen Mittel – hat ihr Bill nicht noch etwas gegen den fortschreitenden Gedächtnisschwund verschrieben?» Joe nickt, er würde ihr die Medikamente geben.

Sie erwähnt mit keinem Wort, dass ihr der Arzt etwas völlig anderes anvertraut hat. «Kochst du jeden Tag? Oder wie machst du das mit dem Essen?», fragt sie ihn stattdessen und kann einen Vorwurf in ihrer Stimme nicht verbergen.

«Manches Mal koche ich.»

«Mama hat abgenommen. Hast du bestimmt schon bemerkt. Sie braucht regelmäßige Mahlzeiten, Joe. Ich verstehe das, wenn du arbeitest ...», beginnt sie, ehe er sie vehement unterbricht.

«Das ist normal! Alle mit dieser Krankheit nehmen ab.»

Heidi pfeffert nach, die Tomatensauce schmeckt langweilig. Joe scheint es nicht zu stören, er isst schnell und unbeirrt weiter. Er scheint Hunger zu haben. «Gibt es hier so etwas wie ein Essen auf Rädern?»

Er schaut sie an, als wisse er nicht was sie damit meinte.

«Naja – das ist ein Service und du bekommst das Essen geliefert», versucht sie es zu erklären.

«Klar, gibt es so etwas», antwortet er und sein Tonfall wird härter, «als ob ich das nicht wüsste! Kannst du dich nicht erinnern? Meine Mutter hatte das, als sie selbst nicht mehr kochen wollte.»

Oma Joe war eine tolle Frau. Heidi hat sie immer sehr gemocht. Sie gab sich mit ihr, als sie noch zur Schule ging, sehr viel Mühe. Sie denkt an die Abende, an denen sie Scrabble spielten. Sie hatte ihr mit einer unglaublichen Geduld die englischen Worte erklärt und sie unterhielten sich stundenlang über die Ursprünge der einzelnen Begriffe.

«Tut mir leid, Joe. Jetzt, wo du es erwähnst, fällt es mir natürlich wieder ein», entschuldigt sie sich aufrichtig bei ihm.

Er lächelt.

Es ist das erste Mal, dass sie in seinem müden Gesicht ein Lächeln sieht. Sie ist geneigt, sich mit ihm weiter über Oma Joe zu unterhalten, doch sie muss von ihm mehr über die momentane Situation erfahren. Sicherlich fehlt ihm ihre Mutter als Partnerin und als die sehr dynamische Frau, die sie einmal war. Sie hat sich stark verändert. «Ist es schlimm für dich? Ich meine – so wie Mama jetzt drauf ist?», fragt sie ihn vorsichtig.

Er antwortet nicht und starrt auf seinen Teller. Sie wartet, will ihm Zeit geben, sich dazu zu äußern. Doch Joe bleibt schweigsam. Stattdessen kommt ihre Mutter wieder zurück an den Tisch, setzt sich hin und isst ihre Nudeln.

«Mein Lieblingsessen», sagt sie mit großen Augen.

Zumindest ist ihre Mutter nicht aggressiv, so wie es bei manchen Dementen vorkommen kann, tröstet sich Heidi. Die meiste Zeit lächelt sie, ist freundlich und zufrieden. Sie sollte jedoch nicht mehr unbeaufsichtigt bleiben, hat Bill in dem Gespräch gesagt. Was meinte er damit? Unbeaufsichtigt ist sie spätestens dann, wenn Joe im Shrimp Truck arbeitet. Er muss sie an und ab alleine lassen, anders geht es gar nicht.

«Gehst du mit Joe mit, wenn er arbeitet?», wendet sie sich an ihre Mutter. An ihrem Blick erkennt Heidi, dass sie überhaupt nicht weiß, wovon sie spricht. Sie ist in ihrer eigenen Welt. Weiß sie in diesem Moment, wer Joe ist? Ihre Mutter schaut gebannt auf den eigenen Teller und müht sich mit der nächsten vollen Gabel ab. Heidi nimmt ihr vorsichtig das Besteck ab und hilft. Wie ein Kleinkind öffnet sie den Mund und schmatzt beim Essen.

Joe beginnt unterdessen langsam und nachdenklich auf zuvor gestellte Fragen einzugehen. Er nehme sie manches Mal mit zu seiner Arbeit. Nicht immer. Bleibt sie zu Hause und er ist unterwegs, komme Monica vorbei, Mutters frühere Kollegin. Sie nehme dafür kein Geld. Sie möchte einfach nur helfen.

Heidi ist bereits von der kurzen Zeit mit ihrer Mutter erschöpft und kann nur ahnen, wie hart es für Joe bislang gewesen sein muss. Das Gespräch mit Joe ist ebenfalls schwierig. Manches

Mal antwortet er, ein andermal weicht er aus. In der Zwischenzeit tut ihre Mutter etwas Unsinniges, was Heidis ganze Aufmerksamkeit einfordert. Zum Beispiel beginnt sie während des Essens, mit einer Papierserviette penibel den Tellerrand sauber zu wischen. Dann vergisst Heidi, was sie von Joe ursprünglich wissen wollte. So schweigen sie mehr und mehr, jeder in eigenen schweren Gedanken. Heidi nimmt sich vor, eine Hilfe für ihre Mutter zu organisieren, ehe sie zurück nach Deutschland reisen wird. Sie muss.

Ihre Mutter ist mittlerweile ins Badezimmer verschwunden. Als sie ein wenig später im Bad nachsieht, sitzt sie auf einem Schemel und cremt sich die Beine ein. Als Heidi sie fragt, warum sie das jetzt machen würde, antwortet sie, ihre Haut sei ... Wieder beendet sie den Satz nicht und widmet sich mit einer Akribie ihren Beinen.

«Bist du fertig mit dem Essen?», fragt Heidi sie nach einer Weile. Etwas anderes fällt ihr zu dieser Situation nicht ein. Ihre Mutter schaut auf, als käme sie von einem anderen Stern. «Magst du noch Nudeln mit Tomatensauce?», hakt sie nach. Aber ihre Mutter ist so vertieft in das, was sie tut und schaut nicht einmal mehr hoch. Mit einem Seufzer gibt Heidi auf und geht raus aus dem Bad.

Heidi lässt sie einfach sitzen und beginnt den Tisch abzuräumen. Spült das Geschirr und schaut zwischendurch immer wieder zur nur angelehnten Badezimmertür.

«Sie muss bald ins Bett», sagt Joe mit einem Male. Er wirkt irgendwie unruhig. Sein Bein wippt stärker und er schaut immer wieder zur Eingangstür.

«Erwartest du jemanden?», fragt Heidi.

«Blödsinn. Kommt schon seit langer Zeit kaum noch irgendjemand zu Besuch. Und übrigens», sein Tonfall wird schärfer, «was ich dir noch sagen wollte – deiner tollen Freundin Julia brauchst du nicht zu sagen, dass sie hierherkommen muss! Wir schaffen das gut ohne ihre Hilfe. Sie schnüffelt hier nur rum. Das gefällt mir nicht.»

«Okay», erwidert sie gedehnt. Sie bemerkt wie angespannt er sich verhält und versucht, dem ruhig entgegenzuwirken: «Kein Problem. Ich bin jetzt hier. Ich kann mich um alles kümmern. Und später ...»

«Wie lang bleibst du eigentlich?», will er wissen. Seine Frage klingt, als wünschte er sich eine baldige Abreise.

«Wie lang soll ich deiner Meinung nach bleiben?», fragt sie zurück.

«Musst du selbst wissen», murmelt er und steht auf. Er geht raus aus dem Haus.

Heidi vermutet, er geht eine Zigarette rauchen. Doch dann kann sie sehen, wie er im Schuppen verschwindet. Soll sie ihm hinterhergehen? Besser nicht. Sie braucht ihn als Freund und nicht als Feind. Stattdessen geht sie zu ihrer Mutter. Sie hat keinen Einwand, als sie ihr vorschlägt, schlafen zu gehen. Das hat sie nicht erwartet. Zum Glück putzt sie eigenständig und mit Hingabe ihre Zähne und zieht sich sofort zurück in ihr Zimmer. Heidi schaut in fünf Minuten noch einmal nach ihr, doch da schläft sie bereits ruhig atmend mit einem entspannten Ausdruck im Gesicht.

Joe ist immer noch nicht zurück im Haus. Sie vermutet, dass sein Wunsch nach einem Gespräch nicht so groß ist wie bei ihr. In der Unordnung im Haus hält sie es nicht länger aus. Saubermachen kann sie ein andermal, denkt sie, da benötigt sie ohnedies Tageslicht und vor allem mehr Lust dazu. Sie lässt die Eingangstür angelehnt, damit Joe problemlos ins Haus zurückkommen kann. Unter dem Türspalt des Schuppens sieht sie einen Lichtschein und riecht den Tabak. Sie geht davon aus, Joe hat sich nicht nur zum Rauchen, sondern auch zum Trinken zurückgezogen. Das wird ihr nun doch alles ein bisschen zu viel an diesem zweiten Tag ihres Besuchs. Sie muss hier raus. Durch die angelehnte Schuppentür ruft sie ihm laut zu, sie gehe an den Strand. Ihre Mutter sei bereits im Bett und würde schlafen. Dann macht sie sich so rasch wie möglich aus dem Staub.

Was für ein Szenario, denkt sie bei sich: Ihre Mutter mit fortgeschrittener Alzheimer-Demenz und Joe als der chaotische Säufer. So eine Kombination kann nicht gut gehen. Auf dem Weg zum Strand schaut sie auf die gepflegten Häuser und beneidet die Nachbarn um ihre schönen Vorgärten. Bei ihnen sieht es nicht so schäbig aus wie bei Joe und ihrer Mutter. Sie schämt sich. Nur was kann sie dafür? Sie muss schnellstmöglich das Nötigste organisieren. Ein Job wäre gut, sie wird jeden Cent brauchen. Wer weiß, wie lang sie noch bleiben muss. Sie kann ihre Mutter doch nicht mit nach Deutschland nehmen. Andrerseits kann sie ihre Mutter so in keinem Fall und in diesem Haus mit Joe zurücklassen.

In weiser Voraussicht hat sie ihren Rückflug flexibel gebucht und es ist unproblematisch, den Tag der Abreise jederzeit kostenfrei zu verschieben. Das Ticket war teuer genug. Sie denkt sogleich wehmütig an Lena und ihr Leben in Frankfurt. Vielleicht kann sie ihr Zimmer untervermieten, denn diese Zusatzkosten wird sie sich gewiss nicht lange leisten können. Und was soll sie ihrem Vater erzählen? Er macht sich bestimmt sehr bald Sorgen und will wissen, was bei ihr los ist. In ihrem Kopf springen die Gedanken hin und her zwischen Maunawili und Frankfurt. Sie fühlt die große Verantwortung gegenüber ihrer Mutter und gleichzeitig eine tiefe Sehnsucht nach Deutschland, nach ihren Freunden und ihrem Vater.

Ohne auf den Weg zu achten, steuert sie aus Gewohnheit auf ihre Lieblingsbank zu und setzt sich. Es ist immer wieder schön an dieser Stelle am Ozean zu sitzen. Schade, denkt sie, sie wird dies nie wieder so lachend und unbeschwert mit ihrer Mutter tun können. Wehmütig zieht sie die Beine ran und versucht, durch den Kontakt mit ihrer eigenen Haut Geborgenheit zu finden. Sie schaut über ihre Knie hinweg aufs Meer. Im Lichtschein des Halbmonds sieht sie ein paar Menschen am Strand entlang spazieren. Die Silhouetten bewegen sich im Rhythmus der Wellen. Sie schließt die Augen und tröstet sich mit dem vertrauten salzigen Geruch vom Meer, während eine leichte Windbrise über ihre Haut hinwegweht. Sie kann spüren, wie sie allmählich ruhiger wird und seufzt laut auf. Ihre Gedanken verlangsamen sich und es gelingt ihr mehr und mehr zu entspannen. «Ist bei dir auf der Bank noch frei?», reißt sie eine dunkle Stimme aus ihrer Welt und lässt sie erschrocken hochsehen. Ein Mann steht direkt vor ihr und lächelt etwas verlegen. «Ich kenne dich», sagt sie spontan.

«Das könnte sein», erwidert er.

Ist das nicht dieser attraktive Familienvater, erinnert sie sich, den sie bei ihrem Besuch damals vor mehr als zwei Jahren am Flughafen gesehen hatte? Selbst in der Abenddämmerung kann sie wieder diesen ruhigen Blick erkennen, in den sie sich am liebsten hineinlegen wollte. In dem weichen Mondlicht und ohne die Gegenwart seiner schrillen Frau, wirkt er jünger als sie ihn in Erinnerung hat. Sein Name ist Scott. Geschieden sei er, erfährt sie nur kurze Zeit später, als er nach einem ersten Zögern auf ihre neugierigen Fragen antwortet. Sie möchte nicht mehr an die eigenen Sorgen denken und lässt sich gierig auf ein ablenkendes Gespräch mit ihm ein. Seine ruhige Art zieht sie an. Seine Gegenwart erfreut sie, macht sie weniger alleine. Er flirtet mit ihr und sie ist aufgeregt. Sie ertappt sich dabei, wie sehr ihr seine ungeteilte Aufmerksamkeit gefällt. Sie sitzen nebeneinander auf der Bank und sie bemüht sich, so wenig wie möglich von ihren Problemen zu sprechen. Das bedeutet, sie lässt ihn erzählen, denn in ihrem Leben beginnen die Probleme bei der zurzeit nicht existenten Arbeit in Deutschland und reichen bis hin zu ihrer Familie auf Oahu.

Er spricht von seiner Arbeit als Ranger im Olympic Park im Staat Washington. Soweit sie ihn richtig versteht, ist das eine Art Tourismus-Polizei. Ranger seien nur zum Teil dafür zuständig, Besucher über die Nationalparks zu informieren, erklärt er. Primär seien sie Hüter des Gesetzes und Wächter der Natur. Von daher müsse er in seinem Beruf pro-aktiv handeln und die Menschen ansprechen, die sich nicht an die Regeln des Nationalparks halten. Meistens sind es diejenigen, die Müll in die

Natur kippen, zu laut sind oder unerlaubterweise mit Alkohol oder Drogen feiern. Alleine der Gedanke, Menschen in Partylaune zu stören, stellt sie sich unangenehm vor. Er sagt, seine Aufgaben fangen bei lauter Musik und Lärm an aber können bis hin zu Mord und Todschlag führen. Im schlimmsten Falle nutzen Kriminelle die Abgeschiedenheit der Natur für ihre Taten. Er müsse stets wachsam sein, denn Ranger sind die meiste Zeit alleine unterwegs. Hilfe komme meistens erst dann, wenn bereits alles vorbei sei. Bislang hat Heidi sich darüber noch nie Gedanken gemacht. Nationalparks sind in ihren Augen eine Oase der Erholung und nicht ein Treffpunkt von Kriminellen. Sie lauscht gespannt seinen Erzählungen und in ihr kommt der Wunsch auf, ihm näher zu rücken.

Sie schlägt ihm vor, den Strand entlang zu schlendern. Sie macht das, was sie mit ihren Freunden in Deutschland immer macht. Sie hakt sich, zu seiner Überraschung, unter. Sie spürt seinen Körper und es fühlt sich irgendwie vertraut an. So, als würde sie ihn schon länger kennen. Ihm ergehe es ähnlich, gesteht er ihr. Sie gehen eine Weile an der Küste entlang, die Themen scheinen ihnen nicht auszugehen. Sie sprechen über die Insel, über Amerika, über Deutschland, von amüsanten Begebenheiten und was jeder von ihnen am liebsten mag. Sie fühlt sich leicht und unbeschwert und könnte sich stundenlang mit ihm unterhalten. Dann bleibt er stehen und sieht sie an, sein Blick wird ernst.

«Darf ich dich küssen?», fragt er sie zärtlich.

Sie kommt ihm näher, macht jedoch verunsichert kurz vor seinen Lippen halt. Dann zieht er sie zu sich und seine weichen Lippen berühren die ihrigen. Das Rauschen des Meeres betört sie und jegliche Gedanken schiebt er mit seinen Küssen weg. Er riecht gut, denkt sie und sie genießt jede seiner Berührungen. Geborgen durch seine Wärme tasten ihre Hände nach unten. Sie erschreckt und fragt: «Du trägst eine Waffe?» Ohne zu zögern, erklärt er mit ruhiger Stimme, sein Beruf würde dies erfordern. Obwohl sie ihn kaum kennt, will sie ihm glauben, seine Antwort klingt logisch. Er gehört zu den Guten, möchte sie denken und lässt sich ein auf noch mehr Küsse und noch mehr Zärtlichkeiten. Nach einer Weile lösen sie sich benommen und schweren Herzens voneinander. Sie sehen einander an, ohne von dem anderen ganz loszulassen. Wohin führt sie dieser Liebesrausch? Sie setzen sich wieder, dieses Mal etwas näher am Wasser auf eine Steinmauer. Immer wieder küssen sie sich. Die kurzen Wortwechsel zwischendrin handeln von ihm, von ihr, vom Hier, vom Jetzt. Er ist ihr Retter. Ihr Geliebter. Sie würde alles tun, um nicht nach Hause gehen zu müssen. Sie fragt ihn, wo er untergebracht sei.

«Am Waikiki Strand», antwortet er und zieht dabei die Schultern hoch.

Sie schmunzelt über die Torheit, sich im Touristeneck ein wahrscheinlich sehr teures Hotel gesucht zu haben, äußert sich aber dazu nicht weiter. Sie getraut sich nicht mit diesem Mann, den sie erst seit wenigen Stunden kennt, bis nach Honolulu zu gehen. Zu ihr nach Hause kann er allerdings auch nicht, das ist ausgeschlossen. Gedanken an Julias AirBnB verwirft sie, ohne sie zu äußern. «Vielleicht findest du ein Hotel in Maunawili», schlägt sie ihm stattdessen vor und hofft innig, ihn wieder zu sehen.

Er hält ihren Kopf mit seinen langen Fingern und nochmals küsst er sie voll Hingabe.

Sie ist erregt, kann es kaum aushalten.

«Morgen werden wir eine Lösung finden», verspricht er ihr und schaut sie mit einer Intensität an, die ihr peinlich ist.

Mit ihren Zöpfen fühlt sie sich alles andere als sexy und wenn sie an ihrem weiten langweiligen T-Shirt nach unten sieht, ist sie überrascht, dass er sie überhaupt begehrt. Er flüstert ihr zu, wie schön sie sei, als würde er ihre Unsicherheit spüren. Sie saugt es auf wie eine Dürstende und bewegt sich nicht, aus Angst, dieser aufregende Moment könne vergehen. Sie sitzen mit ihren Armen und Beinen eng verschlungen auf der Mauer. Immer wieder küsst sie ihn oder er küsst sie. Sie können nicht voneinander lassen. In seinen muskulösen Armen fühlt sie sich begehrt und zugleich geborgen und möchte nie mehr zurück in die Kailua Park Road. Zurück zu dem alkoholisierten Joe und zu ihrer verwirrten Mutter. Zurück zu dem Chaos im Haus und dem Dreck. Genüsslich zieht sie die Zeit mit Scott in die Länge.

«Wann sehen wir uns wieder?», fragt er sie.

«So bald wie möglich», haucht sie zurück.

Liebevoll streift er eine lose Haarsträhne hinter ihr Ohr und küsst sie zärtlich, wieder und wieder. Morgen am Nachmittag, früher werde es nicht klappen, sagt sie ihm. In eigenen Gedanken entschuldigt sie sich bereits bei Joe, er habe es doch so lange mit ihrer Mutter ohne sie geschafft. Auf ein paar Stunden mehr werde es nicht ankommen. Sie kann bereits sein hämisches Grinsen vor sich sehen und seinen Vorwurf hören, sie würde es nicht einmal einen ganzen Tag mit der kranken Mutter ertragen. Aber sie muss Scott unbedingt wieder sehen. Er verbringt nur wenige Tage auf Oahu. Dann fliegt er wieder weg und sie wird bleiben. Dann möchte sie zumindest diese kurze Zeit mit ihm genießen. Und wieder versinken sie in Küsse. Jede kostbare Minute, die sie voneinander lassen, ist wie eine vergeudete Zeit.

Es muss so Stunden auf der Mauer dahin gegangen sein, denn die Nacht wird immer dunkler bis schwarz. Der Mond ist mit seinem halben Schein weitergezogen und hat nur einen Hauch von Licht zurückgelassen.

Schließlich steht Scott auf und zieht sie hoch auf ihre von diesem Liebesspiel wackeligen Beine. «Morgen – versprochen.»

Sie wird panisch. Wann und wo? Und wie kann sie ihn erreichen? Er schickt ihr sogleich eine Textnachricht. Nun hat sie seine Nummer. Um zwei Uhr werden sie sich wieder sehen. Hier am Meer, an dieser Stelle. Das gibt ihm Zeit, sich ein neues Hotel zu suchen. Das gibt ihr Zeit, sich um Joe und ihre Mutter zu kümmern. Wie schön wäre es doch, alleine mit Scott auf der Insel zu sein, denkt sie bereits sehnsüchtig – ohne Wenn und Aber.

Wie schön sie aussieht während sie schläft, denkt Scott. Das lange glatte Haar liegt um ihren Hals und bewegt sich mit ihrem ruhigen Atem leicht auf und ab. Atmet sie aus, ist ein leichtes Zischen zu hören. Das morgendliche Sonnenlicht dringt durch einen Spalt zwischen den beiden dunklen Vorhängen. Scott liegt seitlich neben Heidi auf dem Bett mit dem Kopf in seine Hand gestützt. Sein Blick wandert über ihre schlanke Silhouette. Ihr Körper ist nur mit einem dünnen Laken bedeckt. Es ist sein letzter Tag auf Oahu. Heidi hat ihn jedes Mal korrigiert, wenn er auf ˋHawaiiˋ zu sprechen kam, wenn er doch nur die Insel Oahu meinte. Sie kennt die Insel Hawaii oder auch Big Island, wie die größte Insel von den Einwohnern genannt wird. Sie hat aber auch schon die Inseln Kauai und Maui bereist. Er ist bislang bloß auf der hawaiischen Insel Oahu gewesen. Warum benennen sie aber auch den Staat und eine einzelne Insel Hawaii, anstelle sich einen anderen Namen dafür auszudenken. Er mag überhaupt nicht an seine Abreise von Oahu im Staat Hawaii denken. Es graut ihm vor dem unaufschiebbaren Abschied und der Trennung von ihr, die aller Voraussicht nach endgültig sein wird. Sie haben die Tage gelebt, als wären es die letzten ihres Lebens gewesen. Getrennt haben sie sich nur, wenn es unbedingt sein musste und immer nur für kurze Zeit. Wenn sie zum Beispiel nach Hause ging, um frische Kleidung zu holen, oder wenn sie nach ihrer Mutter sehen musste. Sie versprach, sie würde sich wieder besser um sie kümmern, sobald er abgereist sein werde. Die Verwirrtheit der Mutter wäre bereits so weit fortgeschritten, sie bemerkte die paar Tage Abwesenheit ihrer Tochter nicht mehr, erklärte sie ihm.

Er stellt sich eine alleinige Verantwortung für die gebrechliche Mutter als sehr belastend vor. Um seine alten Eltern damals kümmerte sich hauptsächlich seine Schwester, die im selben Ort wohnte. Er hatte kaum Zeit, sie zu besuchen. Er war beruflich ständig unterwegs oder war mit seinen Eheproblemen beschäftigt und hatte es in den letzten Jahren nur zu den Geburtstagen oder an manchen Feiertagen zu ihnen geschafft. Die Scheidung haben seine Eltern zum Glück nicht mehr erleben müssen. Sie mochten Joana und vergötterten Annie. Gedanken an seine Exfrau und an seine Tochter oder an das Scheitern der Ehe wirken in diesem Moment so irreal und noch weiter weg gerückt. Heidi tut ihm gut. Ihre liebevolle Art sowie ihre eigene Familiengeschichte helfen ihm, nicht so streng mit sich zu sein.

Er sieht ein leichtes Zucken ihrer Lippen und kann sich nicht zurückhalten. Er muss sie küssen. Im Kuss öffnet sie die Augen und er spürt, wie ihr Mund sich zu einem Lächeln dehnt. Er kennt sie seit drei Tagen und zehn Stunden und jetzt will er ohne sie nicht mehr sein, so selbstverständlich ist dieses Miteinander entstanden. So gut fügen sie sich zusammen. Gedanken an den kühlen verregneten Staat Washington ohne Heidi, lassen in ihm eine klamme Kälte aufsteigen. Er streicht über ihre rosigen Wangen und flüstert ihr Zärtlichkeiten zu. So etwas hatte er früher nie gemacht. Eigentlich schade, denkt er, wenn er sieht wie diese Frau es genießt. Sie streckt die Arme und Beine von sich. Heute werden sie sich auf den Weg zu einem Wasserfall begeben. Ohne diesen gesehen zu haben, dürfe er nicht abreisen. Dann werde er den Ausflug lieber noch länger hinauszögern, scherzt er mit ihr und wünscht sich, er könne seine Zeit auf Oahu auf endlos verlängern. Langsam löst er sich aus der Umarmung und rollt aus dem Bett.

«Nein. Nicht!», protestiert sie, als er die Vorhänge aufzieht. «Ich sehe bestimmt schrecklich aus», murmelt sie und zieht das Laken über ihren Kopf.

«Tust du nicht», erwidert er und um das Gesagte zu bestärken, geht er zurück ans Bett und küsst ihre Zehen so lang bis sie kichert. Diese kitzelige Stelle entdeckte er gleich zu Beginn ihres

Beisammenseins. «Frühstück, meine Liebe», sagt er zwischen seinen Neckereien, ihre Füße fest im Griff.

Sie strampelt mit den Beinen. «Ja! Hab Erbarmen. Lass mich bloß gehen.»

Er lässt ihre Füße los und sich ins Bett sinken und Heidi huscht ins Badezimmer. Alleine im Bett kommen gleich wieder unliebsame Gedanken an den nächsten Morgen und an den Abschied auf. Er möchte sich ablenken und liest seine Nachrichten auf dem Mobiltelefon. CJ fragt mit einem zwinkernden Smiley, wie es ihm auf der Insel gefalle. Soweit so gut, antwortet er. Mehr wolle er später in Bellingham berichten. Annie hat auf seine Bilder der Missouri ein ʼcool!ʼ getextet. Das gibt ihm einen leichten Stich. Er vermisst seine Tochter und wie gerne hätte er ihr das große Kampfschiff persönlich gezeigt. Ein andermal, tröstet er sich und scrollt weiter durch diverse Mails. Unter anderem checkt er sich ein für den Rückflug nach Bellingham. Wer weiß, ob er später noch dazukommen wird.

Heidi kommt, einzig und allein umhüllt von einem frischen Limonen-Duft, auf ihn zu und nimmt ihm wortwörtlich den Atem. Er schnuppert an ihren Brüsten und zieht sie zu sich. Sie lässt ihren Körper auf den seinen sinken und schmiegt sich an ihn. Noch einmal steigt die Lust in ihm auf.

«Wir werden unser Frühstück verpassen», wendet er ein, ohne seine Hände von ihr zu nehmen.

Sie legt ihren Zeigefinger auf seine Lippen. «Macht nichts», flüstert sie mit verführerischem Blick und fasst ihn da an, wo er keinen Widerstand halten kann. Sie weiß, was ihm gefällt, soviel hat er bereits mit Wonne festgestellt. Er küsst ihre Ohren und lässt einen Seufzer der Lust von sich. Fasst sie um die Hüfte und dreht sie mit einer Leichtigkeit auf den Rücken. Nun bringt er sie zum Stöhnen. Begriffe wie Zeit oder Abschied lösen sich auf und ihre Liebe ist heftig. Sie sind im Hier und Jetzt und ganz gewiss untrennbar, wenn nichts als die Lust ihr Spiel bestimmt. Sie lieben sich bis zum Höhepunkt und erst das Danach lässt sie wieder zurücksinken. Zurück in das Kissen, zurück in ein Loslassen, ein Nebeneinander, ein tiefes zufriedenes Atmen. Er fällt in einen kurzen Schlaf. Er träumt von ihr und sich am Flughafen und wie sie sich innig umarmen. Als er gehen will, hält sie ihn fest und fleht ihn an zu bleiben. Er muss gehen, sagt er und reißt sich von ihr los. Es fällt ihm schwer und er verspürt einen stechenden Schmerz in der Brust. Er hat Mühe seine Beine zu bewegen, um sich langsam von ihr zu entfernen. Noch einmal schaut er über seine Schulter zurück zu ihr. Sie steht mit seiner Waffe in der Hand am Ende des Flurs und schaut ihm traurig nach. Er wendet sich ab und geht weiter in diesem endlos langen Gang. Dann steigt er die Treppe nach oben zum Eingang des Flugzeugs. Es ist kein gewöhnliches Passagierflugzeug, sondern es sieht eher aus wie ein Privatjet. Ganz oben spürt er eine tiefe Sehnsucht nach ihr und dreht sich nach ihr um. Sie steht inmitten des Flugfelds. Entschlossen richtet sie den Lauf seiner Glock auf die Reifen des Jets. Sie trägt ein hellblaues Kleid, das sich mit ihrem blonden Haar im Wind bewegt. Er lächelt ihr sanft und müde zu. Sagt ihr, er müsse nach Washington. Er habe die Pflicht, die vielen Gangster zu jagen. Sie erwidert mit Tränen in den Augen: «Scheiß auf die Ganoven!» Er hofft, sie meint es nicht so, steigt ein und schließt die Tür hinter sich. Scott hört einen Schuss und schnappt nach Luft.

Dann wacht er auf. Als er seine Augen öffnet, sitzt sie bereits angezogen neben ihm und streicht über sein Haar.

«Hey», sagt sie liebevoll zu ihm.

«Ich bin wohl nochmals eingenickt», nuschelt er schlaftrunken.

«Das könnte man so sagen.» Sie streicht verspielt mit ihren Fingerkuppen über sein kurzes Haar.

Mit einem Seufzer setzt er sich auf und sagt: «Dann werde ich wohl jetzt ...»

«...aber rasch unter die Dusche gehen», beendet sie seinen Satz.

Seit ein paar Wochen ist Scott wieder im regnerischen Staat Washington und eingespannt mit Arbeit. Früh raus aus den Federn und auf stark frequentierten Straßen in Richtung Norden unterwegs zu seinem Büro. Routinearbeiten erledigen, die er lang vor sich hingeschoben hat, die aber getan werden müssen. Er beschäftigt sich mit dem Aufräumen von Akten, muss Protokolle vervollständigen oder umständliche Statistiken füttern, die, seiner Meinung nach, niemals von der Zentrale in Washington DC gelesen werden. Außerdem ist er dabei, elendslange Onlinetests zu absolvieren, um die aktuellen Richtlinien und Regeln des HSI zu verinnerlichen. Zu allem Übel ist ihm einmal kurz vor dem Ende eines langwierigen Tests, nach mehr als vier Stunden langweilige Fragen zu beantworten, der Computer abgestürzt. Er musste alles nochmals von Anfang an machen. All die Schreibtischtätigkeiten liegen ihm nicht sonderlich und er empfindet sie als aufreibend und äußerst mühsam. Er bevorzugt die Deals draußen an Ort und Stelle, die Übergaben von Drogen, die Verfolgungsjagden, seine Einsätze mit der Waffe und das Adrenalin-Hoch bei Übergriffen. Dann ist er voll im Einsatz und hat keine Zeit, sich Gedanken über irgendetwas anderes zu machen.

Im Büro, wo er zurzeit nicht sonderlich gefordert wird, oder abends, wenn er alleine zu Hause in seinem Apartment sitzt, sehnt er sich jedoch immer wieder nach dieser sonnigen unterhaltsamen Zeit auf Oahu. Seit seiner Rückkehr haben Heidi und er gelegentlich per Skype miteinander gesprochen. Aber das ist es nicht, was er vermisst. Es fällt ihm schwer, die körperliche Distanz zu ihrem weichen, warmen Körper zu verwinden. Er möchte sie spüren. Sie küssen. Sie liebkosen. Er will mit ihr umschlungen am Meer entlang gehen. Sich mit ihr von Gesicht zu Gesicht über die wunderbarsten Dinge unterhalten. Ihre anschließenden Gespräche per Skype haben ihn eher gequält. Ihr ergehe es ähnlich, gesteht sie ihm eines Tages und so beschließen sie, den Kontakt ganz abzubrechen. Sie schaffe es nicht, ihn zu sehen und nicht zu spüren, sagt sie. Er sieht ihr an, wie sie mit den Tränen kämpft. Letztendlich nimmt er ihren Wunsch nach einem endgültigen Abschied wie ein bitteres Geschenk entgegen und flüstert ein Lebewohl zu ihr mit einem Kloß im Hals. Im Anschluss daran sitzt er eine Weile mit dem Tablet auf dem Schoß und starrt ins Leere. Schließlich steht er auf, geht an den kleinen Schrank und schenkt sich einen Whiskey ein. Das Getränk brennt angenehm auf seinem Gaumen und er sinniert über ˋWas wäre, wenn er zu ihr nach Oahu...ˋ oder ˋWas wäre, wenn sie zu ihm nach Washington...ˋ oder ˋWas wäre, wenn er zu ihr nach Frankfurt...ˋ. Er hat das Gefühl durchzudrehen. Seine Gedanken zirkulieren wild und das ist bestimmt nicht auf ein Glas Whiskey zurückzuführen. Einen Entschluss fasst er allerdings an diesem bedenklichen Abend, um sich selbst zu retten. Er beschließt, an diesem Wochenende raus aus der Stadt zu fahren und rein in die Berge zu verschwinden. Das hat ihm schon früher gut getan, wenn Entscheidungen angestanden sind oder er eine Pause von allem dringend benötigt hatte. In den Bergen, das weiß er aus Erfahrung, hat er keinen Empfang und kein einziger lästiger Anruf wird ihn vereinnahmen, ablenken, nerven oder möglicherweise sogar stressen.

Seinen Rucksack gefüllt mit einer Wasserflasche, Snacks, einem Paar Handschuhen, der Mütze und seinem Schal schmeißt er auf den Beifahrersitz. Die Schneeschuhe und Stöcke packt er in den Kofferraum. Die Schneeketten lässt er im Auto, obwohl er davon ausgeht, sie nicht mehr zu benötigen. Er muss an diesem Morgen unbedingt weg. Er braucht Zeit für sich und möchte dieses ˋWas wäre, wenn...ˋ-Gedankenkarussell loswerden. Jetzt geht es ihm nicht schnell genug, bis er endlich raus aus der Stadt und rein in die Natur kommt. Die Straßen sind bei dem schlechten Wetter wenig befahren und er kommt gut durch. Oben auf dem Berg angekommen, liegt zwar nicht ausreichend Schnee, um Ski fahren zu können, aber zum Schneewandern genügt es allemal. Er schnallt seine Schneeschuhe auf den Rucksack, denn ganz oben wird er sie eventuell noch brauchen, und macht sich auf den Weg. Zum Glück ist die graue Wolkenwand aufgerissen und hat der Sonne Platz gemacht. Nun glitzern die feuchten Baumwipfel im Licht und die Eiszapfen an der Hütte. Er atmet die frische Bergluft tief und mit Genuss ein, sie gibt ihm Kraft. Gewöhnlich geht er nicht so schnell, aber heute möchte er alles aus sich rausschwitzen. Nichts soll in ihm bleiben. Nichts soll ihn schwer machen. Mit einem Fuß rasch vor den anderen gesetzt, vergrößert sich im Nu der Abstand zum Parkplatz. Nach einer Stunde schnellen Gehens, findet er zurück zu seinem normalen Rhythmus und eine Ruhe breitet sich in ihm aus. Immer wieder schweift sein Blick über die baumlosen Berggipfel. Manchmal bleibt er stehen, um das Panorama in seiner vollkommenen Stille, die es für ihn nur in schneebedeckten Bergen zu finden gibt, einzuatmen. Dann saugt er den Anblick der winterlichen Hänge in sich auf. Er verweilt mit seiner Berglust und dem inneren Bedürfnis aus Wonne zu jauchzen an einer Stelle. Wie eine Befreiung empfindet er die Höhenluft, die seinen Pulsschlag verlangsamt hat. Sogar die Anziehung zu Heidi verliert an Kraft und lässt ihm wieder Luft zu atmen.

Er spürt seine Leidenschaft für den Beruf erneut aufkeimen. Es gelingt ihm, Klarheit zu erlangen und er weiß wieder ganz genau, weshalb er sich für diesen Weg, der nicht immer der einfachste ist, entschieden hat. Er muss die Welt vom Dreck befreien und sich für das Gute einsetzen. Wie in jungen Jahren ist es das, was ihn bislang vorangetrieben hat. Scott, Special Agent, es geht weiter, denkt er und was er nicht mehr zu haben glaubte, zeigt sich ihm in der Abgeschiedenheit der Berge – eine Zuversicht. Er schnallt seine Schneeschuhe an für den nunmehr tieferen Schnee, denn er möchte schneller vorankommen ohne einzusinken. So geht er weiter, schaut immer wieder in alle Richtungen und genießt die Weite seines Ausblicks. Je höher er steigt, desto intensiver kann er sich selbst spüren und besser fühlen.

Zwei Stunden ist er bereits unterwegs, ehe er sich für eine Pause auf einen im Schnee quer liegenden Baumstamm setzt. Er beißt in seinen geräucherten Beef Jerky, ohne seinen Blick von dem Panorama abzuwenden. Ganz oben am Felsen entdeckt er einen dunklen, sich langsam bewegenden Punkt. Das muss die Silhouette eines Wanderers sein, denkt er, eines waghalsigen noch dazu! Was treibt diesen Menschen so weit weg von jedweder Sicherheit, die während der Schneeschmelze auf diesen abgelegenen Wegen am Hang nicht gegeben ist. Er kann sehen, dass der Wanderer keine Skier dabei hat, dafür aber einen großen Rucksack. Im nächsten Moment verschwindet er hinter dem Kamm. Das muss bereits Kanada sein, überlegt Scott. Er hat sich lang genug ausgeruht und erholt. Endlich hat er das Gefühl, wieder Kontrolle über sein Leben zurückzugewinnen. Es geht aufwärts. Mit Schwung und Vorfreude auf die warme Hütte, begibt er sich auf seinen Rückweg.

Am Montagmorgen spricht Scott seinen Kollegen wegen des Wanderers an, den er in den Bergen gesehen hat. «Ich finde, wir sollten darauf ein Auge halten», sagt er. «Wer weiß, was diesen Typ da oben in den Bergen dazu getrieben hat, die Grenze nach Kanada zu passieren? Da gibt es sicher keine Kontrollen, oder?»

CJ erwidert: «Ich gebe es mal an die kanadischen Kollegen weiter. Die sollen ein Auge drauf halten.»

«So bald wie möglich», hakt Scott nach.

«Alles klar, Chef», scherzt CJ und klopft ihm auf die Schulter. «Du möchtest wohl wieder raus aufs Feld? Hast genug vom bequemen Bürosessel?»

«Wie hast du das bloß erraten? Und ja. Verdammt noch mal.»

«Passiert heute noch, Sir. Habe mit Miss Piggy ein Treffen vereinbart. Die Übergabe wird noch in dieser Woche stattfinden.»

«Miss Piggy? Unsere Möchte-Gern-Polizistin?»

«Ja genau die!»

«Was hat sie vor?»

«Das Übliche. Wir treffen sie heute am Nordwest-Parkplatz. Sie wird es nicht mehr allzu lange machen. Ich habe das Gefühl, die Dealer werden langsam misstrauisch bei ihr und vermuten etwas.»

Scott sieht fragend zu ihm.

«Ist dieses Mal ein relativ kleiner Deal», ergänzt CJ. «Ich befürchte, die großen Sachen werden mittlerweile über andere Kuriere abgewickelt.»

Scott verzieht den Mund und sagt: «Arme Miss Piggy. Denke mal, dann ist sie bald raus aus dem Geschäft und wird nicht mehr für uns arbeiten können. Eigentlich schade.»

CJ nickt abwesend. Sein Telefon klingelt und er antwortet beim zweiten Läuten mit harter, unfreundlicher Stimme. Scott vermutet, Miss Piggy ist dran, um die Details des Treffens abzusprechen. Obwohl CJ schon seit Jahren mit ihr zusammen arbeitet, hält er sie gut unter Kontrolle. Miss Piggy sieht verdammt gut aus, denkt er. Auch er kennt sie bereits seit einiger Zeit. Pralle Brüste, eine schlanke Taille und immer hübsch zurechtgemacht. Da ist es nicht einfach, hart zu bleiben. Aber CJ gibt sich immer cool und professionell. Nur was weiß Scott wirklich vom Liebesleben seines Kollegen? CJ lässt üblicherweise nichts anbrennen, soviel hat er bereits feststellen können. Vielleicht hat er etwas mit ihr gehabt und will sie deshalb aus dem Geschäft aussteigen, überlegt er. Verdenken könnte er es ihr nicht. Ihr Leben hängt jedes Mal an diesem feinen Faden bei den Übergaben und keiner weiß, ob die Situation dabei sicher und ruhig bleibt. Die Dealer sind nervös. Miss Piggy ist angespannt. Läuft irgendetwas schief, ist sie dran.

Das hat sie sich alles nicht so vorgestellt, als sie sich vor drei Jahren bei ihnen gemeldet hat. Sie wollte schon immer Polizistin sein, hatte aber die Aufnahmeprüfung nicht bestanden. Mit dem Dealerjob kommt sie zwar nahe ran an den Beruf einer Polizistin, aber sie ist dennoch nicht eine von ihnen. Seit Jahren arbeitet sie für das HSI und war im Staat Washington bereits mit viel zu vielen Dealern in Kontakt. Um wieder in Ruhe leben zu können, müsste sie ihr Aussehen verändern und am besten auch noch den Staat ihres Wohnorts wechseln. Eigentlich, wenn Scott nochmals in Ruhe darüber nachdenkt, so könnte CJ doch mit ihr etwas gehabt haben. Dann käme es ihm wahrscheinlich sogar gelegen, wenn sie weiterziehen müsste. Dann könnte er weiterhin ungestört sein Single-Dasein genießen. Wie auch immer – das sind einzig und alleine CJs Probleme. Zum Glück sind es nicht seine eigenen Sorgen, denn mit seinem Leben hat er schon genug zu tun. Und wer weiß, wie unnachgiebig er selbst geblieben wäre, hätte ihm Miss Piggy irgendwann einmal ein unmoralisches Angebot gemacht.

Wieder einmal schwenken seine Gedanken zu Heidi. Vielleicht kreuzen sich ihre Wege nochmals, das würde ihm gefallen.

CJ reißt ihn schroff aus seinen Gedanken:

«Hey Scott, alter Knabe! Heute musst du deinen Hintern nicht mehr im Büro platt sitzen. Dein Wunsch geht in Erfüllung. Es geht los!»

SO MANCHE WEGE

Heidi kennt den Pfad zum Wasserfall in- und auswendig. Sie ist ihn schon mehrmals in ihrem Leben gegangen, doch heute erlebt sie ihn wie ein rosarotes Wunder. Während sie gehen, hält Scott ihre Hand und streicht gelegentlich verspielt über ihre Finger. Sie atmet den Duft der Natur, und der Mann an ihrer Seite sagt die wunderbarsten Dinge zu ihr. Das satte Grün um sie, der Klang der Natur und ihre harmonischen Schrittgeräusche geben ihr eine Leichtigkeit, die sie in einer umtriebigen Stadt wie Frankfurt nie erlebt. Wie selbstverständlich hat sie sich erneut auf den langsamen Inselrhythmus eingelassen. Gemeinsam mit Scott ist diese Entspanntheit jedoch etwas Besonderes. So könnte es endlos dahin gehen, denkt sie und weiß zugleich, das Ende naht. Es ist wie die Ruhe vor dem Sturm und nicht nur deswegen hat sie jeden einzelnen Tag mit diesem Mann in vollen Zügen genossen. Sich mit ihm versteckt. Nahm all das, was er ihr geben konnte, hungrig entgegen. Erwidert eine Zuneigung in tiefer Ehrlichkeit und fühlt sich unendlich geborgen. Mit ihm ist alles so einfach. Ohne Gedanken an eine Wirklichkeit zu verschwenden, lebt sie in einem Märchen vollkommener Liebe und er tut alles, sie daran glauben zu lassen. Sie sprechen über Wünsche und Träume, als wolle auch er an diesen kostbaren Tagen einer Realität entfliehen.

Was wäre, wenn er und sie auf der Insel blieben, ihre Mutter gesunden würde, er hier in einem Nationalpark arbeitete und sie ihm ein Kind nach dem anderen gebären würde. Sie verdrängt ihre Sehnsucht nach der zweiten Heimat in Europa, nach ihrem Vater und nach ihren Freunden in Deutschland. Beruflich hat sie nichts zu verlieren. In Deutschland wartet zurzeit keine steile Karriere auf sie. Ganz im Gegenteil – eine Veränderung im Job wäre angebracht und wünschenswert. Was ihr gegenwärtig im

Leben wichtig ist, sind einzig und allein die Liebe, Geborgenheit und ein langes Ausschlafen, denkt sie und muss unweigerlich über ihre Tagträumereien schmunzeln.

«Einen Penny für deine Gedanken», sagt Scott, dem ihr Lächeln aufgefallen ist.

«Ich habe mir gerade vorgestellt, wie du und ich auf Oahu zusammen leben könnten.» Er lässt einen tiefen Seufzer von sich und zieht Heidi zu sich. Ganz fest in seinen Armen riecht sie seinen wunderbaren Duft und schmiegt sich an ihn. Es sei nicht mehr weit bis zum Wasserfall, sagt sie sanft in sein Ohr und löst sich aus seiner Umarmung. «Die Abkühlung wird uns gut tun», ergänzt sie mit einem glucksenden Lachen. Jetzt beschleunigt sie ihre Schritte in Richtung des Wasserrauschens. Sie kann es kaum erwarten, ihm den Fels, das glasklare Wasser und diese Oase inmitten von Farnen, Büschen und Bäumen zu zeigen. Sie nähern sich einer Lichtung und dann stehen sie direkt davor.

«Berauschend schön», sagt er dankbar.

Sie schaut zu ihm, ergötzt sich an seinen glücklich strahlenden Augen. Spürt, wie ihr Kleid an ihrem verschwitzten Körper klebt und legt ihren Rucksack ins Gras. Ihren auffordernden Blick weiß er sofort zu deuten. Geschwind zieht sie ihr Kleid über den Kopf und auch er entledigt sich seiner Short und seines T-Shirts. Sie lassen alles zusammen geknüllt auf einem Felsen liegen und springen nur in Badekleidung in das kühle Nass. Es ist kälter als sie es erwartet haben. Heidi schnappt nach Luft.

«Kaaalllllttt», entfährt es auch ihm und taucht dennoch sogleich unter sie hindurch. Zieht sie am Bein zu sich, küsst sie unter Wasser.

«Verrückter Kerl», blubbert sie. Sie schwimmt direkt auf den Wasserfall zu und klettert seitlich raus auf eine kleine Böschung. Ruft ihm zu, ob er sie begleiten wolle. Das muss sie ihm nicht zweimal sagen, so schnell ist er bei der Sache.

Sie klettern nach oben und stehen schließlich auf einer Felskante. Auf drei springen sie die paar Meter nach unten. Es ist herrlich und sie wiederholen es. Springen nochmals, gehen wieder nach oben, springen und gehen so lange rauf und runter, bis sie nicht mehr können. Außer ihnen sind noch ein paar Jugendliche an dieser wunderbaren Stelle. Sie sind, soweit Heidi das vom Akzent herleiten kann, von Oahu oder zumindest von einer der hawaiischen Inseln. Auch sie springen, schwimmen und klettern wie Heidi und Scott. Erst als ihre Haut vom Wasser schrumpelig wird, bleiben sie draußen und legen sich zum Trocknen auf die Badetücher. Schnaufend blinzelt sie in die Sonne und spürt seine nasse kalte Haut an ihrem Körper. Er greift nach ihrer Hand und sie schließt die Augen. Dann muss sie eingeschlafen sein, denn sie hört ihn erst viel später aus der Ferne ihren Namen rufen: «Heidi. Heidi...»

Etliche Monate sind seit Scotts Abreise im Frühjahr vergangen. Viele schöne Erinnerungen an ihn und an diese wunderbare Zeit verblassen jedoch bereits wieder peu à peu. Sie erinnert sich kaum noch an sein Gesicht, seinen Geruch und seine Haut. Zu viele Dinge passieren tagtäglich seit dieser wunderschönen Zeit mit ihm und sie hat vergessen, wie es sich mit ihm angefühlt hat. Am Anfang der Trennung dachte sie, das würde sie niemals überleben. Langsam gewöhnt sie sich wieder an das Alleinsein.

Sie telefoniert mit ihrem Vater. Er hat schon mehrmals versucht sie zu erreichen, beschwert er sich gleich zu Beginn ihres Gesprächs. Er traf zufällig auf Lena in der Stadt und habe erfahren, dass sie ihr Zimmer untervermietete. «Wann hast du vor, wieder zurück nach Deutschland, nach Hause zu kommen», will er wissen.

«Ich weiß es nicht, Papa», antwortet sie ehrlich.

Sie kann sein Schweigen hören und fühlt sich elendiglich. Wenn er doch nur etwas sagen würde, das ihr die Schwere dieses Gesprächs nähme.

Sie hört ihn den Wasserhahn aufdrehen, ein Glas füllen, einen Schluck nehmen, ein Räuspern: «Ich dachte, du kommst spätestens, wenn der Sommer vorüber ist», sagt er mit einem verletzten Kratzen in seiner Stimme.

Sie überlegt, wie sie ihm etwas erklären kann, was sie selbst noch nicht weiß. «Mama braucht mich hier für eine Weile. Ich möchte ihr zur Seite stehen. Du weißt, sie arbeitet nicht mehr und der Übergang ist schwer für sie.» Wieder dieses Schweigen am anderen Ende der Leitung.

«Das kann ich verstehen», erwidert er langsam. «Was ist mit der Agentur? Musst du nicht schon viel eher zurück sein?»

Heidi seufzt: «Bei Lothar steht im Moment nichts an.» Weiter möchte sie auf dieses zurzeit unangenehme Thema nicht eingehen und wartet auf seine Fragen.

«Geht's dir gut?»

«Ja. Es geht mir gut. Ich vermisse dich, Papa.»

«Zu meinem Siebzigsten kommst du aber», sagt er bestimmt und fügt zögernd hinzu, «das ist erst nächstes Jahr, im April. Bitte.»

«Ich weiß, wann dein Geburtstag ist, Papa», sagt sie mit einem Grinsen. Ohne auch nur einen Augenblick des Zögerns versichert sie ihm: «Ganz bestimmt bin ich zu deinem Geburtstag wieder daheim. So lang habe ich keineswegs vor zu bleiben. Versprochen!»

Sie hört sein erleichtertes Seufzen. Für ihren Vater war es wichtig, den Endpunkt ihres Aufenthalts zu erfahren, einen Lichtblick zu haben. Sie weiß, er vermisst sie sehr und hat Angst, sie würde noch länger bleiben. Die Aussicht auf eine Rückkehr in ein paar Monaten ist für ihn essentiell. Vielleicht ist dieses Versprechen jedoch mindestens genauso wichtig für sie selbst, wird ihr in dem Telefonat mit dem Vater klar. Noch muss sie auf Oahu bleiben und Geld verdienen. Ihre Mutter braucht dringend Hilfe. Sie darf sie nicht im Stich lassen.

Ihr Vater erzählt vom Tod eines früheren Kollegen, den sie ebenfalls gekannt hat. Er spielte mit ihrem Vater früher gelegentlich Schach, erinnert sie sich. Heidi mochte ihn. Hatte ihn allerdings schon lang nicht mehr gesehen. Er wäre längere Zeit krank gewesen, erfährt sie von ihm. Ein ruhiger, freundlicher, älterer Herr. War immer gut gekleidet. Und er trug, soweit sie sich an ihn erinnert, meistens einen Seidenschal um den Hals. Von Zeit zu Zeit brachte er Schokolade für sie mit. Schon eigenartig, welche Erinnerungen eines ganzen Lebens zuletzt übrig bleiben. Ein Schachbrett, die dunkle Schokolade und ein glänzender Seidenschal. Es stimmt sie traurig. Sie wünscht sich, sie könnte ihrem Vater zur Seite stehen, ihm zum Begräbnis begleiten.

Um die Stimmung anzuheben, gibt sie ein paar Geschichten von ihrem Job in dem Café und in der Bar zum Besten. Da ergeben sich schon von selbst Erlebnisse mit amüsantem Erzählwert. Über die Urlaubsgäste, ihre Kollegen oder die dicke kleine Chefin, von ihnen hinter vorgehaltener Hand die `Birne` genannt, gibt es immer etwas zu berichten.

«Wenn du Geld brauchst, sage es mir. Das ist kein Problem, Liebes. Du weißt das.»

«Danke, Papa. Momentan ist alles gut. Mach dir bitte keine Sorgen», erwidert sie mit so viel Zuversicht in ihrer Stimme wie nur möglich. Dann verabschiedet sie sich.

April ist in nicht einmal sechs Monaten. Bereits kurz nach dem Telefonat zweifelt sie daran, es rechtzeitig nach Deutschland zu schaffen. Sie arbeitet derzeit in zwei Jobs. Tagsüber im Café und nachts an den Wochenenden zusätzlich in einer Bar. Den zweiten Job nahm sie an, als sie es nicht mehr ertragen hatte, wenn Joe mehrmals die Woche am Abend in seinem Schuppen verschwand. Meistens versackt er da, ist völlig betrunken und nicht einmal mehr fähig, zurück ins Haus zu torkeln.

Für ihre Mutter war es schon bald nach ihrer Ankunft notwendig, eine Betreuung zu organisieren. Ihr Zustand hat sich von Tag zu Tag rapide verschlechtert. Michelle ist nun im Haus, die sich um sie kümmert, wenn sie und Joe arbeiten. Ihre Mutter ist so verletzlich geworden, so kindlich, so hilflos. Ihr von der Alzheimer-Demenz veränderter Charakter geht ihr sehr nahe. Sie muss bis April unbedingt genügend verdienen, um eine Anzahlung für das Heim leisten zu können. Bill, der Freund und Arzt, hat ihnen bereits einen guten Preis für die Unterbringung in dem Heim zugesagt. Sie dachte ursprünglich, sie würde das Geld bis Herbst beisammen haben. Die Katastrophe mit dem kubanischen Event im Frühjahr hat jedoch ihre Pläne zunichte gemacht. Als nach etlichen Wochen immer noch kein Geld auf ihrem Konto eingegangen war, erkundigte sie sich in der Agentur danach. Rodriguez hätte sich angeblich mit dem gesamten Geld des kubanischen Ministeriums für Tourismus auf und davon gemacht. Er wäre in Berlin direkt nach der Tourismusmesse untergetaucht und nicht mehr zurück nach Havanna geflogen. Das für die Agentur vorgesehene Geld hätte er schlichtweg als persönliche Starthilfe für sein eigenes Leben im Westen verwendet, schrieben sie zurück. Was für ein fieser Typ, denkt Heidi, und wie verlogen freundlich er zu ihr war. Würde sie ihn zu greifen bekommen, sie drehte ihm den Hals um. Sie ist wütend, denn aufgrund dieser Misere hat Lothar ihr nur ein minimales Gehalt bezahlen können. Das Projekt war ursprünglich hoch angesetzt, die Arbeiten aufwendig. Und jetzt? Jetzt erhielt sie lediglich ein Viertel des vereinbarten Geldbetrags. Sogar den Strafzettel für das Falschparken am Markt musste sie aus eigener Tasche bezahlen. Lothar könne ihr nicht mehr Geld überweisen, eröffnete er ihr. Im Gegenteil: Sie sollte dankbar sein, dass er ihr von den Rücklagen der Agentur überhaupt eine Gage bezahlen würde, schrieb er in einer E-Mail an sie. Die Agentur habe mit den Kubanern einen immens großen Verlust gemacht. Sie hat tagelang darüber gebrütet, ob sie ihnen einen Rechtsstreit anhängen sollte oder nicht. Nur dann würde das meiste Geld wieder bei irgendeinem Rechtsanwalt landen und von Oahu aus wäre das alles äußerst kompliziert und schwierig zu organisieren. Außerdem könnte sie dann bestimmt nie wieder für Werner und Lothar arbeiten. Und die gesamte Event-Branche in Frankfurt ist überschaubar, ein Rechtsstreit würde sich in ihrer Vita nicht gut machen. Sie befürchtet damit eventuell auch künftige andere

Auftraggeber zu vergraulen. Das Risiko wollte sie in keinem Fall eingehen.

Sie ist frustriert, so viel Geld verloren zu haben. An manchen Tagen fühlt sie sich wie in einem Hamsterrad. Immer wieder am Strampeln, jedoch ohne voranzukommen. Sämtliche Bemühungen für ihre geliebte Mutter gehen viel zu langsam und nur zäh voran. Die Zeit verfliegt, ohne genügend Geld für das Heim zu sparen. Ihre beiden Einkommen von Café und Bar reichen kaum aus, um die momentane Betreuung zu bezahlen. Die kleine Rente ihrer Mutter deckt marginal die laufenden Kosten. Joe zuckt nur mit den Schultern, wenn sie ihn daraufhin anspricht, ehe er wieder einmal in seinem Schuppen verschwindet. Eines jedoch steht nach wie vor für sie fest: Ihren Vater möchte sie unter keinen Umständen in diese finanziellen Angelegenheiten reinziehen. Das muss sie alleine schaffen. Nur wie?

Seit ihrer Ankunft in Honolulu hatte Julia sie bereits etliche Male gefragt, wann sie endlich zu Besuch käme. Heidis Ausreden rangierten von keiner Zeit oder ihre Mutter benötige Hilfe, bis hin zu der Notwendigkeit, das Haus zu putzen oder aufzuräumen. Nichts davon war gelogen und doch wollte sie eigentlich nur vermeiden, sich mit ihr zu treffen. Sie war noch nicht so weit. Sie wollte erst eine erträgliche Situation im Haus mit Joe und ihrer Mutter schaffen. Das ist ihr allerdings auch nach all den Monaten noch nicht gelungen. Gewöhnlich fällt sie jeden Abend oder am Wochenende auch erst in der Nacht ausgelaugt und müde ins Bett. Sie hat immer noch keine Idee, wie sie die widrigen Umstände zum Guten wenden könnte. Sie ist überglücklich, dass ihre Freundin heute nochmals anruft, denn sie hätte jeden Grund gehabt, beleidigt zu sein. Heidi sagt schließlich für den Abend zu und sie ist bereits auf dem Weg zu ihrer Freundin bestens gelaunt. In einem Laden kauft sie ein paar Snacks und freut sich auf den Abend.

Die Tür zu Julias Haus ist wie gewöhnlich nicht abgesperrt und als keiner auf ihr Schellen reagiert, geht sie direkt in die Küche. «Julia?», ruft sie.

«Heidi, bist du es?»

«Ja», ruft sie in die Richtung, aus der sie die Stimme hört.

«Komme gleich! Räume nur noch schnell den Staubsauger weg. Nimm dir etwas zu trinken. Du weißt, wo du alles findest.» Heidi hört die ihr so vertraute, melodiöse Stimme und fühlt sich auf der Stelle willkommen. Weshalb ist sie denn nicht schon früher zu ihrer Freundin gekommen, fragt sie sich in diesem Moment. Sie leert die Snacktüten, die sie mitgebracht hat, auf einen großen Teller. Ohne zu zögern greift sie nach der bereits geöffneten Weißweinflasche im Kühlschrank und schenkt sich ein Glas ein.

«Na? Schon am späten Nachmittag ein Gläschen?», fragt Julia. «Ich trinke übrigens auch von dem Weißwein. Ist doch ein Grund zu feiern, wenn du endlich den Weg zu mir findest», sagt sie und zwinkert ihr zu.

«Tut mir total leid», erwidert Heidi schuldbewusst. «Ich bin irgendwie so durch. Meine Mama. Mein Papa. Dieser beschissene Joe...»

Julia legt ihr die Hand auf die Schulter: «Jetzt bist du ja hier. Komm, wir setzen uns auf die Terrasse. Dann erzählst du mir alles...», sie hebt den Zeigefinger hoch, «... aber wirklich alles!», mahnt sie mit einem breiten Grinsen und geht voran.

Heidi schenkt ein zweites Glas ein und setzt sich neben sie auf den Schaukelstuhl.

Julia hebt das Weinglas an und prostet ihr zu: «Auf deinen Besuch.»

«Auf unsere Freundschaft», erwidert Heidi. Als sie über ihre Mutter zu sprechen beginnen will, stoppt Julia sie direkt und sagt, Heidi müsse weiter ausholen. «Wie meinst du das?», fragt sie verunsichert.

«Naja, du kommst nach langer, langer Zeit endlich wieder einmal nach Maunawili und dann lässt du dich Monate lang kein einziges Mal blicken? Erst dachte ich, ich hätte dich verärgert. Aber dann kam mir etwas völlig anderes zu Ohren. Ich habe so meine Beziehungen auf dieser Insel. Von wegen deine Mutter!», sie lacht schallend.

Heidi weiß erst nicht, was sie damit meint. Dann sieht sie jedoch diesen Schalk in ihren Augen und sie bekommt eine Ahnung. «Das glaube ich jetzt aber nicht!», sagt sie zögernd. «Aber ja doch! Da kommst du nicht drum herum. Und jetzt erzähl mal. Was war das für ein Typ, von dem du dich nicht trennen konntest?»

Heidi muss bei ihren Gedanken an Scott unwillkürlich lächeln. Bislang hat sie noch mit niemandem darüber gesprochen und so holt sie die etwas mittlerweile verblassten Erinnerungen gerne heraus aus der untersten Schublade ihres Bewusstseins. Sie erzählt Julia, wie er sie bereits an ihrem zweiten Tag am Strand ansprach. Wie er ihr von der ersten Sekunde an den Boden unter den Füßen wegzog. Wie zufrieden und glücklich sie in seiner Nähe war und wie begehrt sie sich gefühlt hat. Was für ein aufmerksamer, liebevoller Mann er ist, und was sie alles gemeinsam unternommen haben. Während sie erzählt, knabbern sie von den Snacks. Bis sie auf den endgültigen Abschied von Scott zu sprechen kommt, ist von den Snacks und dem Weißwein kaum noch etwas übrig. Bei den Gedanken an das unvermeidbare Ende, schnürt es ihr die Kehle zu: «Leider eine Lovestory mit einem vorhersehbaren Ende», sagt sie mit einem tiefen Seufzer.

«Besser geliebt und verloren als überhaupt nicht geliebt.»

«Von unserem Poeten Sir Tennyson?», fragt sie.

Julia nickt: «Ein guter Spruch. Hat mir schon immer gut gefallen – schon in der Highschool. Übrigens: soll ich für uns etwas kochen? Hast du Hunger?», fragt ihre Freundin.

«Ich kann gut etwas Deftiges zum Alkohol gebrauchen.» Tatsächlich fühlt sich Heidi beim Versuch aufzustehen etwas schwindlig und muss sich sogleich nochmals setzen. Sie ruft den Festnetzanschluss im Haus ihrer Mutter an und fragt Michelle, ob sie ihre Mutter ausnahmsweise zu Bett bringen könne oder ob eventuell auch Joe zuhause sei.

«Joe ist hier», sagt die Aushilfe mit fröhlicher Stimme.

«Gib ihn mir mal kurz ans Telefon», bittet Heidi sie. Sie hört sie laut nach ihm rufen und sogleich das Telefon weiterreichen. Joe begrüßt sie ungewöhnlich freundlich. Vielleicht sollte sie öfters ausgehen, schießt es ihr als Gedanke durch den Kopf.

«Bleibst du heute Abend zuhause?»

«Bin so wie immer im Haus. Weißt du doch.»

«Ja. Ich weiß.» Sie stockt und überlegt, wie sie es am besten gewinnend formulieren soll. «Ich komme erst später zurück. Bin noch bei Julia. Ist das okay für dich?», fragt sie mit der süßesten Stimme, die sie für ihn aufbringen kann.

«Klar doch. Kein Problem.»

Sie bedankt sich bei ihm überschwänglich und legt schnell auf, damit er es sich nicht nochmals anders überlegt. Sie möchte nicht wirklich wissen, ob er nüchtern ist. Allerdings ist sie in diesem Moment ebenfalls leicht trunken. Die Pause von ihm wird ihr guttun. Der Abstand zu dem Haus und der Situation mit ihrer Mutter wird für sie zu einer überlebenswichtigen Erholung, wird ihr klar. Schon jetzt schaukelt sie wesentlich entspannter im Schaukelstuhl, als sie es die vergangenen Wochen über jemals sein konnte.

«Alles klar bei euch?», fragt Julia sie mit fürsorglicher Stimme.

Heidi steht auf und geht zu ihr in die Küche. «Wie man's nimmt. Es ist wegen Mama. Sie braucht mittlerweile eine Rundumbetreuung. Und Joe», sie seufzt, «ist nicht sonderlich zuverlässig.»

Julia schnippelt die geschälten roten Zwiebeln und wischt zwischendurch ein paar Tränen mit dem Handrücken vom Gesicht. «Du meinst, wegen des Trinkens?», fragt sie während sie sich auf die scharfe Klinge des Messers konzentriert.

«Ja.»

Julia hält einen Moment lang inne. Sie schaut unsicher zu ihr und fragt: «Aber er ist nicht gewalttätig? Oder etwa ekelhaft?

Zumindest würde mich das wundern. Er ist eigentlich ein ganz lieber Typ, oder?»

«Ja, Ja! Natürlich ist er das», entgegnet Heidi umgehend. «Oh Gott – nein! Das wäre schrecklich, wenn er aggressiv wäre. Nein Julia! Er ist lieb – aber eben betrunken.» Julia schnippelt wieder während Heidi weiterspricht: «Er ist einfach vollkommen unzuverlässig. Ich meine damit: Wenn Mutter die ganze Nacht in unserer Badewanne säße, würde es ihm nicht einmal auffallen.» Julia schiebt die Zwiebeln in die Pfanne mit dem Olivenöl. Sogleich verbreitet sich der Duft der Zwiebeln, die sie mit einem Holzlöffel gleichmäßig verteilt.

«Ist es so schlimm?», fragt sie mit ernster Miene und dreht die Temperatur der Kochplatte runter.

«Mit den Beiden ist's ein Albtraum. Er trinkt zu viel. So manche Nacht findet er vom Schuppen nicht einmal mehr zurück ins Haus. Und mit meiner Mutter? Sie bekommt die einfachsten Dinge nicht mehr alleine auf die Reihe. Sie kann sich nicht einmal mehr ohne Hilfe an- oder ausziehen. Damit meine ich, sie weiß nicht, welche Kleidung wofür gedacht ist und geht zum Beispiel nur in der Unterhose gekleidet mitten auf die Straße. Und wenn du nicht ständig aufpasst, verschwindet sie. Sie pflückt Bananen im Garten und beißt in das unreife Obst. Oder sie dreht den Gasherd an und vergisst es wieder kurze Zeit später. Sie lässt den Kühlschank offen und, und, und ...»

«Oh, mein Gott!», Julia schüttelt den Kopf. «Ich wusste nicht, wie schlimm es um sie steht. Das tut mir wirklich leid zu hören.»

Heidi nimmt Tomaten aus dem Kühlschrank, wäscht sie und schneidet sie in kleine Würfel. «Das einzig Gute daran ist – sie bemerkt es selbst nicht mehr. Zumindest habe ich den Eindruck, sie ist nicht unglücklich, beschämt oder traurig. Wenn ich bei ihr bin, lächelt sie die meiste Zeit. Joe hingegen leidet sehr, vor allem wenn er nüchtern ist. An manchen Tagen erkennt Mama ihn nicht einmal mehr und schimpft, er solle aus ihrem Haus verschwinden. Das eine oder andere Mal beginnt sie mit ihm in

Deutsch zu sprechen. Das muss für ihn hart sein. Mich hat sie bislang noch immer erkannt. Zum Glück!»

Julia hört erstaunt zu, während sie die in Scheiben geschnittenen Süßkartoffeln aus der Mikrowelle nimmt und in eine Bratpfanne schiebt. Am Tisch öffnet Heidi eine zweite Flasche Weißwein und schenkt nach. Ihr Beisammensein ist so selbstverständlich locker und es fühlt sich beinahe an wie ihre früheren Mädchenabende in der Highschool-Zeit. Julia stellt Käse, Butter sowie Zucker und Pfeffer zur Soße und den Kartoffeln. Heidi legt die Gabeln auf den Tisch und holt die Küchenrolle aus der Küche. Sie beginnen sogleich zu essen, trinken dazu den Wein und ihr Dialog geht ungebrochen weiter. Wie damals.

«Ich habe in der Schulzeit mehr Wein vertragen», sagt Heidi kichernd und lehnt sich nach einer Weile im Stuhl zurück.

«Mädchen, dann iss doch noch mehr! Dann geht's besser», erwidert Julia und zeigt auf die übrigen Gemüsestücke auf ihrem Teller.

«Ich wünsche mir nur, meine Probleme heute wären so easy peasy wie damals in der Schulzeit. Einzig und alleine reduziert auf schlechte Noten oder das bisschen Liebeskummer.»

«Das hätte ich damals wagen sollen, zu dir zu sagen, Heidi! Das bisschen Liebeskummer ist nicht so wichtig? Das hast du in der Highschool ganz bestimmt nicht so gesehen.»

«Mmmh. Vielleicht doch nicht so easy», sagt Heidi langsam in Gedanken an ihren ersten Liebeskummer. «Ich war ganz schön fertig! Nola und diese blöde Zicke. Ich weiß heute noch immer nicht, warum er mit der etwas angefangen hat. Was war denn an ihr so toll?»

«Na ihre Brüste! Sie hatte Riesendinger», Julia streckt ihre Hände einen halben Meter weg von der eigenen Oberweite. «Seeeeehr wichtig!», sagt sie und lacht gackernd. «Du hast seinen Namen zig-fach auf Papier geschrieben und jedes einzelne Blatt mit Todesverachtung zerfetzt und verbrannt. Erinnerst du dich nicht mehr?»

«Er hat mich wirklich brutal versetzt!», verteidigt Heidi ihr Verhalten.

«Du hast noch andere Dinge aus Rache gemacht. Weißt du noch?»

«Nein.»

«Du kannst dich wirklich nicht mehr erinnern?»

Heidi schüttelt den Kopf.

«Das Schlimmste war die Hundescheiße unter dem Griff ihres Spinds.»

Heidi wird heiß um die Ohren. Langsam kommen die eher peinlichen Erinnerungen am Ende ihrer Beziehung mit Nola wieder hoch. Wie konnte sie das nur vergessen.

«Das Zweitschlimmste war, als du den Auspuff seines Motorrads mit nassen Stofffetzen gefüllt und verklebt hattest. Es war für Nola hart, das Ding wieder zum Fahren zu bringen. Er hat sehr lange, sehr ausgiebig darüber geflucht. Weißt du noch?»

«Mmmmmh. Ich wusste doch nicht, wie gut dieser Kleber war», erwidert sie mit einem verschmitzten Grinsen.

«Ist aber wirklich schon lang her. Nola wohnt seit vielen Jahren nicht mehr hier. Möchte mal wissen, was aus ihm geworden ist.»

Jetzt kann Heidi sein Gesicht wieder vor sich sehen, wenn er lachte. Er hatte diese markante Lücke zwischen den oberen Schneidezähnen und sein Lachen war immer laut und ansteckend. Das mochte sie. «Wäre vielleicht ganz schön, ihn mal wieder zu sehen.»

«Alles schon verdammt lang her.»

Heidis Gedanken schwenken zurück zur Beinahe-Gegenwart und zu Scott, den sie voraussichtlich nicht mehr wieder sehen wird. Das macht sie traurig. Sie schaut auf ihr Weinglas und denkt an Mutters herzhaftes Lachen, als sie noch nicht hilflos war. Sie wird niemals wieder so dynamisch und fröhlich sein wie früher, bedauert sie.

Julia bemerkt ihren Stimmungswechsel und versucht sie aufzuheitern: «So schlimm kann das alles nicht sein. Damals nicht und heute auch nicht, Heidi. Du bist gesund. Du kannst arbeiten. Du hattest eine schöne Affäre mit diesem Parkranger, die dir zeigt, wohin die Reise gehen kann und das Betreuungsproblem mit deiner Mutter wird sich bestimmt irgendwie lösen.»

Heidi starrt immer noch auf ihr Weinglas und überlegt, wie viel sie ihr anvertrauen soll. Sie hat Julia noch nie zuvor von irgendwelchen Geldnöten erzählt. Dieses Thema hatten sie immer ausgespart. In ihrem leicht betrunkenen Zustand entscheidet sie sich schließlich für die ganze Wahrheit und will sich ihr anvertrauen. Was kann sie schon verlieren, denkt sie und erklärt ihr daraufhin ihre finanzielle Misere. Sie erzählt von der Arbeit auf dem Weihnachtsmarkt am Frankfurter Römer zum Mindestlohn, weil die Agentur keine Projekte für sie hatte. Sie spricht von dem großen kubanischen Projekt, das nur teilweise entlohnt wurde. Sie sagt ihr, dass sie sich vorgenommen habe, die Anzahlung für das Heim zu leisten, ehe sie zurück nach Deutschland fliegen würde. «Meine beiden Jobs hier sind leider nicht gut bezahlt. Allerdings gibt es in Maunawili kaum etwas Besseres, das weißt du so gut wie ich. Ich muss die paar Monate hier noch mehr verdienen», sagt Heidi und schaukelt nunmehr unruhig. «Oder weißt du zufällig von einem Job, der mir bis April genug Geld für eine erste Zahlung an das Heim verschaffen könnte?», fragt sie ohne Hoffnung. Der Schaukelstuhl knarrt auf den Holzdielen der Veranda. Ruhig zu sitzen fällt ihr bei der Aufregung schwer.

Es ist das erste Mal, dass Julia nicht sofort etwas darauf sagt, sondern länger in eigenen Gedanken versunken ins Leere schaut. «Wie ernst ist es dir damit?», fragt sie schließlich.

«Ich muss im April zurück in Deutschland sein. Das habe ich meinem Papa zu seinem Siebzigsten versprochen. Ich mache alles ...», dann hält sie die Luft kurz an und ergänzt, «fast alles!»

Julia verzieht keine Miene. Ansonsten lacht sie immer, wenn sie etwas in dieser Art äußert. Dieses Mal bleibt sie nachdenklich, ehe sie langsam und bedacht zu ihr sagt: «Ich werde mit Bro sprechen. Es geht um einen Kurierdienst. Der könnte dir etwa 10.000 Dollar einbringen.»

«Was!?», platzt Heidi heraus. «Das wäre fantastisch! Was muss ich tun?»

Julia hält sofort die Hände abwehrend hoch: «Lass mich erst einmal mit Bro sprechen. Ich muss das vorerst mit ihm klären.»

«Also wenn er da etwas machen kann, das wäre super! Ich mache es sofort.»

«Jetzt warte erst einmal ab, Heidi. Du weißt ja noch nicht einmal, worum es geht», sagt sie bestimmt. «Lass mich zuerst mit Bro reden.»

Heidi schaut erwartungsvoll zu ihr, weiß aber, wenn ihre Freundin etwas nicht erklären will, dann muss sie geduldig sein und warten. Es ist besser, Ruhe zu bewahren als zu versuchen, es ihr zu entlocken. Hakt sie weiter nach, lässt sie vielleicht das Angebot wieder fallen. Heidi ist folgsam und wechselt, so schwer es ihr fällt, das Thema. Ein paar Monate hat sie immerhin noch Zeit, beruhigt sie sich. Irgendwie hat sie die Aussicht auf eine mögliche Lösung ihres finanziellen Problems optimistisch gestimmt. Sie denkt kaum noch an den geheimnisvollen Kurierauftrag und genießt es, noch entspannt mit ihrer Freundin über diverse Anekdoten der Jugend zu quatschen. Es ist immer wieder schön, in alte Zeiten abzutauchen. Noch dazu mit jemandem, mit dem man so viel gemeinsam erlebt hat. Egal ob Schule, wilde Teenager-Parties, erste Küsse oder die enttäuschende Prom-Nacht – die Erinnerungen daran sind etliche Jahre später eher komisch als tragisch. Sie amüsieren sich, die Stunden verfliegen und erst in den Morgenstunden geht sie beschwingt nach Hause, ehe sie erneut an den mysteriösen Job denkt. Sie kann nicht einschätzen, ob er überhaupt zustande kommen wird. Und dennoch gibt es endlich wieder einen kleinen Hoffnungsschimmer, ihre Mutter versorgt zu wissen und den runden Geburtstag mit ihrem Vater in Frankfurt feiern zu können.

Vor ihrem Haus bleibt sie wie angewurzelt stehen. «Verdammter Mist!», flucht sie und starrt auf die halb geöffnete Eingangstür. Im Hausflur ist das Licht an und auch im Schuppen sieht sie einen Lichtstrahl unter der angelehnten Tür. Eigentlich kann sie es sich sparen, nachzusehen, ob sie Joe darin vorfinden wird. Sie tut es trotzdem. Er liegt wie erwartet auf seiner Campingliege und schnarcht. Wütend kehrt sie ihm den Rücken zu und geht ins Haus. Leise öffnet sie die Tür zum Schlafzimmer ihrer Mutter. Es ist dunkel. Die Bettdecke ist zurückgeschlagen. Ihre Mutter ist nicht im Bett. «Scheiße! Scheiße! Scheiße! Mama wo bist du?», schreit sie hysterisch und rennt so schnell wie noch nie in alle Räume. Das Haus ist leer. Sie setzt sich auf den Küchenhocker am Tresen. Was soll sie jetzt tun? Am liebsten würde sie einfach loslaufen und nach ihr suchen, weiß jedoch, dies wäre der größte Unsinn. Sie kann weiß Gott wo sein. Sie springt nochmals auf und schaut nach, ob sie sich zumindest etwas übergezogen hat. Auf dem Bett liegt keine Kleidung, nicht einmal das Nachthemd. Die Schränke sind zu. Als Heidi sie öffnet, fällt ihr nichts Außergewöhnliches auf. Sie befürchtet, ihre Mutter ist in dem dünnen, knielangen gelben Nachthemd unterwegs. Bei diesen Gedanken spürt sie erste Tränen aufsteigen und fühlt sich schuldig. Sie wählt Julias Nummer und hofft, sie ist noch wach. Es läutet und läutet. Nach einer Weile hört sie endlich Julias verschlafene Stimme. «Mama ist weg!», sagt sie sofort mit aufgeregter Stimme.

«Wie? Sie ist weg?» Ihre Freundin braucht einen Moment, bis sie die Nachricht versteht. «Du meinst, sie liegt nicht im Bett?»

«Ja doch! Ich komme nach Hause. Die Haustür ist offen. Joe liegt betrunken im Schuppen und meine Mutter ist nicht hier», beschreibt sie knapp die Situation. «Ich weiß nicht, was ich tun soll, Julia. Die Polizei? Dann allerdings muss ich erst einmal Joe ins Haus zerren. Ich will nicht, dass sie ihn so vorfinden.»

«Okay. Ich ziehe mir schnell was über. Dann komme ich ... Verdammt!»

«Was?», will Heidi wissen.

«Ich wollte mit dem Auto kommen. Aber ich habe zu viel getrunken. Das geht nicht. Auf gar keinen Fall. Und Bro ist in Honolulu. Das dauert zu lange.»

Heidi hört ihren unruhigen Atem als sie vom Bett aufsteht und sich anzieht.

«Joseph hat ein Auto», sagt Julia nach einer Weile.

Heidi ist der Gedanke, Joseph einzubeziehen unangenehm, sie hat jedoch keinen besseren Vorschlag und sagt nichts.

«Ich rufe Joseph an und melde mich später bei dir», sagt Julia knapp und legt auf.

Heidi starrt auf ihr Display. Sie möchte unbedingt etwas unternehmen. Sie kann unmöglich nur sitzen bleiben. Sie steckt das Mobiltelefon in ihre Hosentasche und geht hinaus in den Schuppen. Joe muss jetzt aufwachen. Sie schüttelt ihn. Nichts rührt sich. Sie schüttelt ihn nochmals, diesmal etwas heftiger. Dann grunzt er und schaut sie mit einem eigenartigen, halbwachen Blick an.

«Was!», raunzt er ihr verärgert zu und schubst sie von sich.

«Mama ist weg!», erwidert Heidi wütend und tritt mit dem Fuß kräftig gegen die Liege.

«Hee?»

«Verdammte Scheiße, Joe! Karoline ist weg und du liegst verdammt betrunken im Schuppen. Steh auf und geh ins Haus. Wir müssen die Polizei rufen.»

Er setzt sich ruckartig auf. «Keine Polizei!»

«Wir müssen! Wer weiß, wo sie hin ist. Sie ist nur mit ihrem Nachthemd bekleidet. Ich hoffe, es ist ihr nichts passiert!»

«Keine Polizei!», er steht auf und wirkt mit einem Male hellwach. Er macht einen Schritt zur Seite und stößt dabei mit dem Fuß gegen eine leere Flasche und stolpert.

Anscheinend doch noch betrunken, denkt Heidi und schaut genervt zu ihm. Er kehrt ihr brüsk den Rücken zu und stürmt voraus ins Haus. Sie schaltet das Licht im Schuppen aus und verschließt die Tür sorgfältig mit dem Kabel. Joe macht sich gewöhnlich kaum noch die Mühe, die Tür zuzumachen. Sie hingegen macht es sehr genau, als wollte sie damit Joe den Zugang zum Alkohol künftig erschweren. Sie folgt ihm ins Haus und sieht, wie er sich an der Spüle in der Küche grob sein Gesicht wäscht und schließlich den ganzen Kopf direkt unter den kalten Wasserstrahl hält.

«Seit wann bist du hier?», fragt er.

Heidi schaut auf die Uhr. «Seit eben – es ist kurz vor fünf.»

«Mmmmh. Dachte, du würdest früher kommen. Um zwei Uhr war Karoline noch hier. Ich habe nach ihr geschaut», er seufzt.

Nun tut er ihr fast ein bisschen leid.

«Dann habe ich mir einen Gute-Nacht-Schluck gegönnt. War nicht allzu viel. Aber ich muss wohl eingeschlafen sein. Im Schuppen fühle ich mich...», dann wischt er seine letzte Bemerkung verärgert weg. «Ist jetzt unwichtig, wie ich mich fühle. Wir müssen sie finden.»

Sie sagt ihm, sie habe Julia angerufen und um Hilfe gebeten.

«Ist jetzt auch nicht mehr zu ändern. Lass uns nach ihr suchen. Sie wird hoffentlich nicht allzu weit weg sein. Wo könnte sie hingegangen sein», überlegt er laut.

Sie denkt sofort an den Strand. «Da ist ihr Lieblingsplatz. Genau wie meiner. Oder weißt du einen anderen?»

Im nächsten Augenblick läutet ihr Telefon. Es ist Julia. Sie sitzt bereits im Wagen bei Joseph. «Wir fahren eine erste Runde. Frag' Joe, wohin sie gegangen sein könnte.»

Heidi stellt ihm nochmals die gleiche Frage und sieht zum ersten Mal seinen besorgten Blick.

Er runzelt die Stirn und sagt: «Eventuell zur Schule?»

Sie hält ihr Mobiltelefon zu ihm hin, damit Julia seine Antwort hören kann.

«Oder vielleicht auch zu Bill? Du weißt schon! Bill Hedge, der Arzt. Oder Heidi vermutet, sie wäre eventuell am Strand.»

Julia reagiert schnell: «Heidi? Joe? Hört mal. Wir fahren zu allererst zur Schule. Sind nicht mehr weit davon entfernt. Ich melde mich später wieder.» Sie beendet das Telefonat und daraufhin wird Heidi, mit dem piependen Telefon in der Hand, noch unruhiger.

Die Sonne geht bald auf. Die Nacht ist nicht mehr tiefschwarz, es wird bereits heller, denkt sie. Die Stadt wird nicht mehr lang so ruhig sein wie jetzt und der Verkehr auf den Straßen wird für ihre umherirrende Mutter gefährlich werden. Sie kann diese Gedanken nicht ertragen. Kann nicht ruhig stehen. Will unbedingt etwas tun. «Joe! Ich gehe jetzt zum Strand. Vielleicht sitzt sie auf der Bank. Ich hoffe es», ergänzt sie flehentlich. «Ich komme ein Stück mit und schaue in der Stadtmitte nach ihr. Vielleicht finde ich sie da. Noch sind kaum Leute unterwegs. Da finden wir sie am ehesten vor allen anderen», sagt Joe mit fester Stimme.

Es ist das erste Mal seit Monaten, dass Heidi ihn so agil erlebt. Das ist es also, was meine Mutter an ihm einmal mochte, überlegt sie. Er ist eben doch von seiner früheren Arbeit beim Militär geprägt. Im Notfall funktioniert er wie ein Soldat. Als sie gehen, lassen sie die Eingangstür bewusst nur angelehnt, ohne sie zu verschließen. Sollte sie nach Hause kommen, kann sie ungehindert und ohne Schlüssel in ihr Zimmer gehen. Heidi hat große Angst um sie und geht schneller.

«Melde dich, sobald du an der Bank bist! Okay, Heidi?», sagt Joe, ehe er in die entgegengesetzte Richtung abbiegt.

'Ältere Frau im gelben Nachthemd ist in der Stadt unterwegs', 'Die Frau ist verwirrt und braucht dringend ihre Medikamente und Hilfe', 'Bitte melden Sie sich sofort bei der ortsansässigen Polizei, wenn sie diese Frau sehen' – diese und andere Schlagzeilen fallen ihr ein, als sie sich dem Strand nähert. Weit und breit ist kein Mensch zu sehen. Das Meer rauscht unheimlich in der Dunkelheit. Sie schaut ängstlich in alle Richtungen, während sie weiter auf ihre Lieblingsbank zugeht. An der Seite, auf einer kleinen Mauer, kann sie einen Menschen liegen sehen. Ihr Puls schlägt schneller, obwohl sie sofort erkennen kann, es ist nicht ihre Mutter. Sie hofft, er oder sie wacht nicht auf und geht eilig daran vorbei. Die Holzbank ist jedoch leer, muss sie enttäuscht feststellen. Sie lässt ihren Blick von einer unbesetzten Bank zur nächsten schweifen. Es wäre zu einfach gewesen, denkt sie und schreckt vom Klingelton des eigenen Mobiltelefons hoch.

«Was Neues?», fragt Julia.

«Nein. Leider nicht», erwidert sie. «Bei dir?» Julia berichtet, wie sie bei allen Eingängen der Schule, auf dem Parkplatz und in dem kleinen Park nachgesehen haben.

Heidi erzählt ihr vom leeren Strand und möchte am liebsten sofort weiter gehen, da dieser Mann auf der Mauer – nun kann sie es erkennen, es ist ein Mann – von ihrem Telefonläuten aufgewacht ist. «Fährst du weiter zu Bill?», fragt sie ihre Freundin.

«Ja – können wir machen. Ich weiß, wo er wohnt», antwortet Julia.

Heidi bleibt noch einen Moment mit ihrem Ohr am Telefon, weil sie Angst hat. Schnellen Schrittes geht sie in die Richtung, wo die Beleuchtung besser ist. Zum Glück hat sich der Mann nur kurz umgesehen und wieder hingelegt. Direkt am Weg schaut sie unter die Büsche rundum und hofft, sie da nicht zu finden. Sie ruft Joe an und berichtet ihm. Die Shopping-Mall wäre noch eine weitere Möglichkeit, schlägt sie vor, ihre Mutter würde den Weg vom Einkaufen her kennen. «Ich schaue dort nach ihr.»

«Heidi!», sagt er eindringlich, «du bleibst von nun an besser in gut beleuchteten Bereichen.» Er klingt besorgt.

«Mache ich», verspricht sie gerne. «Übrigens: Julia ist auf dem Weg zu Bill.»

«Okay»

«Joe?», fragt sie verunsichert nach, da er daraufhin nichts weiter sagt.

«Warte einen Moment. Ich sehe...», hört sie ihn mit lauter werdendem Schnaufen sagen. Sie hört seine immer schnelleren Schritte. Zuletzt rennt er und ruft: «Karoline? Karoline!», hört sie ihn keuchen.

«Mama?», ruft sie in ihr Telefon.

«Was machst du nur?», seine Stimme wird bei dieser Frage ganz weich.

«Ist sie da? Mama? Wo bist du?», fragt Heidi ungeduldig. «Mensch, Karoline, was machst du? Ja, Heidi, sie ist in der Straße von Monica, ihrer Kollegin. Sie sitzt hier auf ihrer Treppe», erklärt er. «Ich habe mir Sorgen um dich gemacht», hört sie ihn ruhig mit ihrer Mutter sprechen.

«Ist Mama in Ordnung? Joe! Ist alles in Ordnung mit ihr?»

«Ja.» Er spricht ruhig weiter auf sie ein. Sie antwortet ihm. Was sie jedoch genau sagt, kann Heidi nicht verstehen. «Ihr ist kalt», erklärt Joe am Telefon.

Das Nachthemd ist natürlich zu kalt, denkt Heidi. «Und sonst?»

«Sie wirkt auf mich wie immer. Heidi, wir kommen nach Hause.»

Dann hört sie einen Moment lang, wie er versucht, ihre Mutter zum Gehen zu überreden.

«Heidi? Bist du noch dran?»

«Ja. Klar.»

«Vielleicht kann uns Julia entgegen kommen. Dann müssen wir nicht so weit gehen», bittet er sie.

«Mache ich. Bleibt unbedingt da. Ich sage Julia, wo ihr seid. Ich selbst mache mich in der Zwischenzeit auf den Nachhauseweg. Ich warte dann im Haus auf euch», sagt sie. Sie möchte keine Zeit verlieren und gibt Julia sogleich Bescheid.

Nach dem Telefonat mit ihrer Freundin muss sie sich allerdings erst einmal setzen. Sie lässt sich auf einen großen Stein auf dem Parkplatz sinken. Ihre Beine sind weich und sie spürt eine tiefe Müdigkeit, die sie nach unten zwingt. Die Anspannung löst sich und Tränen laufen über ihr Gesicht. Sie streift eine Haarsträhne aus den Augen und bedankt sich schluchzend bei einem lieben Gott und allen Schutzengeln, die über ihrer Mutter Wege gewacht haben. Sie schwört in dem Moment der Erleichterung bei allen Heiligen und ihrer Mutter, alles möglich zu machen, damit so etwas nie wieder passiert.

DIE SACKGASSE

An diesem wunderschönen Herbstabend sind in dem tief-
blauen Himmel nur ein paar Schäfchenwolken zu sehen, die von
der Sonne dunkelrot beleuchtet werden. CJ ist zu Besuch bei
Scott und nun sitzen beide gemütlich auf der Terrasse seines
neuen Hauses. Entspannt lässt er von seinem Liegestuhl aus
seinen Blick über den See schweifen. Es ist für Washington um
diese Jahreszeit ungewöhnlich warm, umso mehr genießen beide
die letzten Sonnenstrahlen auf der Anhöhe.

«Du hast es wirklich schön hier, Scott. Wie machst du das nur?
Obwohl du geschieden bist, dir so ein Haus leisten zu können?»

«Ich musste schon eine Weile danach suchen. Am Ende ist es
immer eine Glückssache, wenn Preis und Leistung stimmen»,
Scott steht auf und geht an den Grill. «Vor allem musste ich raus
aus meiner Wohnung. Die hat mich depressiv gestimmt.» Er
wendet das Fleisch und lässt sich kurz darauf wieder neben CJ
mit einem genüsslichen Stoßseufzer nieder. «Ich habe es nicht
nur für mich, sondern auch für meine Tochter Annie gemacht.
Wenn sie mich besuchen kommt, will ich ihr etwas bieten
können. Sie kam diesen Sommer eine ganze Woche lang und du
hättest sie mal sehen sollen!» Sein Kollege schaut fragend zu
ihm, ehe Scott weiterschwärmt. «Sie war glücklich bei ihrem
Papa! Sie liebt ihr Zimmer und die Lage in Nähe des Sees.
Selbstverständlich waren wir auch einige Male schwimmen. Sie
war gut drauf. Wir haben einiges unternommen und es uns einfach gut gehen lassen. Übrigens: Hier in Bellingham gibt es tolle
Veranstaltungen. Ich war mit ihr in einer Show mit Stand-Up-
Comedians, die waren großartig – wirklich witzig!», erzählt er
und muss bei der Erinnerung daran unwillkürlich lachen. Er
steht nochmals auf und holt schließlich das gebratene

Hackfleisch vom Grill und legt stattdessen zwei aufgeschnittene Burgerbrötchen auf den heißen Rost.

«Mmmh, das riecht schon verdammt gut», sagt CJ und kommt zu ihm.

Scott reicht ihm den Teller: «Mit fünfzig Prozent Büffelfleisch ist der Burger noch zarter. Und ich sage dir, mit diesem Steakgewürz», er deutet auf das Gewürzglas, «schmeckt es besser als jeder andere Burger.»

CJ schiebt sich ein Stück in den Mund und nickt zustimmend. Dann nimmt sich jeder von dem Salat und den Pommes. In der Zwischenzeit sind die Brötchen knusprig und Scott legt sie auf die Teller dazu.

«Hau rein», fordert er seinen Kollegen auf.

«Worauf du dich verlassen kannst!», erwidert CJ und reißt seinen Mund weit auf für einen ersten großen Bissen. «Hast nicht zuviel versprochen!», äußert er schmatzend und mit vollem Mund.

Scott ist mit seinen Burger bislang gut angekommen. Die Kollegen in Arizona waren immer begeistert und Annie liebt es, wenn ihr Vater grillt. Das habe sie, seit er weggezogen ist aus Scottsdale, sehr vermisst, erzählt Scott.

«Immerhin etwas», ergänzt CJ mit einem breiten Grinsen.

«Sollte meine Kleine einmal einen Freund haben, dann muss er zuerst zu mir kommen und eine Ausbildung mit Meisterbrief für den perfekten Barbecue absolvieren!», sagt Scott seinen Kommentar ignorierend und beißt nicht minder leidenschaftlich in den Burger, bis Ketchup und Fleischsauce über sein Kinn rinnen. «Saftig muss er sein!», ergänzt er lachend und wischt sich mit dem Handrücken über den Mund.

CJ schüttelt den Kopf: «Bevor deine Tochter mit einem Freund ankommt, brauchst du erst einmal selbst eine Frau, alter Knabe», sagt er mit einem Augenzwinkern.

Scott verzieht sein Gesicht. «Nein danke! Erinnere mich nur nicht an meine Versuche – wie schrecklich!»

CJ weiß nicht, was er damit meint und wartet auf mehr Details.

«Habe ich dir noch nichts davon erzählt?», fragt Scott scheinheilig.

«Nein, hast du nicht.» CJ rückt mit seinem Stuhl näher ran und sein letztes Stück Burger hält er abwartend hoch, als wolle er Scott damit auffordern, ihn nicht länger auf die Folter zu spannen und zu erzählen.

«Ich hatte mich vor etwa einem Monat mit einer Frau verabredet. Das war über ein Dating-Portal ...»

«... ja? Und?», CJ erträgt es kaum, wie Scott genüsslich langsam noch einen Schluck von seinem Rootbier nimmt.

«Nun ja, was soll ich sagen – ihr Foto war mindestens zehn Jahre alt und die Frau war bei der Verabredung um mehr als zwanzig Kilo schwerer», erzählt er und deutet auf seine Hüften.

CJ prustet heraus: «Scheiße, das nennt man Anfängerpech. Mensch Scott, das musst du nochmals probieren. Nicht nur einmal! Dann erkennst du sofort, ob ein Foto alt ist oder nicht.»

«Das verstehe ich nicht. Ich habe keine Ahnung, wie du das machst? Mir ist das alles viel zu anstrengend. Da finde ich es sogar einfacher, ein Haus zu kaufen, als online eine Beziehung zu beginnen.» Er beißt wieder in seinen Burger und schüttelt dabei den Kopf. Ehe CJ etwas erwidern kann, ergänzt er: «Und übrigens: Ich hatte bereits drei Versuche! Und alle drei waren ein Reinfall. Bei der ersten war das Bild uralt. Der Nächsten habe ich gleich am Telefon wieder abgesagt. Sie konnte kaum Englisch. Und vor ein paar Wochen traf ich mich mit einer vielversprechenden Frau. Sie konnte sich ausdrücken, sah nicht schlecht aus, obwohl ihr Bild ebenfalls älter war, nur dann sprach sie bei unserer ersten Verabredung sogleich von Heirat und Kindern», Scott verdreht die Augen. «Die sah mich nur noch von hinten, nämlich als ich das Restaurant verließ. Natürlich musste ich die Rechnung begleichen. Oder hast du es jemals anders erlebt?»

CJ lacht und schüttelt dabei mitleidig den Kopf. «In diesem Bereich, alter Knabe, bist du wirklich ein vollkommener Loser!»

Ohne auf Scotts Protest einzugehen, erklärt er ihm den Umgang mit Dating-Portalen: «Wenn dir eine Frau ein Bild schickt, dann achte auf ihre Kleidung, auf die Frisur, auf das Make-Up. Dann kannst du das Jahr ganz gut einordnen. Dann weißt du, wann das Foto gemacht wurde – in etwa.»

«Als ob ich daran nicht selbst gedacht hätte! Von Make-Up und Frisur habe ich nicht viel Ahnung. Aber die Kleidung war – finde ich zumindest – eher neutral. Zumindest war das Jahr daraus nicht ersichtlich!»

CJ seufzt: «Dann soll sie dir noch ein paar Bilder schicken. Kannst ja schreiben, damit du dir eine bessere Vorstellung machen kannst. Aber eine der wichtigsten Regeln überhaupt: Triff dich mit ihr immer und ausschließlich in einer Bar. Dann musst du dich nicht so lange unterhalten und kannst gehen, sowie es langweilig wird. Und die Rechnung bleibt überschaubar.»

Scott steht auf und geht an den Kühlschrank, um sich noch eine Flasche Rootbier zu holen. «Möchtest du auch noch eins?»

CJ winkt ab. «Ein Wasser wäre mir lieber. Zuviel von dem Zeug vertrage ich nicht. Mein Magen.» Er deutet mit seiner Hand auf seinen kleinen Bauchansatz.

Scott grinst ihn an: «Na, und wer ist hier nun der Verlierer? Gehst du nicht regelmäßig ins Gym? Heute zum Beispiel?»

«Heute? Nach dem Abendessen? Nein danke! Heute gehe ich da ganz bestimmt nicht mehr hin. Ein Tag Pause wird wohl erlaubt sein. Bin immer noch schneller als du.»

«Na ja – da wäre ich mir allerdings nicht ganz so sicher. Auch wenn du zehn Jahre jünger bist, heißt das noch lange nicht, dass du schneller bist.» Scott nimmt wieder seinen Platz neben ihm ein, setzt die Sonnenbrille auf und lehnt sich im Stuhl genüsslich zurück. «Aber ich gebe zu: Schnelligkeit alleine ist nicht alles. Bin doch zufrieden mit dir als Back-Up, CJ.» Er hat definitiv keine Lust mehr über seine gescheiterten Dating-Versuche zu sprechen und will CJ ablenken. «Du bist zuverlässig als Kollege und triffst wenigstens, wenn du auf etwas zielst. Das kann ich nicht bei allen unserer Kollegen behaupten. Justin – zum

Beispiel! Von ihm möchte ich mich niemals sichern lassen. Da bist du so etwas von ausgeliefert. Der Idiot trifft bei zehn Schüssen vielleicht fünf Mal. Da bist du tot oder angeschossen – so schnell kannst du gar nicht Scheiße rufen.»

CJ lacht laut. Nach einer Weile fällt ihm jedoch ein, ihr Kollege Justin ist bei dem Einsatz am nächsten Morgen ebenfalls dabei.

«Verdammt! Wirklich?»

CJ nickt nachdenklich und verzieht dabei das Gesicht.

«Hoffe, der kommt nicht in unser Team. Das wäre eine Katastrophe! Er muss unbedingt in das andere Team.»

«Werde mit dem GS heute Abend nochmals telefonieren. Der ist mir noch einen Gefallen schuldig»

«Sehr gut. Denn jetzt habe ich mein Häuschen, das möchte ich noch eine Zeit lang genießen.»

«Hast du Lust danach mit zur Schieß-Ranch zu gehen?»

Scott stimmt ihm zu. Er ist froh mit CJ nicht nur einen Kollegen, sondern einen Freund zu haben, mit dem er mehr als nur ein Büro teilt. Sie unternehmen öfters etwas gemeinsam. Sein Schusstraining ist so intensiv wie schon lang nicht mehr. Mit CJ ist immer etwas los. Nur wenn sein Kollege eine neue Flamme hat, verschwindet er von heute auf morgen. Er sucht sich Gebiete aus für seine Rendezvous, in denen er unerreichbar bleibt und für nichts, nicht einmal für einen Einsatz, gerufen werden kann. Wenn er eine heiße Frau bei sich hat, wolle er durch nichts und niemanden gestört werden, meint CJ, auch wenn das leider nicht mehr so häufig sei wie früher. Scott schüttelt lachend den Kopf: «Naja, das ist immer noch öfters als in meinem Leben.»

«Daran müssen wir noch etwas intensiver arbeiten», er zwinkert ihm verschwörerisch zu. «Das hat sich in naher Zukunft definitiv zu verändern. Keine Widerrede, Scott, alter Knabe.»

CJ konnte John tatsächlich überreden und Justin wurde im zweiten Team eingeteilt. Scott ist unglaublich erleichtert, mit CJ und Steve im ersten Team zu sein. Wenn Steve dabei ist, und diesem Einsatz kann und wird er sich nicht entziehen, ist er präzise, schnell und gut. Und mit CJ arbeitet er einfach gerne, weil er ihn besser kennt als all die anderen. Er weiß, woran er bei ihm ist und kann sich auf ihn zu hundert Prozent verlassen. Das ist wichtig bei einem großen Einsatz wie diesen. Da möchte er nichts dem Zufall überlassen.

Am Vortag hat seine Abteilung einen Tipp zu einer großen Drogenübergabe im National Forest erhalten. Synthetische Drogen sollen von Kanada aus mit einem Hubschrauber in den Staat Washington geflogen werden. Große Mengen im Wert von Millionen werden dabei erwartet. Das Geld wird von amerikanischer Seite geliefert werden. Um den Abflug in Kanada zu überwachen, muss der Pilot von CBP Air und Marine als Erster zum Einsatz. Er hat sich eben gemeldet. Es geht los. Sie haben zwei Teams, weil sie von zwei möglichen Landestellen ausgehen. Beide Teams sind bereits in Nähe der Übergabestellen. Nun rücken sie näher ran. Scott hofft, im richtigen Team zu sein und an der richtigen Stelle. Es gibt nichts Schlimmeres, als wenn das Adrenalin hochfährt, du auf hundertachtzig bist, und dann findet die Übergabe an der zweiten Stelle, oder noch schlimmer, ganz woanders statt. Sein Team pirscht sich an die vermutliche Landestelle heran. Nur über Walkie-Talkies miteinander in Verbindung, wartet jeder leise auf Position im Wald. Scott schleicht sich mit seiner M4, seinem Maschinengewehr, wie eine Katze auf Samtpfoten durch den Wald und versucht auch nur das leiseste Knacksen von Zweigen zu vermeiden. In dieser Situation sind seine Sinne hochsensibel. Er hat das Gefühl, jeden Flügelschlag von Insekten hören zu können und die Nähe von Tier und Mensch zu riechen.

In dem Moment, in dem sich der Hubschrauber nähert und lauter wird, hört er CJs Stimme kurz über Funk: «Sie kommen.»

Zeitgleich fährt ein dunkler Transporter, den sie noch nicht gesehen haben, über den Waldweg zur voraussichtlichen Landestelle. Das wird der Geldtransport sein, vermutet Scott. Gleich geht es los. In Scott beginnt ein innerer Vorgang, den er nur allzu gut von früheren Einsätzen kennt. Er scannt die Positionen seiner

Kollegen und geht verschiedene Varianten des Ablaufs durch. Er schaut genau auf alles um sich. Langsam und in einzelne Schritte zerlegt, als würde es in Zeitlupe ablaufen, geht er bereits auf die nächsten Varianten gedanklich ein. Vor allem weil dann alles binnen kürzester Zeit stattfinden wird. Jeder Schritt, jeder Vorgang und jede einzelne Bewegung, auch wenn sie in dem Moment unwichtig erscheinen, werden von ihm blitzschnell wahrgenommen, analysiert und wiederum in weitere mögliche Abläufe zerteilt. Er ist immer auf jegliche Variante vorbereitet. Nichts wird dem Zufall überlassen.

In dem Transporter ist hinter der getönten Scheibe nur ein einzelner Mann zu erkennen. Er geht davon aus, dass kein Zweiter von amerikanischer Seite aus in dem Deal involviert ist. Das macht die Sache einfacher, geht es ihm durch den Kopf. Das Rotieren der Propeller wird ohrenbetäubend laut. Der Windsog wirbelt bei der Landung rundum das herbstliche Laub auf. Scott und die anderen werden in ihren Verstecken so lang warten, bis die Dealer anfangen das Zeug zu verladen. Jetzt kann er von seiner, nunmehr näheren Position aus, den Fahrer des Transporters besser sehen. Der Mann wirkt aufgeregt aber nicht nervös oder unruhig. Noch sitzt er in seinem Fahrzeug, beobachtet die Hubschrauberlandung mit zusammengepressten Lippen und lässt dabei den Motor laufen. Das ist gut, denn er wird bei dem Lärm somit nichts anderes hören, auch nicht ihn und seine Kollegen, die ihnen auflauern. Die Motoren von Hubschrauber und Transporter übertönen alles. Schließlich stellt der Pilot den Motor ab und so auch der Fahrer des Transporters. Die Rotation des Propellers wird zunehmend langsamer und kommt zum Stillstand. Auch im Hubschrauber ist nur ein Mann zu sehen, der Pilot. Diese Information hatten sie bereits von ihrem Kollegen in Kanada erhalten. Nun ist für einen Moment vollkommene Stille. Die beiden Männer steigen aus. Keiner der Kollegen rührt sich von der Stelle. Scott hat die M4 fortwährend auf den Piloten gerichtet. Jede Sekunde erscheint lang, die Spannung steigt. Er weiß, CJ will auf den perfekten Augenblick warten. Wenn jetzt ein Ast knackt, wäre alles vergebens. Scotts Atem ist ruhig. Er ist bereit.

Als beide Männer genug weit weg vom Hubschrauber sind und mit dem Umpacken beschäftigt, kommt das geflüsterte Kommando: «Jetzt. Zugriff.»

Dann geht alles ganz schnell. Während die Dealer mit ihren Paketen hinter dem Transporter hantieren, stürmen Scott und die anderen auf sie zu.

«Freeze! Keine verdammte Bewegung!», schreit er unter Anspannung laut und aggressiv. Dieser Moment der Überraschung ist am gefährlichsten. Man weiß nie, wie die Täter reagieren. Was tun sie, wenn sie sehen, dass ihr Deal platzt? Scott und Steve drängen ganz nach vorne, die anderen Kollegen geben Deckung. Sie haben ihre M4s auf die beiden Dealer gerichtet. Sie geben ihnen keine Chance. Überlassen nichts dem Zufall. Scott packt den Piloten mit gekonntem Griff und dreht ihm den Arm nach hinten. Steve kümmert sich um den anderen. Fluchend lassen die beiden Männer die Pakete, die sie eben noch in den Händen hielten, auf den Boden fallen. Scott drückt den Piloten mit dem Gesicht gegen die Seitenwand des Transporters und lässt die Handschellen zuklicken. Steve hat kurz darauf den Fahrer im Griff.

Dann kommt CJ zu ihnen. Reißt den ersten Packen auf. Er zieht eine Plastiktüte MDMAs heraus. Lauter, mit lustigen Zeichen geprägte, bunte Ecstasy-Pillen, die ihren Weg in die Vereinigten Staaten von Amerika hätten machen sollen. «Na was haben wir denn da?», sagt er zu den Dealern. In dem anderen Paket befinden sich die Geldbündel.

Wie viel es ist, wird sich später herausstellen. Sie stehen in einem Halbkreis um die Dealer. Einer von ihnen informiert das zweite Team und CJ meldet sich bei John. Nicht viel später stößt das andere Team dazu. Ihre Enttäuschung, bei dem Übergriff nicht dabei gewesen zu sein, ist Justin und den Kollegen anzusehen.

Scott steht immer noch unter dem Adrenalinhoch. Auch wenn sie die Männer mit Handschellen im Griff haben, fühlt es sich erst sicher an, wenn sie weggesperrt sein werden. Er ist immer auf das Schlimmste gefasst. Wenn es bei einem Übergriff unspektakulär abläuft, ist er vorerst erleichtert. Andrerseits erwartet er bis zuletzt, es werde noch etwas passieren. Irgendwie ist er sogar enttäuscht, wenn es nicht zu einer Verfolgungsjagd oder zumindest einem Schusswechsel gekommen ist. Dieses Gefühl der Enttäuschung im Anschluss an so einen großen Einsatz hat nie aufgehört, ihn zu irritieren. Er sollte doch eigentlich froh und erleichtert sein, denkt er. Mit seinen Kollegen hat er über dieses Gefühl nach einem Einsatz noch nie gesprochen. Er sieht es als Schwäche an und möchte es in seinem Job nicht zeigen.

CJ ist damit beschäftigt, die unterschiedlichen Aufgaben und Aufräumarbeiten an die Kollegen zu verteilen. Die ersten, unter ihnen Scott, fahren in einem Konvoi zurück nach Blaine. Er ist erleichtert, nicht warten zu müssen, bis Hubschrauber und Geldtransporter abgeholt werden. Dazu werden Justin und zwei der Kollegen vom zweiten Team eingeteilt. Keiner ist überglücklich, diese Aufgabe übernehmen zu müssen. In der Regel bedeutet es langes Warten, wo nichts passiert. Und doch ist es wichtig, denn sie dürfen die beschlagnahmten Fahrzeuge keine Minute alleine lassen. Jetzt sitzt Scott gemeinsam mit Steve und dem Dealer-Piloten in seinem Dienstfahrzeug. Sie fahren zurück zur Dienststelle. CJ und ein weiterer Kollege des ersten Teams haben den Fahrer des Transporters in ihrem Wagen. Scott wird später gemeinsam mit CJ die Befragung der beiden im Büro vornehmen, so haben sie es am Vorabend abgesprochen. Danach bringen sie die beiden Drogendealer in den lokalen Knast. Erst am nächsten Morgen werden sie nach Seattle ins Gefängnis gebracht. Pillen und Geld müssen später genau gezählt und protokolliert werden. Es liegen ein paar lange Tage vor ihm, aber all das ist besser als langweilige, gewöhnliche Schreibtischarbeit.

Etliche Stunden später trifft Scott zu Hause ein, wo es ihm so wie immer nach einem derartig großen Einsatz geht. Eine unsägliche Leere macht sich breit und er steht irgendwie neben sich. Das Rest-Adrenalin ist noch vorhanden und er kann sich weder beruhigen, loslassen noch entspannen. Auf Fernsehen hat er keine Lust. Somit überlegt er, sich eventuell mit einem Freund in Bellingham zu verabreden. Lässt schließlich auch das bleiben. Er kann sich nicht aufraffen, nochmals aus dem Haus zu gehen. Er versucht, seinen früheren Kumpel in Arizona zu erreichen. Keine Antwort. Mit dem Mobiltelefon in der Hand überlegt er, mit wem er eventuell telefonieren könnte – nur um sich abzulenken. Sein Freundeskreis besteht fast nur aus Männern und ein paar wenigen Frauen, die entweder auch beim HSI angestellt sind oder an der Grenze arbeiten. Aber er hat jetzt einfach keine Lust, über den Job zu sprechen. Am liebsten möchte er sich nur über Belanglosigkeiten unterhalten oder Geschichten aus dem normalen Alltag anhören.

Denkt er an angenehme Gespräche, bekommt er Sehnsucht nach seiner Inselliebe Heidi. Sie haben vor einiger Zeit den endgültigen Schlussstrich gezogen. Sollte er es dennoch wagen, sie anzurufen? Was ist gegen ein normales Telefonat einzuwenden? Er klickt auf ihren Namen in seinem Verzeichnis des Mobiltelefons und als er ihr Bild sieht, kommen die schönen Erinnerungen wieder hoch. Er hat das Foto von ihr an ihren letzten gemeinsamen Tag am Wasserfall gemacht. Sie schlief und sieht darauf zufrieden und glücklich aus. Er hat es bis heute nicht übers Herz gebracht, ihren Eintrag und ihr Bild zu löschen. In ihm wird der Wunsch immer größer, ihre Stimme mit dem leichten deutschen Akzent zu hören. Er will unbedingt mir ihr sprechen. Er könnte sie fragen, wie es ihrer Mutter gehe. Er habe an sie gedacht und sich Sorgen gemacht. Das wäre doch ein guter Gesprächseinstieg. Benötigt er tatsächlich einen Vorwand, um sie anzurufen? Sie haben doch bloß gesagt, sie wollten keinen Kontakt mehr, da diese sehnsüchtigen, verzehrenden Gespräche via Bildschirm unerträglich geworden sind. Wenn sie sich jedoch nur hören und dabei nicht sehen würden, vielleicht wäre das in Ordnung? Als Freunde? Das ist eine gute Idee, überzeugt er sich zuletzt und ruft an. Nach nur einem Klingelton ist eine Automatenstimme zu hören: «Diese Nummer ist nicht vergeben.» Irritiert legt er auf. Vielleicht gab es einen Fehler beim Wählen der Nummer. Er probiert es nochmals. Er weiß, eigentlich kann es keinen Fehler gegeben haben und doch will er sicher gehen. Erneut kommt dieselbe unverbindliche Automatenstimme: «Diese Nummer ist nicht vergeben.» Enttäuscht legt Scott auf und starrt auf sein Display. Er seufzt frustriert und legt sich der Länge nach auf seine Couch. «Verdammt!», flucht er. Irgendwie fühlt es sich gerade wie ein zweiter Abschied an. Die Möglichkeit, mit Heidi zu sprechen, ist nun definitiv nicht mehr gegeben. Er starrt an die Decke und fühlt sich einfach nur einsam.

DIE ENTSCHEIDUNG

Heidi stapft in geliehenen Schneeschuhen einen Berg in der Waldregion des Mount Baker aufwärts und ist von nichts anderem als einer unendlichen Stille umgeben. Sogar das Geräusch des Windes wird von den Schneemassen verschluckt. Nur ihr eigenes Schnaufen ist zu hören. Die Stille macht sie mürbe, sie bietet zu viel Raum und zu wenig Ablenkung. Diszipliniert setzt sie einen Fuß vor den anderen. Die Schneeschuhe verhindern ein Einbrechen in den tiefen Schnee, ihre Gedanken können sie nicht stoppen. Am Hang sieht sie an einer Abbruchstelle viele Schnee- und Eisschichten. Jede Linie ist in einer anderen weißen Farb-Nuance. Bis eben hat sie sich die vielen Varianten von Weiß nicht einmal vorstellen können. Jede dieser Linien manifestiert eine unterschiedliche Zeit von Schneefall, Schmelze und Gefrieren. Aus der dicken Schneeschicht ragen vereinzelt ein paar wenige Baumspitzen heraus. Blickt sie den Hang nach oben, sieht sie kaum Konturen, selbst der Himmel ist verwaschen blass. Alles um sie wirkt großflächig und grenzenlos. Sie hat das beklemmende Gefühl, von Schneemassen verschluckt zu werden und mit ihrer Umgebung zu assimilieren. Den Rucksack auf ihrem Rücken empfindet sie als schwer. Sie hat exakt zehn Kilogramm eingepackt. Es ist jedoch nicht so sehr das Gewicht, sondern die dreitausend Höhenmeter, ihre schlechte Wander-Kondition und die mentale Last, die ihr zu schaffen machen. Es ist nur ein Probelauf und ihr Rucksack ist lediglich mit Steinen gefüllt, versucht sie sich zu beruhigen. Sie könnte jederzeit alles abbrechen, versichert sie sich von Schritt zu Schritt. Im selben Augenblick wird jedoch diese Aussage wieder in Frage gestellt und rotiert in ihrem Gedankenkarussell. Kann sie wirklich jederzeit abbrechen, wenn sie wollte, fragt sie sich oder hat sie sich nicht schon mit dieser Probetour dafür entschieden?

Jetzt muss sie doch einmal stehen bleiben und in der dünnen Luft tief durchatmen. Der Höhenunterschied zwischen gestern auf den Hawaiiinseln und heute auf einem der Berge im Staat Washington fordern ihre Lungen. Auch der Temperatursprung macht ihr zu schaffen. Während in Hawaii das ganze Jahr über angenehme warme Temperaturen herrschen, ist im März in dem nördlichsten Staat Amerikas eisig kalter Winter. Sie schnauft heftiger als gewöhnlich. Noch eine Stunde, dann müsste sie oben angekommen sein. Das ist der Zeitrahmen, den sie sich vorgenommen hat. Über das Zurück macht sie sich keine Gedanken, das werde problemlos klappen. Sie kramt einen Nussriegel aus ihrer Jackentasche und beißt hungrig hinein. Dann geht sie weiter.

Der Anreiz, in einer Woche auf diesem kurzen Steilhang 30.000 Dollar zu verdienen, treibt sie voran. Mit dem Geld kann sie ihrer Mutter eine Weile helfen und zugleich den Rückflug finanzieren. Sie muss sich keine Gedanken um Jobs machen und kann in Ruhe zurück in Frankfurt Fuß fassen. Ihr Vater, und das ist für sie das Wichtigste, wird nichts von dem hier und nichts von der komplizierten finanziellen Situation ihrer Mutter erfahren. Sie möchte ihn damit nicht belasten und sie weiß, ihre Mutter hätte es nicht anders gewollt, könnte sie es noch selbst entscheiden. Bro versicherte ihr, sie solle sich keinen Kopf machen, der Deal und die Tour wären eine sichere Sache. Er habe es schon ein paar Mal gemacht und er gebe diese eine Tour gerne an sie ab. Er ist überzeugt, sie werde es gut hinbekommen. Die größte Herausforderung sei einzig und allein die physische Anstrengung über den Berg. Alles andere wäre ein Kinderspiel, versprach er ihr. Aus diesem Grund wollte sie die Strecke einmal ohne den Stoff gehen. Im Notfall könne sie es auf ihre schlechte Kondition schieben und das ganze Ding abblasen. Immer wieder geht ihr die Summe von 30.000 Dollar durch den Kopf, die ihr dabei zustehen. Sie denkt ebenfalls daran, was die Dealer an der Sache verdienen. Sie weiß, für die zehn Kilo Koks werden sie ihr in Kanada 350.000 Dollar geben. Da wirkt ihr Anteil schon nicht mehr so gigantisch. Und dennoch, sie verdient damit eine Menge Geld in sehr kurzer Zeit. Die letzten Meter bis zum Kamm kommt sie heftig ins Schnaufen, es sind die steilsten. Nur wenige Minuten später steht sie ganz oben auf dem Gipfel. Sie hat es geschafft. Der Wind bläst stärker als zuvor. Auf der einen Seite liegt der Staat Washington und auf der anderen Seite Kanada. Kann es wirklich so einfach sein, denkt sie? Tatsächlich ist weit und breit niemand zu sehen. Sie geht bis zu der Stelle, an der die Übergabe in der nächsten Woche stattfinden wird und macht sich dann wieder auf den Rückweg. Kein Problem, denkt sie und ihre Laune wird zunehmend besser. Sie wird es schaffen. Irgendwie ist sie stolz, den Berg erklommen zu haben. Mit dieser Tour beabsichtigt sie lediglich eine kleine Abkürzung nach all den langen beschwerlichen und verschlungenen Wegen in ihrem Leben. Nach unten geht es schnell und wesentlich einfacher. Ihre Gedanken springen kreuz und quer und ihre Beine hüpfen den weichen mit Schnee bedeckten Berg rasch nach unten. Auf dem letzten Teil der Strecke sind wieder einige andere Menschen mit Schneeschuhen, zum Teil mit Hund und Kindern, unterwegs. Wenn die nur wüssten, was sie nächste Woche um diese Uhrzeit in ihrem Rucksack haben wird, denkt sie kribbelig.

Auf dem Parkplatz angekommen, schmeißt sie ihre Schneeschuhe und den Rucksack in den Kofferraum und die Jacke, Mütze und Handschuhe auf den Rücksitz. Sie startet sogleich den Mietwagen, um es möglichst schnell warm zu haben. Sie darf sich keinesfalls verkühlen. Ihr Shirt klebt an der Haut, sie ist verschwitzt. Es ist bereits Anfang März und dennoch liegt auf der Bergstraße noch jede Menge Schnee. Sie benötigt zwar keine Schneeketten, muss aber mit den Winterreifen vorsichtig fahren. Nur jetzt keinen Unfall haben oder eine Panne und schon gar nicht während des Kurierauftrags in ein paar Tagen. Fest umklammern ihre Hände das Lenkrad, sie fährt vorsichtig und langsam. Autofahren im Schnee kennt sie kaum. Die paar Male, die es im Taunus bei Frankfurt Schnee hatte und sie mit einem Auto unterwegs war, kann sie an einer Hand abzählen. Obwohl sie hungrig ist, wird sie nirgendwo auf dem Weg nach unten einkehren. Sie möchte keinem in Nähe der Übergabestelle in Erinnerung bleiben. Kein Risiko eingehen – das ist ihr Motto. Stattdessen kauft sie auf dem Weg kurz vor dem Hotel an einer Tankstelle ein Sandwich. ‹Kurierdienst erledigt. Probedurchgang erfolgreich absolviert.› Das würde sie Julia vom Hotel aus texten und dann würde es ernst werden. Noch schickt sie es nicht ab, denn allein der Gedanke an etliche Kilo Koks rauf und an die vielen Geldpacken runter, bringen sie zum Schwitzen. Was ist, wenn sie unterwegs einen Autoschaden hat? Oder sogar einen Unfall? Das sind Vorstellungen, die ihr zusetzen. Heidi, bewahre die Nerven, sagt sie sich. Es wird nur ein einziges Mal in ihrem ganzen Leben vorkommen, dass sie so etwas tun muss. Es ist eine großartige Chance für ihre Mutter. Sie muss es machen. Vielleicht ist es das Letzte, was sie für sie tun kann.

Sie dreht das Radio auf und es läuft Musik der 80er-Jahre. Sie hört ˈHotel Californiaˈ der Eagles und ˈBohemian Rhapsodyˈ von Queen mit dem sagenhaften Freddie Mercury. Als der Titel ˈCold as Iceˈ der Foreigners gespielt wird, singt sie laut mit. Sie liebt diesen Song. Es ist Musik, die ihrer Mutter immer sehr gefallen hat. Während ihrer Zeit in der Highschool hat sie genau diesen Titel so oft gehört, sodass sie sogar den Text auswendig kennt. Der Song erinnert sie an ihre Jugend, an Oahu, das Meer und an eine schöne unbeschwerte Zeit. Es wäre toll, wieder einmal zu einem großen Live-Konzert einer wirklich guten Band zu gehen. Das hat sie schon seit Jahren nicht mehr getan. Sie singt beschwingt mit, allerdings schon beim nächsten Lied kehren ihre Gedanken wieder unwillkürlich zurück zur Gegenwart. Sie hat sich alles genau überlegt. Einen Teil des Geldes wird sie von Seattle aus, noch vor ihrem Rückflug, überweisen. Mit dem Rest und sobald die erste Anzahlung aufgebraucht sein wird, richtet sie einen Überweisungsauftrag für das Heim ihrer Mutter ein. Bro meinte, sie müsste das Geld mit ihrem Koffer einchecken, da wären die Kontrollen nicht so streng wie beim Handgepäck. Ihr ist ein bisschen mulmig zumute. Ohne ihn das alles alleine durchzuziehen ist heftig. Hoffentlich hat Bro nichts vergessen.

Sie denkt an das, was sie in Frankfurt erwarten wird, vorausgesetzt, dass alles klappt und sie nicht verhaftet wird. Den letzten Gedanken schiebt sie sogleich wieder von sich: Immer positiv denken! Sobald sie in Deutschland ist, wird sie sich um eine neue Stelle und um eine Wohnung kümmern müssen. Lena und Fabian wohnen seit beinahe einem Jahr zusammen und so viel sie von ihrer Freundin erfahren konnte, geht es den beiden in ihrer Beziehung gut. Dann soll es so sein. Fabian ist vergangenes Jahr spontan eingesprungen und hat ihren Anteil der Miete sofort übernommen. Sie ist den beiden dankbar und sie sollten die Wohnung für sich behalten. Vielleicht wird sie, zumindest bis sie einen neuen Job hat, bei ihrem Vater im Haus wohnen. Groß genug ist es. Es liegt zwar nicht so zentral wie ihre Wohnung, aber mit der S-Bahn ist sie schnell in der Innenstadt und wer weiß, wo sie ihren nächsten Job haben wird? Außerdem muss sie sich unbedingt wieder um ein Auto kümmern. Das vergangene Jahr hatte es wirklich in sich. Aber jetzt freut sie sich, schon bald wieder mit ihrem Vater gemeinsam zu frühstücken. Ihm würde es gewiss gefallen, wenn sie eine Zeit lang bei ihm im Haus wohnen würde, denkt sie und muss dabei unwillkürlich lächeln.

Im Hotel angekommen, bestellt sie sich etwas zu essen. Sie ist aufgeregt. Ihr Entschluss, den Kurierdienst zu machen, festigt sich zunehmend. Zweifel am Gelingen des Plans hat sie nach dem Probelauf kaum noch. Vielmehr ist es die einzige Lösung für diese schwierige Situation. Sie ist nicht stolz auf das, was sie tut. Sie mag keine harten Drogen und weiß, durch sie werden Menschen mit Stoff in Kanada beliefert. Sie hofft nur, dass damit keine neuen Kunden geködert werden. Das sollte jedoch nicht ihre Verantwortung sein, versucht sie sich zu beruhigen. Und wenn sie es nicht macht, würde Bro den Job übernehmen. Das bedeutet, das Koks werde in jedem Falle geliefert werden. Dann schon lieber von ihr und mit dem guten Zweck, es für ihre kranke Mutter zu verwenden.

In ihrem Hotelzimmer friert sie. Ihre Klamotten kleben unangenehm auf der Haut. Es wird noch eine Weile dauern, bis das Essen geliefert wird, das sie bestellt hat, und so beschließt sie in der Zwischenzeit zu duschen. Am liebsten würde sie ewig unter dem warmen Wasserstrahl verweilen. Sie hat extra ihren Lieblingsduschschaum von Oahu mitgebracht und fühlt sich in dem Duft von Kokosnuss und Limone etwas wohler. Fernab von Mutter und Vater sehnt sie sich noch stärker danach, ihre Eltern zusammen zu bringen. Sie wünscht sich, mit ihnen gemeinsam in einem Land oder zumindest auf ein und demselben Kontinent zu leben, wenngleich ihr durchaus bewusst ist, dass dies ein kindlicher Wunschtraum ist. Ohne den einen oder den anderen hat sie immer das Gefühl der Leere, nicht komplett zu sein. Wenn sie wenigstens Geschwister hätte, denen sie sich anvertrauen könnte. Mit denen sie die Sorgen um ihre Mutter und das Gefühl, ihren Vater nicht alleine zu lassen, teilen könnte. Sie steigt aus der Dusche und trocknet sich vor dem Spiegel ab. Beim Anblick ihres Spiegelbilds erkennt sie in ihren Augen die ihrer Mutter. Hoffentlich bleibt sie im Alter von dieser schrecklichen Krankheit verschont. Ihre Mutter ist so verloren und ängstlich, was sie früher niemals gewesen ist. Sie war eine lebenslustige, unternehmerische starke Frau. Eine, die genau wusste, was sie wollte. Abrupt wendet sie sich vom Spiegel ab und versucht mit Gedanken an das schöne Pflegeheim, das Bill ihnen empfohlen hat, in eine bessere Stimmung zu kommen. Die Betreuung in dem Heim werde ihr guttun. Da gibt es mehr Struktur als zuhause in Maunawilli.

Wenn sie an Joe denkt, spürt sie Groll gegen ihn aufkommen. Er ist eigentlich an all den finanziell schlechten Umständen schuld und somit auch an ihrem ganzen persönlichen Dilemma. Nur weil er nie vorgesorgt hat, muss sie das nun ausbaden. Julia vertraute ihr in den vergangenen Wochen an, Joe hätte im Prinzip schon immer vom Einkommen der Mutter gelebt. Heidi wusste zwar, dass sein Shrimp-Truck nicht sonderlich viel abwirft, war aber der Ansicht, sie könnten zumindest ihren Lebensunterhalt damit bestreiten. Seitdem ihre Mutter jedoch nicht mehr unterrichtet, kommen sie tatsächlich kaum noch über die Runden, was wiederum die traurige Offenbarung ihrer Freundin bestätigt.

Sie war überrascht, wie offen Julia mit ihr mit einem Male über Joe gesprochen hat. Früher tat sie immer so, als wüsste sie kaum etwas über ihn. Als Heidi sich jedoch dazu entschloss, den Kurierdienst zu übernehmen, erfuhr sie Dinge, die sie lieber nicht hätte hören wollen. Julia erklärte ihr als Grund für ihre frühere Zurückhaltung, sie wollte sich nicht einmischen und sie wollte Heidi vor allem schützen. Heidi hatte keine Ahnung und fragt sich, ob sie ihre Freundin je richtig gekannt hat. Und ist sie denn nun nicht mehr beschützenswert? Ist sie mit dem Drogenkurierdienst eine Ebene innerhalb der Freundschaft aufgestiegen? Hat sie erst jetzt ein Anrecht auf die ganze Wahrheit und nichts als die Wahrheit? Mit einem Male wird sie wieder wankelmütig und ihr Entschluss, den Job zu machen, steht nun doch nicht zu hundert Prozent für sie fest. Eine endgültige Zusage würde sie später machen. Irgendetwas hält sie zurück. Vielleicht braucht sie doch noch etwas Zeit, denkt sie und legt das Telefon wieder zur Seite, ohne die Textnachricht abzusenden.

Der Zimmerservice klopft an die Tür. Endlich wird die Pizza geliefert. Sie öffnet die Zimmertür und der Duft von Salami und Käse steigt ihr sofort in die Nase. Mit dem Karton in der Hand setzt sie sich auf das Bett und schaltet den Fernseher ein. Währenddessen sie das heiße Essen abkühlen lässt, zippt sie durch die Kanäle und bleibt schließlich bei einem Nachrichtensender hängen. Es wird äußerst umfangreich von einem ʾCovid 19ʾ, einem sogenannten Virus aus China, berichtet. Sie ist erstaunt, denn sie hört zum ersten Mal davon. Ein Virus in China ist an und für sich nichts Ungewöhnliches, denkt sie und kann eine Gefahr dadurch für Amerika nicht nachvollziehen. Jedoch nach einer Stunde ununterbrochener Informationen über dieses angeblich tödliche Virus, beginnt sie sich Sorgen zu machen. Sie fragt sich, in welcher Parallelwelt sie in den vergangenen Monaten lebte, da sie überhaupt nichts davon mitbekommen hatte. Sie ist von den Berichten entsetzt. In Wuhan würden Wohnungen vernagelt, damit Menschen nicht auf die Straße gingen. Eine ganze Stadt ist in Quarantäne und sämtliche amerikanische Sender berichten darüber stundenlang. Unter anderem berichten sie von den nunmehr verschlossenen Grenzen zu China. Was hat es damit auf sich? Handelt es sich tatsächlich um eine lebensgefährliche Bedrohung für Amerika und eventuell auch für Europa? Ist es wirklich so schlimm und sterben mehr Menschen wegen dieses Virus als an irgendeiner anderen Krankheit? Sie liest parallel dazu seit langem wieder einmal die deutschen Nachrichten auf der ZDF- und der ARD-App und wird nervös. Hessen ist zwar momentan kaum betroffen, so wird darüber geschrieben, aber wie geht es ihrem Vater damit? Ist er in Gefahr, weil er schon älter ist? Sie macht sich ernsthafte Sorgen um ihn und kann nicht einschlafen. Stattdessen schlägt sie sich die Nacht mit noch mehr Nachrichten über Covid um die Ohren. Macht sich Vorwürfe, so achtlos den Weltgeschehnissen gegenüber gewesen zu sein. Versucht so viel wie möglich in den nächsten Stunden aufzusaugen und vor allem zu verarbeiten.

Um zwei Uhr morgens sackt sie vollkommen erschöpft in einen unruhigen Schlaf. Sie träumt von Schneebergen, von kranken, röchelnden Menschen, die den Weg in dem endlosen Weiß nicht finden können. Sie sterben alle langsam an Atemnot und Hustenanfällen. Sie hat Angst und will dem entfliehen. Schafft es aber nicht, kommt nicht voran, weil sie den schweren Rucksack tragen muss.

Am nächsten Morgen wacht sie schweißgebadet auf. Ihr erster Gedanke ist, sie muss dringend ihren Vater sprechen. Sie hat schon lang nicht mehr mit ihm telefoniert. Er hat sich ebenso nie bei ihr gemeldet, wird ihr klar. In diesem Augenblick wird ihr bewusst, dass er sie die ganze Zeit über nicht erreichen konnte. Sie hatte ihr altes Telefon verloren und hat ihm ihre neue

Telefonnummer vergessen mitzuteilen. Das hatte sie vollkommen übersehen. Sie war zu sehr mit der Pflege ihrer Mutter, dem Haus und den Geldangelegenheiten beschäftigt, so dass sie bis jetzt überhaupt nicht daran gedacht hatte. Sie flucht innerlich über ihre Nachlässigkeit und an Schlaf ist nun ganz bestimmt nicht mehr zu denken. Sie kann es nicht lassen und schaltet den Fernseher erneut an, sieht noch mehr Interviews, Berichte und Nachrichten über Covid. Wenn Amerikas Medien etwas im Fokus haben, dann gründlich! Der amerikanische ʼAnchormanʼ schreit seine Sensationen hinaus. Der deutsche Nachrichtensprecher berichtet mit gleichbleibend ruhiger Stimme, unabhängig davon, ob es sich dabei um die Mitteilung einer Katastrophe oder einer guten Nachricht handeln würde. Sollte sie vielleicht nicht doch einmal bei Lena anrufen und sich nach ihrem Vater erkundigen? Sie zögert, kann sich nicht entscheiden. Einerseits möchte sie Gewissheit haben und aus erster Hand erfahren, wie die Situation in Frankfurt aussieht, andrerseits darf sie sich jetzt nicht ablenken lassen. Ihr Auftrag ist wichtiger als irgendein blödes Virus in China, denkt sie.

Sie atmet tief durch, steht auf und geht unruhig umher. Sie muss Julia noch von ihrem Probelauf berichten, sie hat es ihr versprochen. «Verdammtes Virus!», schreit sie innerlich und hat das Gefühl zu platzen. «Was mache ich nur? Was mache ich nur? Was mache ich nur?», sagt sie immer wieder vor sich hin. In dem Moment ihrer höchsten Unruhe hört sie den Signalton einer ankommenden Nachricht auf ihrem Mobiltelefon.

‹Alles gut gelaufen? Bist du schon auf dem Weg nach LA?›, hat Julia ihr die Entscheidung für eine erste Kontaktaufnahme abgenommen.

Ohne zu zögern, tippt sie die Antwort: ‹Noch nicht. Mache mich in etwa einer Stunde auf den Weg. Probe hat perfekt geklappt :-) Warte auf Instruktionen von euch ab Donnerstag.› Nun hat sie einen weiteren Schritt gewagt. Die Ausrede, es wäre ihr zu anstrengend, kann sie jetzt nicht mehr benutzen. Und ihr Vater müsse jetzt in jedem Falle noch etwas warten, beschließt sie und geht an das Waschbecken. Sie wäscht ihr Gesicht, als wollte sie damit klarer und wacher werden. An den beiden nächsten Tagen wird sie auf dem Weg nach Kalifornien sein und dann wird ihr Bro die Kontaktdaten übermitteln. So haben sie es vereinbart. Erst dann erfährt sie von ihm, wo die Übergabe der Drogen in Kalifornien stattfinden wird. Sie hat demnach nochmals vierundzwanzig Stunden Zeit, um sich den Kopf zu zermartern, ob sie den Deal machen soll oder nicht. Eine letzte Chance hat sie noch. Aber hat sie die auch in Wirklichkeit? Am liebsten wäre ihr, sie hätte bereits alles hinter sich.

Wieder denkt sie an dieses Virus. Wenn es tatsächlich eine dermaßen dramatische Krankheit ist, hätte sie bestimmt schon mehr davon auf Oahu erfahren, versucht sie sich zu beruhigen. Da gab es jedoch keinen Hinweis auf eine unmittelbare Bedrohung! Zumindest war ihr nichts aufgefallen. Sie schlüpft in ihre Jeans, zieht das T-Shirt über den Kopf und einen warmen Sweater. Sie muss mehr wissen, um etwas entscheiden zu können. In dieser Verfassung wird sie sich nicht einmal gut auf den Straßenverkehr konzentrieren können. Sie nimmt ihr Mobiltelefon in die Hand und wählt Julias Nummer. «Weißt du etwas über dieses neue Virus?», fällt sie direkt mit der Tür ins Haus.

«Meinst du das aus China?», fragt Julia zurück.

«Ja doch. Die Nachrichten sind voll damit. Alles dreht sich nur noch um Covid! Als gäbe es keine anderen Weltereignisse», erwidert Heidi ungeduldig. Über den Deal würden sie kein Wort verlieren. Das ist eine Sicherheitsmaßnahme, die sie noch vor ihrer Abreise in Maunawili vereinbart haben.

«Bro hat mir gesagt, China hat ziemlich Mist gebaut. Sie hätten ein Virus in einem Labor erzeugt und die Welt nicht rechtzeitig gewarnt. Das Virus überträgt sich extrem schnell und viele Menschen sind bereits daran gestorben. Aber ich weiß nicht so recht, warum uns das betreffen sollte? Von China bis Hawaii ist es ziemlich weit», sagt sie. «Mach dich nicht verrückt, Heidi! Das wird sicher von den Medien wieder einmal nur hochgespielt. Bald haben wir Wahlen und da ist jedes Virus aus dem fernen Osten ein willkommener Übeltäter, um Angst zu schüren und damit die Menschen innenpolitische Themen nicht so wichtig nehmen. China ist weit, weit weg – don't worry», versucht Julia sie zu beruhigen.

«Ich denke nur. Ich meine. Ich hoffe, meinem Vater geht es gut», sagt Heidi zögernd.

«Ganz sicher! Sonst hätte er dich doch schon längst angerufen! Oder Lena hätte sich bei dir gemeldet.»

Heidi seufzt und antwortet langsam: «Sie haben meine neue Nummer nicht. Ich habe in der Aufregung vergessen, ihnen meine neue Telefonnummer zu geben.»

Stille am anderen Ende der Leitung.

«Du bist ja bald bei deinem Vater, dann siehst du ihn. Mach jetzt erst einmal einfach ein Ding nach dem anderen. Du kannst nicht allen gleichzeitig helfen», sagt sie.

Heidi meint, einen Nachdruck in der Stimme ihrer Freundin vernommen zu haben. Vielleicht ist es doch schon zu spät, um aus der Sache auszusteigen? Welche Wahl hätte sie außerdem? Sie braucht das Geld! Sie möchte doch damit ihrer Mutter helfen.

«Danke Julia. Du hast Recht. Ich kann jetzt doch nichts anderes tun, als das, was ich vorhabe», sagt sie mit gefestigter Stimme, um Zuversicht zu vermitteln.

Wieder ist es einen Moment lang still am anderen Ende.

«Möchtest du, dass ich deinen Vater anrufe? Nur damit du dir keine Sorgen machen musst?», fragt Julia sie.

«Besser nicht. Wenn du anrufst, macht er sich erst recht Sorgen. Er würde sich nur wundern, weshalb ich ihn nicht selbst anrufe. Nein! Lass mal sein.» Sie stopft ihr schmutziges Shirt und den Toilettbeutel in den Koffer und verabschiedet sich von ihrer Freundin.

«Ich wünsche dir alles Gute, meine Liebe. Toi. Toi. Toi. Alles andere geht jetzt seinen Weg», sagt Julia abschließend mit ruhiger Stimme.

Heidi weiß, was sie damit meint. Langsam lässt sie das Telefon auf ihren Schoß sinken. Sie bleibt noch einen Moment lang sitzen, um sich zu sammeln. Frühstückszeit ist wieder einmal längst vorbei und sie wird ohne Tee und Brötchen losfahren müssen. Ihre Entscheidung ist gefallen, die Mission gestartet, denkt sie und geht zügig durch die Lobby zu ihrem Mietwagen.

DIE VERMUTUNG

«Ich finde, unser Präsident hat die richtige Entscheidung getroffen!», sagt Scott in einem Brustton der Überzeugung. Er sitzt an diesem Abend gemeinsam mit CJ, Carol und Brian in Jamey's Bar. Sie haben gemeinsam zu Abend gegessen und nun diskutieren sie schon eine Weile über das Schließen der amerikanischen Grenze wegen Covid-19.

Carol ist im Gegensatz zu Scott von Trumps Vorgehen überhaupt nicht begeistert. «Ich denke darüber anders», sagt sie vorsichtig, «dieses Abschotten von allen Ländern – das ist überzogen. Und kannst du mir erklären, weshalb er Großbritannien bei dieser Aktion ausgenommen hat? Das war doch eine politische Entscheidung. Damit wollte er Europa einen deutlichen Seitenhieb verpassen!»

«Großbritannien möchte nicht mehr zu Europa gezählt werden. Sie haben sich getrennt! Der ˋBrexitˊ – schon vergessen?», äußert er sich dazu ungeduldig.

Seine Kollegin geht auf seinen unfreundlichen Umgangston nicht ein: «Die Infektionszahlen sind doch lächerlich. Wie kommt er auf die Idee, dieses Virus wäre dermaßen gefährlich und wir müssten uns von Europa und der Welt isolieren!», sie schaut in die Runde und ihr Blick bleibt kurz bei ihrem Freund Brian hängen, der sich soeben ein nächstes Bier bei der Kellnerin bestellt.

«Die Chinesen riegeln ganze Städte ab, das wird schon seine Gründe haben», mischt CJ sich ein und bestellt ebenfalls ein zweites Glas Bier.

«Das ist für uns eine wirtschaftliche Katastrophe! Trump hat verdammt noch einmal einen sehr guten Grund, sonst ist seine nächste Wahl im A.», sagt Brian mit lauter Stimme und schlürft genüsslich den Schaum von seinem Getränk. «Was ich übrigens alles andere als schlimm empfände», ergänzt er sarkastisch und grinst mit dem Wissen in die Runde, sie damit angestachelt zu haben. Brian ist mit vollem Enthusiasmus Demokrat, der einzige in der Gruppe. Carol seufzt. Sie geht davon aus, der Abend ist gelaufen. Immer wieder kommt es zu diesen politischen Auseinandersetzungen. Sie ärgert sich, weil sie es hasst, sich wegen Politik entweder mit ihrem Freund oder mit den Kollegen zu streiten.

Ihr Freund hat damit scheinbar weniger Probleme. «Mich kotzen seine Alleingänge an», heizt Brian nach.

CJ entgegnet ihm direkt: «Glaubst du nicht, er lässt sich gut beraten?»

«Haha! Trump und beraten? Das glaubst du doch selbst nicht. So eigensinnig wie der ist? Der ist doch beratungsresistent!»

CJ lehnt sich nach vorne und kann seinen Ärger nicht länger unterdrücken: «Er traut sich immerhin etwas zu unternehmen und ist nicht von den großen Konzernen gekauft. Wie einst unser – ach so guter – lieber Ex-Präsident. Obama war doch nur eine Marionette. Den haben sie in Chicago mit viel Geld und Glamour geködert. Dem war Amerika doch schon immer egal. Die Obamas haben sich doch nur um ihre Selbstdarstellung gekümmert.»

«Das war zumindest nicht so eine Dumpfbacke und er wusste wenigstens, was er tat!»

«Oh ja! Weißt du wie viele Millionen dieser Präsident anno dazumal für seine Urlaube mit Privatjet samt Familie ausgegeben hat? Weißt du das? Und einen Friedensnobelpreis frech entgegennehmen, noch ehe er überhaupt einen Finger krumm gemacht hat? Das war übrigens seine einzige Glanzleistung!», äußert er gereizt.

«Und Trump? Er macht bestimmt alles ohne eigenen wirtschaftlichen Nutzen! Der spielt sich doch mit jeder Entscheidung alles selbst zu. Würde mich nicht wundern, wenn die geschlossenen Grenzen ihm Geld bringen werden!», entgegnet Brian süffisant und lehnt sich mit verschränkten Armen zurück.

«Du glaubst doch nicht, die Grenzen dichtzumachen ist eine leichte Entscheidung gewesen! Endlich getraut sich einer etwas gegen die Chinesen zu sagen. Die Europäer schleimen doch die ganze Zeit nur rum. Er hat als Einziger die World Health Organisation öffentlich angeklagt. Die bekommen von uns Amerikanern den größten Anteil und tun nichts – beziehungsweise viel zu spät! Bin sicher, die Chinesen, deren Kostenbeitrag für die WHO im Übrigen nur ein kleiner Bruchteil unseres Anteils ist, haben sie bestochen und unter Druck gesetzt.»

«Trump braucht doch immer einen Sündenbock. Ohne den kann er doch gar nicht regieren, unser Herr Präsident. Er muss die Welt in Gewinner und Verlierer einteilen. Er muss darauf herumtreten können!» Brian kommt in Fahrt. Er will noch viel mehr sagen und holt Luft, doch Carol legt unter dem Tisch beschwichtigend ihre Hand auf seinen Oberschenkel. Er sieht überrascht zu ihr und ihr sanftes Lächeln bringt ihn dazu, seine nächsten Gedanken nicht mehr laut auszusprechen.

CJ nutzt Brians Sprechpause und hakt nach: «Bin überzeugt, die Chinesen haben uns seit Anfang des Jahres nur angelogen.» Er wartet einen Moment auf Brians Einwand. Als er nichts sagt, geht er über in einen ruhigeren Sprechmodus: «Die Grenzen schließen war zu hundert Prozent eine schwierige Entscheidung. Egal, was du von ihm als Präsidenten hältst. Mit diesem Entschluss hat er sicher den härtesten Weg gewählt. Aber lass uns mal abwarten, wie die anderen Länder in den nächsten Tagen und Wochen reagieren werden.»

Eine Weile wird es ungewöhnlich still am Tisch. Keiner will die Debatte weiter anheizen.

Scott hat sich an diesem Abend bei dem politischen Streit zurückgehalten. Diese unversöhnlichen Debatten zwischen Republikanern und Demokraten ermüden ihn mehr und mehr. Er erinnert sich traurig an die endlosen Diskussionen mit seiner Exfrau. Er weiß, wie wenig sie einander zuletzt noch zugehört hatten, wenn es um Politik ging. So nutzt er den stillen Moment, um das Thema zu wechseln: «Sag mal Brian, wann wirst du endlich wieder einmal einen Auftritt hier im schönen Bellingham haben?», fragt er.

Brian geht sofort mit Freuden auf das neue Gesprächsthema ein: «Zurzeit bin ich meistens in Seattle, da trete ich jeden Donnerstag auf, in der Check-In-Bar. Das ist für mich ein prima Deal und ich kann in Ruhe den Rest der Woche meine eigenen Songs schreiben. Sie bezahlen ganz gut und der Vertrag geht noch bis zum Sommer.»

«Ich mag die Check-In-Bar», äußert sich Carol sichtlich erfreut über etwas Schöneres zu sprechen.

«Ja, Carol kommt regelmäßig zu den Gigs. Fahrt doch einmal mit ihr mit.»

«Wie alt sind die Frauen in dem Club?», fragt CJ mit einem Augenzwinkern.

«Allemal jung genug für dich, mein Freund», erwidert Brian lachend.

«Wird gemacht.» Er schaut fragend zur Seite: «Und du? Scott, alter Knabe, bist du dabei?»

«Warum nicht – ich habe ja sonst nichts zu tun», stimmt er zu.

Carol ist begeistert: «Das ist super, Jungs. Dann haben wir gleich eine Verabredung für nächsten Donnerstag. Besser nicht zu lange aufschieben. Wer weiß, was ansonsten wieder dazwischen kommt!»

CJ ist einverstanden: «Ich habe Zeit.» Er ergänzt mit einem Augenzwinkern zu Carol: «Dann schlafen wir am Freitag eben alle einmal ein bisschen in unseren Büros.»

Carol verdreht die Augen. «Nur weil ich einmal eingeschlafen bin.»

«Ha! Nur weil ich dich einmal erwischt habe, wie du vor den Videos eingenickt bist.»

Scott hält seine Hand in Abwehr hoch. «Wenn du den ganzen Tag dieses eklige Pornozeug sichten müsstest, wärst du auch für jeden Minutenschlaf dankbar. Ist es nicht so?», verteidigt er seine Kollegin.

«Du hast Recht. Ich habe schon so manches Mal überlegt, die Abteilung zu wechseln. Auf Dauer möchte ich das nicht machen und immer dieses Zeug sichten müssen», stimmt Carol ihm zu. Sie stellt das leere Cola-Glas geräuschvoll auf den Tisch: «Apropos einschlafen», Carol gähnt herzhaft und schaut dabei zu ihrem Freund. «Ist spät heute Abend. Du siehst ja, wie meine Kollegen mich im Büro überwachen. Wollen wir gehen?»

«Das Bier trinke ich noch. Dann bin ich gerne dabei.»

«Scott, kann ich bei dir mitfahren? Ich möchte mich dann auch langsam auf den Weg machen», bittet ihn CJ.

«Klar doch. Ich kann dich ja morgen auf dem Weg zur Arbeit abholen und hier vorbei fahren, damit du wieder an dein Auto kommst.»

«Genau so machen wir es. Danke.»

Zu Hause grübelt Scott noch länger über dieses Virus, über das sie in der Bar gesprochen haben und kann nicht einschlafen. Einerseits ist alles sehr weit weg, andrerseits rückt eine Gefahr näher, die er nicht greifen kann. Keiner kann einschätzen, wie lang die Erkrankungen dauern, wer besonders gefährdet ist oder wie viele daran sterben. Sie gehen davon aus, in den nächsten sechs bis zwölf Monaten keinen wirksamen Impfstoff produzieren zu können. Alles müsste noch entwickelt, getestet und erprobt werden. Das behagt ihm nicht. Er bevorzugt es, die Kontrolle über das zu haben, was vorgeht. Mit Covid hat jedoch anscheinend keiner mehr irgendeine Kontrolle. Nach einem kurzen unruhigen Schlaf, quält er sich am nächsten Morgen aus dem Bett. Allgemein bei seinem Job ist es nie ein Problem, wenn er etwas später kommt. Die einen kommen später und die anderen Kollegen gehen dafür früher. Keiner beschwert sich. Nicht einmal John, der GS, ermahnt sie. Er weiß, seine Männer machen jede Menge Überstunden, wenn sie in einer Ermittlung sind oder Einsätze am Wochenende leisten müssen. Scott lässt sich immer noch müde in seinen Bürosessel fallen. Er schaut auf das Foto von Annie, das auf seinem Schreibtisch steht. Er hatte das Bild von ihr gemacht, als sie ihre ersten Schritte machte. Da war sie bereits vierzehn Monaten alt, sie war spät dran. Er liebt dieses Foto, wie sie auf der Ranch von Patty, die nicht auf dem Bild zu sehen ist, auf ihn zugewackelt kommt. Er kann sich noch genau daran erinnern. Auf CJs Tisch steht ein Foto von seinem Hund, der vor einem Jahr gestorben ist. Jedem das seine, denkt er. «Hast du vor, dir wieder einmal einen Hund zuzulegen?»

«Mmmh, vielleicht», erwidert er ohne hochzuschauen.

Scott rückt unruhig auf dem Sessel hin und her. Er kann sich nicht aufraffen, mit seiner Arbeit anzufangen. Dann fragt er seinen Kollegen: «Hast du in der Zwischenzeit etwas von der kanadischen Polizei gehört? Wegen der Person auf dem Mount Baker? Du weißt schon.»

CJ sitzt tief in Gedanken vor einem hohen Papierstapel und reagiert vorerst nicht. Erst nachdem Scott ihn nochmals anspricht, schaut er über seinen Computer hinweg zu ihm und fragt nach: «Was meintest du?»

«Der Wanderer an der kanadischen Grenze, in der Region des Mount Baker.»

CJ zieht die Augenbrauen hoch und rührt sich nicht.

Scott ergänzt im nunmehr ungeduldigeren Tonfall: «Na dieser Typ, der mit dem Rucksack den schneebedeckten Berg hochgeklettert ist. War der noch einmal dort?»

«Ach der! Ja. Vor zwei Monaten war wieder etwas. Die Kollegen waren allerdings nicht rechtzeitig vor Ort.» Nun tippt CJ etwas auf der Tastatur seines Computers.

Scott ist drauf und dran seine Contenance zu verlieren. «Und? Was war da?», schiebt er nach.

«Sie waren zu spät dran. Wurden erst aufmerksam, als es zum Kontakt an einem SUV gekommen ist. Von dem hat der Kollege allerdings nur einen Teil des Kennzeichens, es war ein Fahrzeug aus Vancouver. War leider ein neuer Kollege, sehr jung und nicht sehr effizient.» Scott klopft nun lauter mit seinen Fingerkuppen auf den Tisch, sodass CJ irritiert zu ihm schaut. «Viel mehr war da nicht. Der Bergwanderer war ein etwas dunklerer Typ. Kein Farbiger, aber eben auch kein Weißer.»

Scott wartet auf weitere Informationen, doch CJ ist schon wieder mit etwas anderem beschäftigt. «Warum hast du mir nichts davon erzählt?», beschwert er sich.

«Hab's vergessen.»

Nun ist Scott über die lässige Haltung seines Kollegen verärgert. «Wie? Du hast es vergessen!» Er ist enttäuscht, nicht schon früher davon erfahren zu haben. Immerhin war er derjenige, dem dieser Wanderer aufgefallen war. Er hätte sich selbst an den Sicherheitsdienst von der kanadischen Grenzkontrolle wenden sollen, denkt er. Er wollte es CJ überlassen, weil er die Kollegen besser kennt. Das hat er nun davon und es macht ihn ärgerlich. «Ich habe dich schon öfters gefragt. Und nie hast du mir etwas erzählt.» Er hat das Gefühl, gegen eine Wand zu sprechen. Dann platzt ihm der Kragen und er wird lauter: «Verdammte Scheiße noch mal, CJ! Antworte mir endlich, wenn ich mit dir spreche.»

CJ, wiederum von Scotts Ausbruch genervt, erwidert mit zusammengekniffenen Augen: «Jetzt spiel dich nicht so auf. Du weißt genau, wir hatten andere Dinge auf dem Schirm. Ich habe nicht mehr daran gedacht. Soooorrrrrry», erwidert er und ahmt dabei den kanadischen Akzent nach. «Überhaupt gar nichts ist passiert! Sie haben einen Typen gesehen und noch einen. Sie haben kein Kennzeichen. Sie halten weiter Ausschau. Genügt dir dies als Antwort?», er schnaubt ihm die letzten Silben entgegen, ihm reicht's. CJ schiebt seinen Bürostuhl mit Schwung und einem Knall gegen den Schrank, steht auf und geht.

«Wohin gehst du?», will Scott wissen.

«Zur Toilette! Möchtest du mitkommen?», schnauzt er wütend zurück und schmeißt die Tür mit einem Knall zu.

Scott starrt auf die geschlossene Tür. Der Knall hat ihn aus seinem Argwohn gerissen. Jetzt fühlt er sich schlecht wegen seiner Ungeduld und seines Umgangstons. Er geht ans Fenster, schaut raus auf den Parkplatz und atmet einmal tief durch. Tief ausatmen, den Atem für einen Moment anhalten und sanft einatmen. Zu dieser Atemtechnik hat ihm seine Yogalehrerin in Scottsdale in angespannten Situationen geraten. Während er sich auf seine Atmung konzentriert, denkt er an sie. Es würde ihm gut tun, wieder einmal in den Yogaunterricht zu gehen. Seine Nerven sind ziemlich angespannt und er kann nachts nie gut schlafen. Seine private Situation hat sich nicht wesentlich verbessert. Und im Job hat er das Gefühl, er läuft im Kreis und kommt nicht voran. Ständig versucht er Dinge anzustoßen, aber seine Kollegen blocken jegliche zusätzliche Arbeit ab. Nun ist er auch noch enttäuscht von seinem Freund und Kollegen, der ihn hängen lässt. Und das, obwohl CJ eigentlich immer offen war für neue Dinge. Scott möchte weiterkommen, er hat noch fünfzehn Jahre bei HSI vor sich und er möchte etwas erreichen. Aber es scheint, alle anderen Kollegen sind mit dem Status quo zufrieden. Vielleicht sollte er sich um eine Weiterqualifikation bemühen? Er darf seine eigene Unzufriedenheit keinesfalls an CJ auslassen. Er ist ihm bislang immer gut gesinnt gewesen.

Als CJ die Tür aufmacht, entschuldigen sie sich beide gleichzeitig. «Sorry», kam es von den beiden wie aus einem Munde und dann lachen sie.

«Sie haben, wie gesagt, leider nichts Handfestes, Scott. Kein Nummernschild und für uns kam die Beschreibung des Mannes viel zu spät an.» Er geht wieder an seinen Schreibtisch und setzt sich: «Wir konnten nichts machen. Das scheint allerdings etwas Regelmäßiges zu sein, soviel weiß man jetzt. Immerhin, wenn wir unsere eigenen Beobachtungen mit einbeziehen, hat schon dreimal da oben etwas stattgefunden. Seitdem warte ich, bis endlich wieder etwas passiert.»

Scott gibt sich damit zufrieden und widmet sich seinen Mails. «Wie ich diese Spams hasse!», flucht er. «Auch dagegen sollten wir einmal etwas tun. Am besten alle in den Knast sperren und auf Internetentzug setzen. Dann hätte ich nur noch zwanzig Mails pro Tag und nicht hundert! Wir könnten jeden Tag früher nach Hause gehen», schimpft Scott vor sich hin.

CJ nickt, ohne von seinem Bildschirm hochzusehen.

Die nächste Stunde ist es ungewöhnlich leise im Büro. Keiner ruft an. Keiner kommt ins Büro, um etwas erledigt haben zu wollen. Nicht einmal der Computer stürzt ab. Scott kann es nicht fassen, wie ungestört er an diesem Vormittag arbeitet. Nach dem Lunch hat Scott keine Lust, seine Zeit untätig im Büro zu verbringen. Er hat alle Arbeiten an diesem Vormittag erledigt. Im Moment steht nichts mehr an und so verbringt er an diesem Montag eine besonders lange Pause. Er fährt beim Baumarkt vorbei und besorgt eine Platte, Schrauben und Glas, um seine Plaketten im Büro aufzustellen, die er von HSI-Kollegen anderer Dienststellen erhalten hatte. Direkt nach dem Einkauf vor dem Geschäft erhält er einen Anruf von CJ. Er habe nun doch eine Neuigkeit bezüglich der Mount-Baker-Deals für ihn und wo zum Teufel er so lang bleibe. «Bin in einer Viertelstunde da – habe etwas beim Baumarkt für meine Plaketten besorgt.»

«Und ich habe ein Foto für dich», sagt er und weiter: «Eine Frau war dieses Mal ganz oben auf dem Berg an der Grenze!»

«Eine Frau?», fragt Scott ungläubig.

«Ja.»

«Schick mir das Bild.» Er setzt sich ins Auto und starrt ungeduldig auf sein Display. Kurz darauf hört er den Ton einer ankommenden Nachricht.

«Hast du das Foto?», fragt CJ.

«Yep.»

«Sieht gut aus. Oder?», fragt CJ und Scott meint dabei sein Grinsen hören zu können.

«Das Bild ist nicht sonderlich gut», kritisiert er ihn stattdessen.

«Ziemlich eingepackt, die Frau. Der dicke Schal, die Sonnenbrille und die Mütze bis ins Gesicht gezogen – wie zum Teufel kannst du sagen, sie sieht gut aus?»

«Naja. Sie macht eine gute Figur.»

«Ha. Ha.», entgegnet Scott trocken. Er vergrößert das Gesicht auf dem Display, schiebt das Bild hin und her. Das kann nicht sein. Immer wieder schaut er auf das Foto und eine Unruhe befällt ihn. Sie sieht Heidi sehr ähnlich, schießt es ihm durch den Kopf. Nervös fahrig vergrößert er die Details, so auch die Ausschnitte der in dicke Klamotten eingepackten Körperteile der Frau. Er hält unwillkürlich die Luft an und stellt den Motor nochmals ab. Ihre Figur könnte in etwa auf sie zutreffen. Wenn sie nur nicht diese bescheuerte, große Sonnenbrille auf hätte. Er kann es nicht hundertprozentig sagen. Was würde sie überhaupt auf dem Berg wollen? Weshalb hat sie ihn nicht angerufen? Sie weiß doch, er wohnt im Staat Washington. Er hat seine Telefonnummer nicht geändert. Sie hätte ihn jederzeit anrufen können. Er schüttelt ungläubig den Kopf. Sie hat mit Drogen doch nie etwas zu tun gehabt, grübelt er weiter. Sie ist überhaupt nicht der Typ dazu! «Scheiße», flüstert er leise.

«Was ist los, Scott? Hat es dir die Sprache verschlagen?»

«Nein, nein», antwortet er, «sie erinnert mich an jemanden.»

«An wen? Kenne ich sie?», erkundigt sich CJ neugierig.

«Ich muss mir das Bild im Büro auf einem größeren Bildschirm ansehen. Vielleicht kann ich da mehr erkennen. Ist dies das einzige Bild, das der Kollege gemacht hat oder gibt es noch mehrere?»

CJ holt tief Luft: «Es ist derselbe Kollege, der bereits die erste Übergabe verpeilt hat. Dieses Mal hat er zumindest ein Foto gemacht. Er hat mir nur das eine geschickt und geschrieben, es wäre zu keiner Übergabe gekommen. Ich rufe ihn nochmals an. Wollte erst mit dir sprechen, damit du auf dem gleichen Stand der Dinge bist.»

«Was soll das heißen – es kam zu keiner Übergabe? Ist es nicht dazu gekommen?», hakt Scott nach.

«Weiß ich jetzt noch nicht. Jetzt bewege deinen Arsch endlich mal ins Büro. Unser GS hat schon nach dir gefragt.»

Scott legt das Telefon auf den Beifahrersitz und fährt los. Er dachte, er hätte Heidi schon längst vergessen und nun ist er verwirrt. Mit nur einem einzigen, unscharfen Bild und einer Vermutung wird er sogleich von immensen Gefühlen übermannt. Mit einer Wucht kommen sie hoch, als wären sie die ganze Zeit über nur unter Verschluss gehalten gewesen. Er hofft, mit seinen Vermutungen falsch zu liegen. Auf diese Art und Weise ihr wieder zu begegnen, wäre schrecklich.

Die Tür seines Vorgesetzten ist wie immer halb geöffnet. «Na, Herr Hammersmith. Auch wieder einmal bei uns?», begrüßt ihn John. «Musste noch etwas erledigen. Was gibt's?», fragt er ihn vom Türrahmen aus. Viel lieber möchte er sofort zu CJ, um über den Vorfall am Grenzübergang zu sprechen. Diese Unruhe lässt ihn zappeln und als er weiter gehen möchte, hält ihn John zurück: «Es gibt noch ein paar Rückfragen zu dem Protokoll von dem Hubschraubereinsatz. Kannst du dir das nochmals zu Gemüte führen?»

Scott nickt. Er hasst den bürokratischen Kram, vor allem wenn ein Fall längst Vergangenheit ist. Er weiß, er muss es dennoch machen. Leider gibt es keinen Weg drum herum, deshalb antwortet er kurz: «Jawohl, Sir. Wird gemacht. War's das?»

«Ich habe es dir auf den Tisch gelegt», erwidert John, «wäre gut, wenn ich es in den nächsten Stunden zurückbekommen könnte», ergänzt er mit Nachdruck.

Scott nickt und geht ungeduldig weiter. Als er in sein Büro kommt, erwartet CJ ihn bereits mit noch ein paar Fotos mehr. Sein Kollege kommt direkt auf den Fall zu sprechen, der eigentlich noch kein Fall ist.

LÄNGST VERGESSEN

Kurz vor Mitternacht erreicht Heidi die Stadt Redding im Staat Oregon. Sie hat mehr als die Hälfte des Weges nach Los Angeles geschafft. Obwohl sie gerne Auto fährt, reicht es ihr für heute, es war anstrengend. So weite Strecken fährt sie selten. Den ganzen Tag lang war sie auf Autobahnen unterwegs und rund um die Metropolen Seattle und Portland war der Verkehr heftig. Gegessen hat sie aus Prinzip nur im Wagen, um nirgendwo einen bleibenden Eindruck zu hinterlassen. Ihre Pausen auf den Parkplätzen hielt sie so kurz wie möglich. Sie hätte auch nach LA fliegen können anstatt mit dem Auto zu fahren, wollte aber wie eine Touristin beim Autovermieter wirken und den Wagen dort abgeben, wo sie ihn abholt. Außerdem war es preislich ein zu großer Unterschied. In diesem Moment ist sie nicht mehr ganz sicher, ob das sinnvoll gewesen ist. Allerdings kann sie es jetzt, mitten auf der Strecke, nicht mehr ändern.

Nun liegt sie erschöpft ausgestreckt auf dem Bett eines Motels, dem sie maximal zwei Sterne geben würde. In der kargen, trostlosen Ausstattung des Raums fühlt sie sich einsam. Sie denkt an ihre zweite Heimat Frankfurt, wo jetzt bereits der nächste Tag beginnt. Sie stellt sich vor, was ihr Vater eventuell gerade macht. Er ist wahrscheinlich schon wach. Als er noch arbeitete, war er um diese Uhrzeit immer in seinem Büro und hat die Finanzierungspläne der Kunden geprüft. Es waren in der Regel kleinere Unternehmen oder Selbstständige, die er finanziell beraten hatte. Er hatte davon zu Hause wenig erzählt. Heidi erinnert sich allerdings gut an seine letzten Arbeitstage vor der Rente. Er war betrübt. Er meinte, die sozialen Kontakte werden ihm gewiss bald fehlen. Er mochte seinen Beruf, die Gespräche mit den Kunden interessierten ihn und mit seinen Kollegen hatte er sich meist gut verstanden. Seit ihre Mutter ihn verlassen hatte, war er in keiner festen Beziehung mehr, zumindest kann sie sich an keine Freundin erinnern. Sie weiß natürlich nicht alles. Vielleicht hatte er eine Beziehung und er wollte sie damit nicht behelligen. Zumindest hat in dem Haus, nachdem ihre Mutter in die USA gezogen war, keine Frau mehr gelebt. Dann jedoch fällt ihr mit einem Male doch wieder eine Frau ein – ihr Name war Helene. Das war allerdings während der Zeit, in der sie nicht in Deutschland lebte. Sie erinnert sich an ein Telefonat mit ihr, sie hatte eine sympathische Stimme. Ihr Vater war gerade unterwegs und Helene hatte geantwortet. Sie hatten sich nur kurz unterhalten. Als Heidi für das Studium zurück nach Frankfurt zog, war Helene bereits wieder Vergangenheit. Ihr Vater erzählte ihr, sie musste wegen ihres Berufs nach Hamburg umziehen. Das wäre das Aus gewesen. Für Fernbeziehungen hatte ihr Vater nichts übrig. Er zeigte ihr, immer noch traurig über das Ende der Beziehung, ein paar Fotos von Helene. Sie war eine attraktive Frau. Wirkte etwas biederer als ihre Mutter, hätte aber gut zu ihrem Vater gepasst. Schade, dass sie nach Hamburg gegangen ist, denkt sie.

Heidi betrachtet in ihrem schäbigen Motelzimmer das einzige Bild an der Wand, einen billigen Druck mit kitschigem Sonnenuntergang und Strand. Sie ist in einer melancholischen und eher nachdenklichen Stimmung. Ihre Gedanken gehen zurück an ihren Neuanfang in Deutschland, direkt nach der Highschool auf Oahu. Sie hat wieder bei ihrem Vater im Haus gewohnt, hat ein Studium für Kunstgeschichte begonnen und es ging ihr gut. Sie genoss es sehr im gleichen Haus mit ihrem Vater zu sein, nachdem sie ihn so lang in den USA entbehren musste. Im Verlauf ihres Studiums wollte sie dann allerdings doch endlich selbstständig sein und leben und sich auch von ihm abgrenzen. Sie hatte zurück in Deutschland schnell neue Freundschaften geschlossen. So auch mit Lena, mit der sie seit Beginn ihres Studiums befreundet ist. Sie verstanden sich von Anfang an gut. Trotzdem benötigte sie mehr als zwei Jahre, ehe sie den Schritt wagte, mit ihr die Wohnung in Frankfurt zu mieten. Immer hatte sie ein schlechtes Gewissen, ihren Vater wieder alleine zurückzulassen. Nach langem Suchen bis sie endlich eine erschwingliche Wohnung finden konnten und nach etlichen Gesprächen mit ihrer Freundin, fasste sie schließlich den Entschluss auszuziehen. Im Nachhinein betrachtet war es höchste Zeit und es folgte ein aufregender Lebensabschnitt.

Sie war jung, außerdem war Heidi verliebt. Es waren die wunderschönen zarten Anfänge der Beziehung mit Max. Denkt sie zurück an diese Zeit, so war sie äußerst glücklich. Sie war voller Tatendrang, liebte ihr Studium, hatte mit Lena viel Spaß in der Wohngemeinschaft und Max vergötterte sie. Nur selten vermisste sie ihr Leben auf Oahu. Mit dem Einstieg in die Arbeitswelt veränderte sich jedoch einiges. In Max' Leben tat sich nicht so viel, denn er arbeitete weiterhin als freiberuflicher Tontechniker. Heidi war allerdings von ihrem Einstieg ins Berufsleben enttäuscht gewesen. Ihr Traum war es, für ein Museum zu arbeiten. Als dies nicht klappte, fing sie bei der Agentur 'Lothar & Werner' an, für die Max damals schon viel gearbeitet hatte. Er hatte den Kontakt für sie hergestellt. Denkt sie heute daran, so weiß sie, es war eine schlechte Entscheidung, Arbeit und Liebe unter ein Dach zu bringen. Ihre jetzige arbeitslose Situation betrachtend hat sie die Hoffnung, den beruflichen Werdegang eventuell doch nochmals in Richtung Museumsarbeit zu lenken. Warum nicht?

Sie zieht neugierig die Schublade aus dem braunen mit Plastik beschichteten Nachttischkästchen neben dem Bett. Selbstverständlich liegt sogar in diesem heruntergekommenen Motel eine Bibel. Wie sollte es auch anders sein? Was es in Amerika nur immer mit dieser Bigotterie auf sich hat. Es gibt so viele Kirchen wie Sand am Meer. Jeder meint, den richtigen Gott anzubeten. So ein Unsinn, überlegt sie kritisch und ist erleichtert, seit Jahren schon keiner Kirchengemeinschaft mehr anzugehören. Und doch geht sie gerne in alte Kirchen. Am liebsten dann, wenn sich darin keine anderen Menschen aufhalten. Sie wäre jetzt zum Beispiel gerne in einer alten schlichten romanischen Kirche. Sie mag die einfachen Skulpturen, die dicken hohen Mauern und die alten Steinornamente. Diese uralten, mystischen Kirchen gibt es jedoch nur in Europa. Dafür sind die Gottesdienste in Amerika mit ihrem beschwingten Gospelgesang sehr viel schöner. Es wäre spannend, diese besondere Art der Gottesverehrung in einem alten Kirchenmauerwerk zu erleben. Ihre Gedanken schweifen wieder zurück zu Max, mit dem sie öfters in Kirchenkonzerten war. Er liebt die Akustik in den alten Gemäuern und auch sie mag Musik in diesem klassischen, stimmungsvollen Ambiente. Alles scheint eine Ewigkeit zurückzuliegen. Max sei angeblich mittlerweile mit einer anderen Frau zusammen und habe mit ihr ein Kind, hat Lena ihr vor ein paar Monaten erzählt. Sie hatten nie über Kinder gesprochen. Sie waren viel zu sehr mit ihrem beruflichen Weiterkommen beschäftigt. Und dennoch empfindet sie Neid auf die andere Frau, oder zumindest Wehmut, nicht selbst mit einem Baby und Max zusammen zu sein.

Sie streckt die Fersen weg und ihre Waden schmerzen. Sie hat viel Zeit, sich Gedanken über ihr Leben zu machen und so sinniert sie über die Männer, die sie in ihrem Leben begleiteten, über die Entscheidungen, die getroffen wurden oder die sie selbst traf und über die Zufälle, die den Lauf ihres Lebens immer wieder veränderten. Sie möchte dazulernen und nicht ständig die gleichen Fehler machen. Tim spielt im Rückblick nur eine kleine unbedeutende Rolle. Er war der Tröster, der niemals eine Chance hatte, denn sie hatte mit Max noch nicht abgeschlossen. Denkt sie an Scott, spürt sie sofort, wie sich ihr ganzer Körper nach ihm verzehrt. Dabei waren das nur ein paar Tage! Was hat dieser Ranger, was die anderen nicht haben? Warum gerade er? Warum gerade jetzt? Auch in den Bergen von Washington hat sie öfters an ihn gedacht. Bei ihrer Wanderung durch den Schnee hatte sie nicht nur einmal den Eindruck, als spürte sie seine unmittelbare Nähe. Müsste sie nicht diesen Kurierdienst machen, sie hätte sich gewiss bei ihm gemeldet. Andrerseits – würde sie diesen Auftrag nicht machen, wäre sie überhaupt nicht an der nördlichen Westküste zwischengelandet. Sie wälzt sich unruhig auf die andere Seite des ungemütlichen Betts.

Der nächste Tag wird für sie früh beginnen. Sie muss endlich schlafen. Vor ihr liegen nochmals fast tausend Kilometer und sie hat für die Übergabe in LA unbedingt klar im Kopf und fit zu sein. Allein der Gedanke, auf ihrem Weg zurück in den Norden zehn Kilogramm Koks im Gepäck zu haben, macht sie nervös. Bro wird ihr morgen die Kontaktdaten schicken. Bis dahin, sagte er, wäre es immer noch möglich abzusagen. Fällt sie eine Entscheidung gegen den Deal, müsste er unverzüglich selbst nach LA fliegen und übernehmen. Sie empfindet diesen letzten Ausweg als Segen und Fluch zugleich. Hätte er es nicht offen gelassen, hätte sie sich damit längst abgefunden, es zu machen. Storniert sie allerdings den Kurierauftrag jetzt mit einer einzigen Textnachricht, denn die Möglichkeit hat sie, wäre es für sie ein finanzielles Desaster. Außerdem – je länger sie die Entscheidung hinauszögert, desto intensiver beschleicht sie das beklemmende Gefühl, Julia damit in den Rücken zu fallen. Würde sie mit dem Rückzieher eine langjährige Freundschaft gefährden?

Just in den vergangenen Wochen war Julia ihr gegenüber so offen und ehrlich wie noch nie. Wie eine große Schwester weihte sie sie in Geheimnisse ein und vertraute ihr Dinge an, die sie verständlicherweise bislang verheimlichen musste. Sie schätzt Julias Hilfe immens und weiß, dieser Schritt ist ihr nicht leicht gefallen. Immerhin hat sie dadurch auch ein Stück weit sich selbst, ihr Image und ihre eigene Sicherheit gefährdet. Julia erzählte ihr, was Heidi schon vermutet hatte, Bro würde bereits seit etlichen Jahren seinen Lebensunterhalt mit diesen Drogendeals bestreiten. Nun allerdings weiß sie es, weshalb er immer Geld hat. Er prahlt zwar nie damit, aber er hat es einfach. Sie dachte, er würde nur mit leichten Drogen dealen, wie zum Beispiel mit Maui Wowie und auch nur innerhalb Hawaiis. Doch Julia vertraute ihr an, er wäre schon seit einiger Zeit auf härtere Stoffe umgestiegen. Dope sei mittlerweile in etlichen Staaten Amerikas legal, so auch in Hawaii und in Kanada. Das Dealen mit diesen Drogen lohnte sich nicht mehr. Es gebe mittlerweile zu viele Läden, die sanfte Drogen offiziell verkaufen und den Schwarzmarkt aufgeräumt haben. Heidi hat seitdem eine andere Sicht auf ihre Freundin. Sie hat keine Ahnung, was die beiden mit dem vielen Geld neuerdings anfangen. Es geht ihnen doch gut! Wozu das viele Geld? Sie kneift ihre Augen fest zu und wühlt ihr Gesicht in das muffelig riechende Kissen. Schlaf Heidi, schlaf endlich! Sollte sie Schäfchen zählen? Sie friert. Die Klimaanlage rattert laut und das Gebläse ist zu hoch eingestellt. Sie schiebt die Decke müde von sich, klettert aus dem Bett und verdreht den alten Drehknopf. Endlich hört das Geratter auf. Wenn Scott hier wäre, sie wüsste was sie täte. Mit ihm wäre ihr bestimmt nicht kalt. Am liebsten läge sie in seinen starken Armen und schliefe tief und fest und alles wäre gut. Das Heim ihrer Mutter wäre längst bezahlt und ihr Vater käme sie zur Hochzeit mit Scott besuchen. Sie stellt sich alles bis ins Detail vor und gleichzeitig könnte sie schreien, so wach ist sie bei diesen verrückten Gedanken.

Schließlich zieht sie ihre Jogginghose über, einen Pullover und steckt die Kreditkarte in die Hosentasche. Dann geht sie raus aus dem Zimmer und im Freien den Gang entlang bis zum Treppenaufgang. Am Ende des Flurs findet sie einen Getränkeautomaten und, sie kann es kaum fassen, außerdem gefüllte Fächer mit Schokolade und anderen Süßigkeiten! Heidi tippt die entsprechenden Nummern für die Fächer ein, schiebt die Kreditkarte in den Schlitz und lässt den Betrag abbuchen. Kurz darauf plumpsen krachend die Wasserflasche und etwas leiser die zwei Schokoriegel in das Auffangfach.

Als sie sich nach unten beugt, hört sie hinter sich ein lautes Atmen. Ihre Nackenhaare stellen sich auf. Sie richtet sich sofort auf und dreht sich um. Ein übergewichtiger kleiner Mann in Sweater und kurzer Hose steht schnaufend vor ihr. Das Adrenalin in ihrem Körper schnellt hoch, sie ist mit einem Schlag hellwach. Was hat sie sich nur dabei gedacht, mitten in der Nacht raus aus ihrem Zimmer zu gehen. Um diese Uhrzeit ist gewiss keine Hilfe zu erwarten. Kein anderer ist so verrückt, diesen schlecht beleuchteten Flur entlang zu gehen. Ihr Herz beginnt zu rasen, wenn sie auf den engen Gang hinter dem Mann blickt. An ihm vorbei sprinten kann sie nicht, geht es ihr aufgeregt durch den Kopf. Sie versucht cool zu bleiben, schaut ihm direkt in die Augen. Sein Grinsen widert sie an. Sie zwingt sich zu einem «Hallo.»

«Du kannst wohl auch nicht schlafen, Süße», sagt er und bleibt mittig stehen.

Sie möchte von ihm nicht `Süße` genannt werden. Sie wünscht überhaupt keine Unterhaltung mit diesem unangenehmen, schwitzenden Typen und zwingt sich zu einem schlichten etwas zu leisen «Nein» als Antwort. Die Stille danach macht sie noch nervöser. «Mein Freund hat Durst bekommen», sagt sie so gelassen wie möglich. Bestimmt ist ihr diese Lüge an der Nasenspitze anzusehen. Er grinst sie an und zeigt seine schiefen, gelblichen Zähne. Endlich geht er etwas zur Seite und macht ihr Platz. Sie zwängt sich an ihm vorbei und spürt seinen Atem aus direkter Nähe. In dem Augenblick, in dem sie an ihm vorbei will, kommt er einen Schritt näher und drückt seinen Bauch an ihren Körper. Sie weiß sich nicht anders zu helfen, reagiert nur noch und stößt ihn von sich. Alles scheint wie in Zeitlupe abzulaufen. Jede Bewegung ist in viele kleine Teile zerlegt und obwohl sie zu ihrem Zimmer rennt, hat sie das Gefühl, alles passierte langsam. Nur nicht zurückschauen, hinein, die Tür zugemacht und abgesperrt. Mit dem Rücken an der Tür spürt sie den Schweiß zwischen ihren Schulterblättern nach unten rinnen. Sie atmet tief durch und schleicht aufgeregt zittrig zu ihrem Bett. Der Puls pocht hoch bis zu ihrem Hals. Sie spürt Tränen auf ihren Wangen, so verzweifelt ist sie. Sie weiß überhaupt nicht mehr, was mit ihr los ist. Sie hat Angst vor dem dicken aufdringlichen Typen und möchte nicht alleine sein.

Aber es ist nicht nur das. Sie macht sich Gedanken über dieses tödliche Virus. Ist in Sorge um ihren Vater, um ihre Mutter und zurzeit nicht zuletzt um sich selbst. Außerdem erträgt sie diesen

Moment der Unentschiedenheit nicht mehr länger. Sie hat niemanden, dem sie sich anvertrauen könnte. Vor ihrem Zimmer hört sie schlurfende Geräusche, die mit einem Male verebben. Ist er vor der Zimmertür stehen geblieben? Sie hält den Atem an, getraut sich nicht irgendein Geräusch zu machen. Tausend Gedanken boxen in ihrem Gehirn und der krampfhafte Versuch, eine schnelle praktikable Lösung zu finden, lassen ihr Herz noch schneller rasen. Am besten wäre, sie könnte ihm eine männliche Stimme liefern, hat sie ihm doch von ʼihrem Freundʼ erzählt. Er müsste hören, wie sich ʼihr Freundʼ über die Schokolade oder das Wasser freut. Vor ihrer Tür ist es nach wie vor still. Sie hat den Mann nicht mehr weiterschlurfen gehört. Was soll sie nur machen?

Eine Art Panik befällt sie und sie weiß sich keinen anderen Rat, als ihren Vater anzurufen. Es läutet und läutet und läutet. Hebe bitte ab, denkt sie. Bitte sei zu Hause, Papa. Endlich hört sie seine vertraute Stimme. «Hallo Papa», flüstert Heidi und schaltet hernach auf Lautsprecher. Soll der beschissene Typ vor der Tür seine männliche Stimme haben.

«Mensch Heidi. Dem Himmel sei Dank, dass du dich endlich meldest.»

Sie fühlt sich bereits in den ersten Sekunden mit ihm am Ohr unendlich erleichtert. Es tut einfach nur gut, seine vertraute Stimme zu hören. «Here's some chocolate, sweetie», sagt sie laut in die Richtung ihrer Zimmertür. Ihr Vater wird zwar denken, sie wäre komplett durchgedreht, mit ihm Englisch zu sprechen und ihn ʼSweetieʼ zu nennen, das ist ihr jedoch im Augenblick egal. Sie wird es ihm gleich erklären. Wieder hält sie gebannt den Atem an und lauscht an ihrer Tür. Ihr Vater erwidert wie erwartet irritiert irgendetwas, dem sie jedoch in dem Moment keine Beachtung schenkt. Vielmehr konzentriert sie sich angestrengt darauf zu erfassen, was draußen vor ihrer Zimmertür passiert. Wieder ist dieses schlurfende Geräusch zu hören. Jetzt weiß sie, er war tatsächlich vor dem Zimmer stehen geblieben. Nun werden seine Gehgeräusche zunehmend leiser. Sie ist erleichtert. Als würde ihr eine große Last abgenommen, spürt sie ein Gefühl der Leichtigkeit. Dann kann sie sich nicht mehr zurückhalten und beginnt zu lachen. Erst ist es ein leises Kichern, dann jedoch wird ihr Lachen tiefer und immer lauter. «Hallo Papa. Wie gut es doch tut, deine Stimme zu hören», sagt sie nach einer Weile immer noch lachend und meint es genau so und nicht anders.

NICHT VERGESSEN

Die kanadischen Kollegen haben auf CJs Rückfrage hin nun doch noch drei weitere Fotos nachgereicht. Scott schaut sich die Bilder vergrößert auf dem Monitor seines Computers an. Auf allen Aufnahmen trägt sie diese aberwitzige große Sonnenbrille. Er kann sich nicht entsinnen, Heidi jemals mit einer solchen gesehen zu haben. Noch dazu ist sie verspiegelt und die Augen sind nicht zu erkennen. Der Mund der Frau ist schmal, genau so wie er den ihren in Erinnerung hat. Rote Wangen könnte jede Person nach einem Bergaufstieg haben. Das verweist nicht zwingend auf Heidi. Und die Klamotten? Er weiß es nicht. Er kennt sie nur in Sommerkleidung oder eben nackt.

«Was ist los, alter Knabe?», reißt CJ ihn aus seinen Gedanken. Scott überlegt, was er seinem Kollegen anvertrauen soll. Erzählt er von Heidi, ist er raus aus dem Fall. Einerseits möchte er alles aus erster Hand wissen, andrerseits möchte er nicht dabei sein, wenn sie verhaftet wird. Er hasst es, unter Druck gesetzt zu werden und am liebsten würde er sich gar nicht dazu äußern und einfach nur abwarten. CJ lässt ihn nicht aus den Augen und Scott wird unruhig. Wahrscheinlich bemerkt er bereits seine Unsicherheit, überlegt er. Es ärgert ihn, wie wenig er seine Gefühle in einer persönlichen Situation verbergen kann. So hart er bei Verhören ist, in privaten Angelegenheiten versagt sein Pokerface. «Ja, es könnte jemand sein, den ich kenne», sagt er zögernd und vergrößert das Gesicht bildschirmfüllend. Er will es nicht wahrhaben, dass sie es ist, die er geliebt hat, der er so nahe war. Die extreme Vergrößerung nimmt jedoch seine letzte Hoffnung und er ist sich nunmehr ziemlich sicher. Die Frau auf dem Foto ist Heidi.

«Jemand aus Arizona?», fragt ihn CJ ungeduldig.

«Schön wär's. Leider nein», er seufzt dabei und lehnt sich zurück in seinem Bürosessel.

«Verdammt nochmal! Mache es nicht so spannend. Wer soll das sein?», hakt sein Kollege nach.

«Heidi. Es ist Heidi.»

CJ reagiert nicht sofort. Er braucht einen Moment lang, bis er den Namen in Verbindung mit seinem Kollegen bringen kann. «Die Heidi von Hawaii?», fragt er schließlich.

Scott nickt.

«Scheiße», äußert sich CJ spontan dazu.

«Das kannst du laut sagen.»

«Bist du ganz sicher?»

Scott verzieht sein Gesicht zu einer leidenden Mimik: «Ja doch. Ziemlich sicher. Neunundneunzig Prozent.»

«Verdammter Mist», flucht CJ.

Scott denkt an die Tage auf Oahu. Er analysiert in Gedanken ihre Begegnungen, die Gespräche, ihr Verhalten, doch er kann dabei nichts Auffälliges entdecken. In keiner einzigen Sekunde ihres Beisammenseins hat er in Erwägung gezogen, dass sie in irgendeiner Weise mit Drogen verstrickt gewesen wäre. Er wäre sofort auf Abstand gegangen. Entweder war sie die perfekte Schauspielerin oder sie wusste es zu dem Zeitpunkt noch nicht. «Sie ist überhaupt nicht der Typ dazu», sagt er zu seinem Kollegen. CJ zieht nur die Schultern hoch und wartet ab, ob Scott sich weiter dazu äußern möchte. «Okay. Vielleicht habe ich mich getäuscht. Ich muss mit unserem GS sprechen.» Scott zieht seine Augenbrauen zusammen und versucht ein gewisses Maß an Härte zu demonstrieren und räuspert sich: «Wir müssen unsere Agenten an den Flughäfen sofort informieren. Sie wird sicher sehr bald von hier weg wollen.»

CJ nickt, er will es ihm leichter machen und sagt mit ruhiger Stimme: «Das ist tatsächlich eine verdammt unangenehme Situation für dich! Das stelle ich mir nicht einfach vor.»

Scott schiebt seinen Bürosessel langsam nach hinten und steht wortlos auf. Er hat es nicht eilig. Immer wieder überlegt er, ob er richtig liegt. Ob er etwas übersehen hat. Ob sie es tatsächlich ist oder ob er sich täuscht.

«Weiß sie denn, wo du arbeitest? Was du so machst?», fragt CJ ihn, als er schon in der Tür steht.

«Das ist es ja gerade. Nein, sie weiß es nicht. Ich hatte keine Lust im Urlaub von meinem Job zu reden. Du weißt schon, was ich damit meine.»

CJ nickt.

«Ich bin in ihren Augen der nette Parkranger vom Olympic National Park», gibt Scott in einem ungewöhnlich melodiösen Ton wider.

CJ entfährt ein Lacher. Kurz darauf verstummt er jedoch sofort wieder und zeigt seine Betroffenheit. «Ich möchte nicht in deiner Haut stecken.»

«Ich auch nicht. Dann gehe ich jetzt mal zu einer phantastischen Lagebesprechung. Wollte ich schon immer einmal machen. Möchtest du mitkommen?»

CJ schaut ihn an. Er ist unschlüssig, ob es nur ein sarkastischer Kommentar war oder ob Scott es ernst meint.

Scott fordert ihn jedoch nochmals auf, seine Stimme ist ruhig, obwohl er im Inneren alles andere als gelassen ist: «Ja. Dann können wir gleich die nächsten Schritte besprechen und ich muss nicht alles zweimal erzählen. Zumindest muss unser GS nicht lang überlegen, wer den Fall übernimmt. Und du bist mir allemal lieber, als zum Beispiel Justin.»

CJ nickt und geht auf ihn zu. Er möchte seinen Kumpel nicht hängen lassen. Scott fällt es schwer genug und er geht ungewöhnlich langsam in Gedanken vertieft vorneweg.

«Na, Scott? Bist du schon fertig mit deinem Protokoll?», fragt ihn John, als er ihn an seiner Tür stehen sieht. «Und Charles Junior – du auch?», fügt er verdutzt hinzu und schaut erwartungsvoll zu den beiden.

CJ schiebt Scott sacht voran in das Büro und schließt die Tür hinter ihnen. «Du weißt von dem Drogenwanderer an der kanadischen Grenze, in Nähe des Mount Baker?», beginnt er das

Gespräch. «Ich habe dir vor einiger Zeit davon erzählt. Unsere Kollegen von der Canadian Border Security Agency haben uns dieses Mal Fotos geschickt. Es sind Bilder von einer Frau auf dem Berg.» Dann hält er inne und schaut abwartend zu Scott.

«Ich kenne die Frau», sagt Scott ernst und fügt hinzu, «zumindest ist es ziemlich wahrscheinlich, dass sie es ist.»

John legt den Stift, den er bis eben noch in der Hand hielt, auf den Schreibtisch. Nun widmet er seine ganze Aufmerksamkeit den beiden Kollegen. «Oje. Kennst du sie gut?», fragt er.

«Mmmh», Scott überlegt, wie er darauf antworten soll. «Ich kenne sie», weicht er aus. «Im Übrigen ist der Fall noch kein Fall. Wir müssen noch abwarten, was passiert und ob etwas passieren wird. Noch hat es keine Übergaben gegeben, hat mir CJ gesagt. Allerdings, wenn es zu einer kommt – ja, dann kenne ich sie zu gut.» John wartet und lässt Scott dabei nicht aus den Augen. Scott weiß seinen Blick zu deuten und fängt an über Heidi zu erzählen, was von Belang sein könnte. Es fällt ihm schwer, an sie im Zusammenhang mit einem möglichen Fall zu denken. Er hat das Gefühl, er ziehe mit jedem Satz eine schöne Erinnerung in den Dreck. «Heidi Schmidt ist ihr Name und sie kommt aus Deutschland. Sie besitzt die Green Card, da ihre Mutter auf Oahu lebt und sie dort zur Schule ging.»

Johns Augen weiten sich und er verzieht seinen Mund: «Ahhh, du hast sie in deinem Hawaii-Urlaub kennen gelernt?»

«Yep», erwidert Scott. Er fühlt sich sichtlich unwohl, vor John sein Privatleben weiter auszubreiten und lenkt das Gespräch auf eine möglichst sachliche Ebene. «Ich habe ein besseres Foto von ihr. Wir müssen die Flughäfen in Vancouver und Seattle informieren.» Er zögert, ehe er den nächsten Schritt äußert: «Dann bin ich wohl draußen aus dem Fall.»

«Da liegst du richtig, Scott. Tut mir leid», sagt John und es ist ihm anzusehen, er meint es aufrichtig.

«Ich habe mittlerweile keinen Kontakt mehr zu ihr», murmelt Scott, «sollte das jemanden interessieren. Sie hat mittlerweile eine neue Telefonnummer. Ich kenne sie nicht – ich meine die neue Nummer.»

John nickt und schaut zu CJ. «Wirst du alles in die Wege leiten? Oder sollte Scott noch selbst die Flughäfen informieren? Was meinst du?»

CJ zieht die Schultern hoch, er will diese Entscheidung nicht fällen.

«Das kann ich ja noch machen», sagt Scott, «ich muss so oder so ein Foto raussuchen und dann könnte ich mit den Kollegen am Flughafen Kontakt aufnehmen.»

CJ schaut zu Scott und sagt dann an John gewendet: «Wegen des Falls. Ich informiere die Kollegen, dass sie auf kanadischer Seite weiter dran bleiben. Wir sollten darüber hinaus eventuell jemanden von uns in dem Fall einsetzen. Wenn sich herausstellt, dass sie es tatsächlich ist, dann wird der Fall international und wir sollten dranbleiben.»

John schüttelt energisch den Kopf: «Ich kann keinen von euch in die Berge oder nach Kanada schicken! Wir wissen ja nicht einmal, wann es nochmals stattfinden wird und ob überhaupt! Wie stellst du dir das vor?»

«Sie hat sicherlich ein Auto gemietet. Vielleicht können wir darüber mehr erfahren. Über die Autovermietung. Damit finden wir heraus, wann und wo sie den Wagen wieder abgeben wird», schiebt Scott nach. «Das sollte nicht allzu schwierig sein.»

«Gute Idee. Dann hätten wir tatsächlich ein Zeitfenster. Wenn sie es überhaupt macht. Okay. Wenn du mehr weißt, sprechen wir nochmals darüber. Vielleicht kannst du dir dann noch einen von unserem Team dazu holen. Und du Scott», John schaut ernst zu ihm, ehe er weiter spricht, «du machst ausschließlich die Flughäfen. Ist das klar.»

«Jawohl Sir», bestätigt Scott und geht alleine raus aus dem Büro. Er schließt die Tür hinter sich. Das ist ihm in seiner gesamten Laufbahn bisher noch kein einziges Mal passiert. Er fühlt sich elendiglich.

ZEHN KILO LEICHTER

Heidi und ihr Vater haben eine Stunde lang miteinander telefoniert. Er ist gesund. Es geht ihm gut. Das macht sie glücklich. Während es in Deutschland bereits der nächste Morgen ist, ist es bei ihr in Kalifornien mitten in der Nacht. In dem Motelzimmer ist es nun nahezu gespenstisch still, auch von der Straße ist kaum noch etwas zu hören. Doch in ihr ist alles laut und aufgewühlt, denn ihre Situation hat sich in nur sechzig Minuten vollkommen verändert.

Ihr Vater war wegen Corona, so wird das Covid-19-Virus in Deutschland genannt, sehr aufgebracht. Er hatte mehrmals versucht sie zu erreichen, war aber nie durchgekommen beziehungsweise hatte nur ihre alte Telefonnummer. Die Situation in Europa würde sich mehr und mehr zuspitzen und die Menschen würden zunehmend nervös, nahezu panisch, werden, sagte er. Die vielen Toten in Italien haben den italienischen Präsidenten Conte dazu veranlasst, die Maßnahme eines sogenannten 'Lockdowns' für das Land anzuordnen. Italiener dürften ihr Zuhause nur noch für lebensnotwendige Erledigungen, wie zum Beispiel für ihre Arztbesuche, Lebensmitteleinkäufe oder zur Arbeit verlassen. Für Italiener sei zurzeit die Reisefreiheit weitgehend eingeschränkt worden und öffentliche Versammlungen seien verboten. Hochzeiten, Taufen oder Feste müssten verschoben werden. Schulen, Kindertagesstätten und Universitäten seien ebenfalls zu. Im Prinzip stehe in Italien gegenwärtig das komplette Leben still. Von Frankfurt aus sind es nur ein paar Autostunden bis nach Italien. Heidi fällt es schwer, sich eine Ausnahmesituation wie diese vorzustellen. Wie kann es sein, dass es verboten wird, sich zu treffen oder zu verreisen? In Anbetracht dieser drastischen Maßnahmen kann sie die steigende Nervosität und sogar die Panik sehr gut nachvollziehen. Auch wenn die

Italiener Grenzen kontrollieren würden, erzählte ihr Vater weiter, keiner wüsste, worauf geachtet werden sollte. Eine Schlagzeile jage die nächste, die Medien verkündeten unentwegt neue Horrormeldungen und die sozialen Medien täten ihr Übriges. Keiner wisse, was zu erwarten sei und so betonte er nochmals, wie ernsthaft er sich um sie sorgte. Sie erzählte ihm wiederum, sie habe sich Gedanken um sein Wohlbefinden gemacht, deshalb habe sie sich bei ihm gemeldet. Er war erleichtert, denn es gehe ihm darum, sie so schnell wie möglich zurückzuholen. Deutschland habe ein gut funktionierendes Gesundheitssystem, er wollte sie bei sich wissen. Außerdem habe die Ausbreitung des Virus innerhalb Europas Präsident Trump dazu veranlasst, die Grenzen komplett dicht zu machen. Bereits jetzt dürfe fast niemand mehr von Europa aus in die Vereinigten Staaten fliegen. Sollten die Fluglinien ihre Flugzeuge nicht mehr voll bekommen, würde es, und wer weiß das schon, bald überhaupt keine Verbindung mehr geben. Sie müsse sofort heimkommen, flehte er sie verzweifelt an. So eindringlich hatte sie ihren Vater noch nie zuvor erlebt. Im Laufe des Gesprächs hat er sich wieder etwas beruhigt und zuletzt fügte er wie beiläufig hinzu, er habe vor ein paar Tagen mit Joe telefoniert. Er wisse jetzt, wie schlecht es um Karoline stehe. Er habe kurzerhand für das Heim die ersten drei Monate angezahlt. Er gestand ihr, er könnte es nicht ertragen, wenn ihre Mutter zuletzt ein erbärmliches Leben führen müsste. Dies erwähnte er nur wie beiläufig in ein paar wenigen Sätzen.

Für Heidi veränderte diese Aussage jedoch alles auf einen Schlag. Erst war sie irritiert, weil Joe ihr nichts davon gesagt hatte. Andrerseits war sie nicht verwundert, denn sie und Joe hatten die letzten Wochen nicht nur einmal miteinander heftig gestritten. Vielleicht wollte er sie deshalb mit einem schlechten Gewissen abreisen lassen, vermutet sie. Vieles ging ihr durch den Kopf. Doch eines war für sie klar und sie versprach es sofort ihrem Vater. Sie würde noch am Wochenende zurück nach Deutschland kommen. Nach dem Telefonat war sie aufgeregt und zugleich erleichtert. Sie muss Bro sofort benachrichtigen. Sie muss ihm zuvorkommen, ehe er ihr die Kontaktdaten von LA durchgibt. Und doch schafft sie es nicht, direkt nach diesem aufwühlenden Telefonat anzurufen. Sie zögert. Denkt sie an Joe, wird sie rasend vor Wut. Er hätte ihr so viel ersparen können, hätte er nur etwas davon ihr gegenüber erwähnt. Dieser Idiot, flucht sie innerlich vor sich hin. Das bringt sie nun auch nicht weiter. Mit großen Augen schielt sie auf die vergilbten Vorhänge und versucht ihre neue Situation vollkommen zu erfassen. Was bedeutet dies für sie und den Deal. Sie überlegt, wie und was sie Bro sagen könne, ohne ihn zu verärgern. Nochmals schweift ihr Blick über den kitschigen Sonnenuntergang, die ramponierten Möbel, die Bibel und den leicht gräulichen Plafond. Was hat sie sich doch für ein schlechtes Motel für diese wichtige Nacht ausgesucht. Einmal in ihrem Leben hätte sie sich eine bessere Unterkunft oder ein Hotel gönnen sollen, denkt sie angespannt. Am Rand ihres zu weichen Bettes sitzt sie unruhig und bekommt nicht genug Luft, weil sie die Klimaanlage bereits seit geraumer Zeit abgeschaltet hat. Sie getraut sich nicht, die Tür für mehr frische Luft oder zumindest für etwas Luftbewegung zu öffnen. Sie fürchtet immer noch diesen schmierigen Typen – wer weiß, womöglich geht er nochmals an ihrem Zimmer vorbei. Das ist ihr zu riskant.

Zum Glück spielt ihr der Zeitunterschied zu. Ihr Vater ist neun Stunden voraus, Julia und Bro zwei Stunden hinter ihr her. Sie sind also aller Wahrscheinlichkeit nach noch wach. Sie geht ans Waschbecken und lässt kaltes Wasser über ihre Handgelenke rinnen. Nach einer Weile spritzt sie sich das kühle Nass ins Gesicht. Sie blickt auf ihre dunklen Augenringe im Spiegel und streicht sich das Haar aus dem Gesicht, als sie ein Signal von ihrem Mobiltelefon hört. «Nein. Bitte nicht», flüstert sie und hechtet aufgeschreckt zu ihrem Telefon. Sie liest die Nachricht von Julia. ‹Bist du noch wach?› Sie atmet kurz durch, dann wählt sie sogleich Bros Nummer.

«Heidi?», fragt er und sie kann seine Überraschung an dem ungewohnten Tonfall erkennen.

«Ja ich bin es. Ich muss dir etwas Wichtiges sagen.»

«Warte», sagte er zu ihr und beendet seine Konversation mit Julia – zumindest kann Heidi ihre Stimme im Hintergrund wiedererkennen, obwohl er die Hand vor das Mikrophon hält. Sie versteht allerdings nicht den genauen Wortlaut. Sie fragt sich, ob die beiden in dem Moment gerade in Honolulu oder in Maunawili sind.

Endlich spricht Bro wieder zu ihr: «Was ist los, Heidi? Sage nur das Nötigste. Keine Details! Ist das klar?» Seine Stimme ist ungewöhnlich schroff.

Was hat sie erwartet? Ihr ist klar, er kann sich denken, dass irgendetwas nicht in Ordnung ist und von daher hält sie sich an seine Worte und sagt: «Mein Vater sagte mir, Amerika hätte die Grenzen wegen des Virus, wegen Covid, dicht gemacht. Ich muss sofort zurück nach Deutschland. Er hat außerdem das Heim für meine Mutter bezahlt. Ich muss nichts bezahlen. Ich brauche das Geld nicht mehr. Kannst du übernehmen?»

Am anderen Ende der Leitung ist es einen Augenblick still. Es ist eine Stille, die wie ein Schrei durch die Nacht schneidet – so angespannt erwartet Heidi seine Antwort. Sie hat unheimliche Angst, dass es bereits zu spät ist. Als sie das Telefon aus Nervosität nur noch zitternd in der Hand halten kann, spricht er zu ihr.

Er ist kurz angebunden. Seine Stimme ist laut und deutlich: «Alles klar. Muss jetzt alles neu organisieren. Machs gut.»

Er legt auf, lässt ihr keine Zeit sich zu verabschieden. Sie sitzt auf dem Bett und starrt auf das nunmehr dunkle Display ihres Mobiltelefons. Seine Nummer ist verschwunden, der Deal ist gelaufen. Was wird Bro jetzt nur von ihr denken? Was wird er mit Julia besprechen? Sie geht davon aus, dass ihre Freundin enttäuscht sein wird, vielleicht sogar wütend. Zuerst bittet sie sie um Hilfe, dann bläst sie alles kurz davor wieder ab. Hoffentlich wird sie ihr diesen Wankelmut jemals verzeihen. Zugleich spürt sie eine ungemeine Erleichterung. Sie atmet immer wieder tief durch, hat das Gefühl, ihr Atem beruhigt sich langsam von Atemzug zu Atemzug. Eine tiefe Schwere und Müdigkeit erfasst sie und sie legt sich erschöpft aufs Bett. Zieht die Decke über den Kopf, umfasst mit beiden Armen ihre Knie und beginnt sich wie ein Baby zu wiegen. Sie summt die Melodie eines ihrer Lieblingssongs von David Bowie 'This is not America, sha la la la la'. Sie wippt im Rhythmus und fühlt sich, als hätte man ihr eine schwere Last abgenommen. Sie fühlt sich um mindestens zehn Kilo leichter und schläft endlich ein.

SCHWERE LAST

Scott ist unruhig. Er kann dieses eigenartige Gefühl der Ohnmacht, bei dem Deal nicht dabei zu sein, nicht abschütteln. Seine Kollegen sind gewiss bereits auf dem Weg zum Mount Baker, wenn sie nicht schon direkt an der kanadischen Grenze im Einsatz sind. Er hat versucht CJ zu erreichen, er ging jedoch nicht ans Telefon. Eigentlich müsste er jeden Anruf jederzeit entgegennehmen. Entweder hat er keinen Empfang, was auf den Aufenthalt in den Bergen hinweisen würde oder er geht bewusst nicht ans Telefon, weil sie bereits auf den Spuren von Heidi sind. Er ist am Boden zerstört, Heidi so falsch eingeschätzt zu haben. Es grämt ihn, wie er sich nur so gravierend in einem Menschen, dem er so nahe war, getäuscht haben kann. Immer wieder fragt er sich, was er bei ihr übersehen habe. Er kann jedoch keine Hinweise oder Erklärung finden, weshalb sie so etwas machen würde.

Vergangene Nacht hatte er einen Albtraum. Alles um ihn herum war weiß und er fiel und fiel und fiel, ohne jemals irgendwo aufzuprallen. Sein Magen hatte sich bei diesem freien Fall gehoben. Ihm war den ganzen Traum über speiübel. Manchmal tauchten mit Schnee bedeckte Äste auf. Es waren dünne Ästchen und der pulvrige Schnee darauf sah aus wie glitzernder Puderzucker auf Weihnachtsplätzchen. Sie schienen sich, vor seinen danach greifenden Händen wegzubiegen, und er fuchtelte mit den Armen ins Leere. Schaffte er es dennoch eines festzuhalten, knickte es sogleich ab und er fiel weiter in eine schier endlose Tiefe. Der Pulverschnee staubte auf seinen Kopf, in sein Gesicht, auf seine Schultern, die Arme und Hände und zerstob in alle Richtungen. Während des Falls hörte er Heidi immerzu rufen: «Was ist nur los mit dir, alter Knabe?»

Was ist tatsächlich mit ihm los, denkt er an diesem Vormittag und schüttelt den Kopf über diesen weißen Albtraum. Wenn er nicht gleich etwas tun kann, dreht er noch durch. Das Warten macht ihn verrückt. Es ist schlimm genug für ihn, nicht einwirken zu können und stattdessen dem Lauf der Dinge zuzusehen. Er sehnt sich danach, endlich wieder die Kontrolle zurückzuholen, Herr der Dinge zu sein und gemeinsam mit seinem Team zu agieren. Er muss irgendetwas unternehmen, um sich abzulenken, beschließt er nachdem er eine Weile aus dem Fenster gestarrt hat. Vergangene Nacht hat es relativ viel geschneit und das Geländer seiner Terrasse ist bedeckt mit mehr als einer Handbreit Schnee. Das kommt ihm gelegen und er will sich sofort daran machen, die Einfahrt und seinen Wagen freizuschaufeln. Man kann nie wissen, ob er nicht doch noch zum Einsatz gerufen wird, motiviert er sich und zieht seine Winterstiefel an. Die Muse, in Ruhe zu frühstücken findet er ohnedies nicht und immer wieder auf sein Diensttelefon zu schielen und zu hoffen, eine Nachricht von CJ oder John vorzufinden, nervt.

Ausgerüstet mit Kehrbesen und Schneeschaufel geht er vor die Haustür und macht sich daran, die Schneemengen zur Seite zu schieben. Er blinzelt in den Schnee, der von der Sonne angestrahlt glitzert und blendet. Die frische Luft tut ihm gut. Er arbeitet konzentriert schnell. Nach nur einer Stunde ist er mit allen Wegen rund um sein Haus fertig. Immer noch kein Anruf. Immer noch kein Hunger. Er macht sich daran, die Einfahrt seines Nachbarn frei zu schaufeln. Kaum dass er damit angefangen hat, kommt Kevin vor die Haustür.

«Guten Morgen, Scott. Was ist los mit dir? Noch nicht genug geschaufelt?», fragt der Nachbar.

«Ich wollte mir den Gang ins Fitnessstudio ersparen. Was dagegen?»

«Kein Problem. Ich habe genug mit meinen zwei Kids zu tun. Apropos: Ben kommt vielleicht ein bisschen dazu und hilft dir. Wäre das okay?»

Scott freut sich über jede Ablenkung und nickt ihm zu.

Keine fünf Minuten später steht der Fünfjährige mit seiner Zipfelmütze vor ihm. Er hält die kleine Schneeschaufel mit seinen Fäustlingen fest umklammert und fragt, ob er helfen dürfe. «Da kannst du sicher sein. Ohne deine Hilfe schaffe ich das gar nicht.» Scott zeigt ihm, wie und wo er am besten schaufeln solle. Ben lässt sich das nicht zweimal sagen und ist im Nu mit seiner knallroten Schneeschaufel bei der Arbeit.

Kurze Zeit später kommt Kevin nochmals mit dem Baby in den Hof. Seine Tochter ist erst ein paar Monate alt und er hält sie in einer kuscheligen warmen Decke eingehüllt fest. «Das ist jede Menge Schnee für März», meint er. «Das machst du prima, Ben.»

«Schau mal, wie viel ich schon geschaufelt habe, Papa», verkündet Ben stolz und zeigt auf den kleinen Haufen vor ihm.

«Wo ist eigentlich deine Frau?», will Scott wissen.

«Die musste kurz zu ihrer Mutter. Sie wollte die Kids nicht mitnehmen. Sie meinte, es gehe schneller ohne.»

«Das kann ich mir gut vorstellen.» Scott stützt sich einen Moment lang auf die Schneeschaufel und schaut Ben beim Schaufeln zu. «Ich war manches Mal schon mit einem Kind vollkommen ausgelastet.»

«Ja. Meine Frau leistet wahre Wunder. Das merke ich immer dann, wenn sie einmal kurz wohin muss und mich mit den beiden alleine lässt.» Kevin fügt lachend an: «Meistens lässt sie sich dann gerne etwas mehr Zeit.»

«Kann ich ihr nicht verübeln. Sie ist bestimmt froh, zumindest am Wochenende eine kleine Pause von den beiden Rackern zu haben.»

Kevin nickt. «Ich gehe dann mal lieber wieder ins Haus. Ist doch ziemlich kalt für die Kleine.»

«Papa, kann ich bei Scott bleiben?», fragt Ben und hebt seine mit einem kleinen Haufen Schnee beladene Schaufel unter lautem Ächzen hoch, bis der Schnee nach und nach runterstaubt.

«Ist das für dich in Ordnung, Scott?», fragt er.

«Ben ist bei mir prima aufgehoben. Außerdem kann ich seine Hilfe gut gebrauchen», erwidert Scott, «so stark wie er ist.»

Kevin erwidert zu Scott mit einem Augenzwinkern: «Wenn's dir zu viel wird, schick ihn einfach rein.»

«Kein Problem.» Scott ist dankbar für die amüsante Abwechslung mit Ben. Und eine Zeit lang vergisst er tatsächlich auf sein Telefon zu achten. Die beiden schaufeln erst und schieben den Schnee von der Straße. Später sitzt der Junge nur noch im Schnee und gräbt ein Loch. «Bist du müde geworden?», fragt ihn Scott.

«Mmh», erwidert Ben und schleckt an einem unförmigen Schneeball, den er in seiner Hand hält.

«Wir haben alles geschafft. Ben, wir sind fertig. Fix und fertig! Prima, wie du geholfen hast.»

«Mmmh», gibt Ben müde von sich und steht auf. «Ich gehe jetzt zu meinem Papa», sagt er und will los.

Scott hält ihn am Kragen des Anoraks zurück und deutet auf seine kleine, rote Schneeschaufel auf dem Boden. «Die nimmst du besser wieder mit und lehnst sie an die Wand neben eurer Haustür. Schaffst du das?»

«Okay», antwortet er, greift nach der Schaufel und stapft damit zur Eingangstür.

Scott schaut Ben zu, wie er Mühe hat die Schaufel anzulehnen, ohne dass sie umfällt, und wie er danach im Haus verschwindet. Er hat ebenfalls genug von Schneeschaufeln und lehnt die eigene Schaufel und den Kehrbesen an die Wand neben seiner Eingangstür. Etwas entspannter von der Arbeit an der frischen Luft macht er sich nun frischen Kaffee und wärmt den vom Vortag übrig gebliebenen Pancake in der Mikrowelle auf. Kaum dass er sich setzt, kommen erneut Gedanken an seine Kollegen auf. Er schiebt eine Gabel Pancake mit geschmolzener Butter und Ahornsirup in den Mund und legt das Telefon neben sich auf den Tisch.

Sein Blick wandert über das Display und indem er einmal darauf tippt, sieht er eine erste Zeile einer Nachricht von CJ: ‹Sind auf dem Weg zum Mount...› Scott's Pulsschlag schnellt sofort nach oben. Er lässt die Gabel fallen und klickt ungeduldig darauf, um die komplette Textnachricht lesen zu können. ‹Sind auf dem Weg zum Mount Baker. Kanadische Kollegen haben sich gemeldet. Sage dir mehr, wenn wir zurückkommen. Oben kein Signal.› Er weiß die Information seines Kollegen zu schätzen. Hätte er ihm eigentlich nicht geben dürfen, er hat es aber trotzdem gemacht. Jetzt könnte er so oder so nichts mehr unternehmen. Wenn Heidi bereits zur Übergabe den Berg nach oben stapft, könnte er sie, selbst wenn er ihre Nummer hätte, nicht erreichen. Am liebsten wollte Scott den Mount Baker selbst hochfahren. Beim Gedanken an ihre bevorstehende Festnahme fühlt er sich jedoch zunehmend unwohl und kaut dabei unruhig in Gedanken lang auf dem Pancake herum.

Was könnte er noch tun, um die Zeit totzuschlagen? Sollte er zu Kevin, seinem Nachbarn, gehen? Hier sitzenbleiben fällt ihm schwer. Aufräumen? Um Himmels Willen – das kann er sich überhaupt nicht vorstellen. ›Border Security: America's Front Line› - eine Folge seiner Lieblingsserie schauen? Würde ihn auch nicht von seinen Gedanken abbringen. Oder gibt es etwas im Haus zu reparieren? Dazu kann er sich nicht aufraffen, auch wenn es genug im Haus zu tun gäbe. Am liebsten würde er laut grölend auf den Boxsack einschlagen. Gedacht – getan. Tatsächlich zieht er sich die Boxhandschuhe an und tobt sich damit aus. Er schmeißt sich mit beiden Fäusten in einen Kampf, der keinen realen Gegner benötigt. Er muss sich noch mehr verausgaben, muss alles rauslassen und der Sack tut seinen Dienst. Die Schweißperlen tröpfeln erst nur, später bahnen sie sich ein Rinnsal den Rücken und seinem Gesicht entlang nach unten. Eine halbe Stunde später hält er die Arme fest um den Sack und rutscht schlaff nach unten auf den Boden.

Er hat nicht damit gerechnet, dass ihm diese Situation derart zusetzen würde. Niedergeschlagen und außer Puste geht er unter die Dusche, hält für eine lange Zeit den Kopf unter den warmen Wasserstrahl. Die Wärme tut gut an diesem Morgen. Plötzlich beginnt sein Telefon auf der Ablage im Badezimmer zu vibrieren und sein Retro-Klingelton früher Festnetztelefone, den er bei eingehenden Anrufen eingestellt hat, geht mit allerhöchster Lautstärke los. Er wäscht oberflächlich den Schaum aus den Augen und hechtet raus aus der Dusche. Gerade schnell genug, sodass er den Anrufenden noch rechtzeitig erwischt.

STEIN AUF STEIN

Für die Rückfahrt nach Seattle hat Heidi mehr als einen Tag zur Verfügung. Sie macht längere Pausen und bleibt an Plätzen stehen, die ihr gefallen. Was für eine Erleichterung, nicht mehr unter Zeitdruck zu stehen. Außerdem muss sie nichts unternehmen, unauffällig zu bleiben. Entzückt betrachtet sie die wunderschöne Landschaft und genießt die Autofahrt entlang der Berge und des Meeres in Oregon und später wieder im Staat Washington. Als sie bereits auf der Autobahn am Stadtrand von Seattle entlangfährt, entscheidet sie sich zu einem Umweg über den Olympic Nationalpark. Sie denkt dabei unwillkürlich gut gelaunt an ihren Ranger. Sie biegt kurz entschlossen ab, denn sie möchte Scott unbedingt wiedersehen. Sie bedauert es nun, seine Kontaktdaten vor Monaten gelöscht zu haben. Mit seiner Nummer in der Hand wäre es um Einiges einfacher. Damals hatte sie jedoch seine Telefonnummer endgültig gelöscht, um nicht versucht zu sein, ihn anzurufen. Sie hatten damals den Kontakt übereinstimmend abgebrochen und sie kennt sich nur zu gut, das hätte sie niemals durchgehalten. In einem schwachen Moment hätte sie bestimmt zum Telefon gegriffen und seine Nummer gewählt. Spätestens zu dem Zeitpunkt, als sie ihr Mobiltelefon verlor. Nur um ihm zu sagen, sie habe nun eine neue Nummer, unter der er sie nicht anrufen solle. Sie sieht zwar noch immer keine Zukunft mit dem amerikanischen Ranger, fühlt sich aber unbeschwert und leicht. Sie wird es wagen.

Sie erinnert sich noch gut an den Namen des Nationalparks, in dem er arbeitete. Hoffentlich ist der Park nicht allzu groß und weiß jemand, wer Scott ist und wo er zu finden wäre. Sollte er nicht da sein, warum auch immer, dann sei es eben Schicksal, denkt sie bei sich. Dann habe sie in jedem Falle ein, zwei Tage, die sie in einem schönen Park verbringen könne. Stellt sie sich die Begegnung mit Scott vor, wäre ihr lieber, es würde zufällig passieren. Sie fühlt sich bei dem Gedanken unwohl, sich nach ihm erkundigen zu müssen. Immerhin hat sie damals die Initiative ergriffen, den Kontakt mit ihm abzubrechen. Und wer weiß, in welcher Situation er sich heute befindet? Vielleicht hat er eine neue Freundin und sie kommt ungelegen? Was sollte sie zu ihm sagen, wenn sie ihn sieht? Viel Zeit ist seit ihrer gemeinsamen Zeit auf Oahu vergangen. Wer weiß – vielleicht hat er sie bereits vergessen.

Trotz alledem genießt sie die Überfahrt mit der Fähre zu Bainbridge Island. Sie schaut über das Wasser und blickt auf Mount Rainier. Der mächtige Vulkan ragt schneebedeckt direkt von der Meeresoberfläche tausende Meter in die Höhe. Die Sicht auf ihn ist klar. Nur wenige Touristen sind bei der Kälte an Bord und sie liebt die Stille auf dem großen Schiff. Immer wieder denkt sie an ein Wiedersehen mit dem Ranger und wird dabei zunehmend aufgeregt. Vielleicht begegnen sie einander direkt am Anlegeplatz? Wer weiß, ob er sie wiedererkennt? Vielleicht sieht er nicht mehr so aus wie damals und sie erkennt ihn nicht. Möglicherweise kommt er auf sie zu, weil sie etwas Verkehrswidriges macht? Ihre letzte Vorstellung veranlasst sie zu grinsen. Andrerseits ist sie gleichzeitig von den Strapazen und den nervlichen Belastungen der vergangenen Tage und Monate ausgelaugt. Diese Kombination aus Müdigkeit und Adrenalinschub zerreißen sie förmlich.

Sie verlässt Bainbridge Island und fährt nach Port Angeles, wo sie ihr Auto auf dem nahezu leeren Gästeparkplatz abstellt. Aufgrund der schneidenden Kälte geht sie schnellen Schrittes und warm eingepackt in Mütze, Schal und Handschuhen ans Meer. Das gleichmäßige Meeresrauschen hat ihr schon immer gut getan. Als sie an dem Sandstrand ankommt und auf die eigenartig geformten Felsen im Wasser schaut, keimt eine tiefe Zufriedenheit in ihr auf. Der blaue Himmel, die eiskalte Luft, der salzige Geruch und dieser wunderschöne Anblick der schroffen Felsformen, machen ihr Hoffnung. Etwas, das sie in den vergangenen Wochen scheinbar verloren hatte. Sie schlendert am Wasser entlang und blickt immer wieder auf die kargen Felsen, die wie Mahnwachen aus dem Wasser ragen. Sie hat nach einer langen Zeit von Sorgen und Problemen endlich wieder eine Zukunft vor sich, die sie mit Zuversicht erfüllt. Sie spürt das Knirschen des feuchten Sands unter ihren Sohlen, und sie setzt sich auf einen an den Strand geschwemmten Baumstamm. Ihre Gedanken werden ruhiger. Schaut sie zur Seite, sieht sie spielerisch übereinander gestapelte Steine unterschiedlicher Größen. Besucher am Meer müssen diese flach geformten Steine so gelegt haben. In unterschiedlichen Höhen ragen unzählige Steintürme als Zeichen von Balance und Geduld nach oben. Heidi versucht ebenfalls einen Turm zu bauen und stellt fest, es sieht einfacher aus, als es ist. Immer wieder kippt ihr Türmchen um und sie startet einen neuen Versuch. Nach einer Weile gibt sie auf. Wäre es nicht so windig und kalt, sie würde es länger und mit mehr Ausdauer und neuer Gelassenheit probieren.

Die Sonne steht bereits tief am Horizont und sie möchte noch vor Einbruch der Dunkelheit bei ihrer nächsten Unterkunft eintreffen. Dieses Mal hatte sie mehr Zeit in die Auswahl eines guten Zimmers investiert. Die beiden kommenden Nächte wird sie in einem wunderschönen AirBnB verbringen, darauf freut sie sich. Sie geht zurück zu ihrem Wagen und fährt nochmals an der Ranger-Station vorbei. Sie überlegt nicht lang und betritt bestimmt das Blockhaus. Bei der uniformierten Frau am Informationstresen erkundigt sie sich nach Scott Hammersmith. Die Frau kennt ihn nicht. Heidi fragt nach dem Namen des Rangers in diesem Nationalpark. Nun deutet die Frau auf sich und ihren Kollegen im Raum. Heidi schaut erst zu ihm und dann zu ihr. Sie ist verwirrt. Er sollte doch hier arbeiten, denkt sie. Unsicher sucht sie mit ihren Blicken im Raum nach Halt. Ihr Plan gerät ins Wanken und der Boden unter ihren Füßen ist mit einem Male nicht mehr so stabil wie eben noch. Verlegen bedankt sie sich bei den beiden und kauft eine Postkarte, so als wolle sie die Frage nach Scott damit vergessen machen. Außerdem nimmt sie einen Plan des Parks mit. Sie versucht mit übertriebener Freundlichkeit zu vertuschen, wie enttäuscht sie ist.

Irritiert geht sie zurück zu ihrem Wagen. Vermutlich hat Scott ihr irgendeine Geschichte erzählt. Sie kann sich allerdings nicht erklären, weshalb er es getan haben sollte. Vielleicht sagte er es nur zu ihr, um das Tragen seiner Schusswaffe zu rechtfertigen? All seine Erzählungen und Geschichten stellt sie nun mit einem Male in Frage. Sie weiß, auf den hawaiischen Inseln sind Waffen nicht erlaubt. Weshalb trug er überhaupt eine Waffe? Was hatte er zu verbergen? Er hat sich bei seinen Lügen nichts anmerken lassen und Heidi fühlt sich betrogen. Was war sie doch für eine dumme, einfältige, verliebte Frau, die nie an irgendetwas zweifelte! Sie ärgert sich über ihre Gutgläubigkeit und findet es schade, wie unehrlich er ihr gegenüber gewesen ist.

Sie macht einen tiefen Atemzug. Die kalte Luft klärt ihren Trübsinn und sie bemüht sich, wieder in die gute Stimmung von eben noch zuvor zurückzukommen. Ihr gehe es doch gut in ihrer neu gewonnenen Freiheit. Ihr Vater hat das Heim angezahlt. Sie muss nicht mehr mit Drogen oder irgendeinem dreckigen Geld über die Schneeberge gehen. Alles ist um so viel leichter geworden. Gedanklich hakt sie Scott nun endgültig als einen Urlaubsflirt ab. Ihr wird klar, sie werde seine wahre Geschichte niemals erfahren. Bald ist sie wieder in Europa und wird ihn vergessen. Sie tröstet sich damit, zumindest einem zweiten dramatischen Abschied entkommen zu sein und fährt zu ihrer schönen Unterkunft am Meer im Staate Washington.

EIN STEIN KOMMT INS ROLLEN

«Ja?», schreit Scott regelrecht in den Hörer. Das Wasser trieft von seinem Körper nach unten auf den gefliesten Boden. Verkrampft hält er den Hörer mit einer Hand, während er sich umständlich mit dem Handtuch in der anderen Hand abzutrocknen versucht.

«Spreche ich mit Scott Hammersmith, Homeland Security Investigations?»

«Ja. Ja! Am Telefon», bestätigt er laut und aufgeregt.

«Hier ist SEATAC, Grenzkontrolle. Frau Heidi Schmidt aus Deutschland ist bei uns.»

Scott setzt sich auf den Rand der Badewanne, er glaubt seinen Ohren nicht zu trauen: «Sind Sie sich da ganz sicher?»

«Jawohl Sir. Das Bild und die Informationen stimmen überein und die Frau wohnt in Frankfurt am Main.»

Scott hält den Hörer zitternd in der Hand. Er erwidert, einer vom HSI werde zum Flughafen kommen. Egal ob ihr Flug in der Zwischenzeit weg sein würde oder nicht. Sie müsse in jedem Falle vor Ort warten.

«Können wir ihr mehr sagen?»

Scott verneint und legt auf. Eigentlich dürfe er selbst nicht nach Seattle fahren, überlegt er. Er wäre längst draußen aus dem Fall. Er trocknet sich in Gedanken daran weiter ab, zieht seine Jeans und ein Hemd an. Ohne zu zögern nimmt er den Gurt mit der Waffe und seine Dienstmarke. CJ und die anderen müssen eine andere Person im Visier haben. Das könne unmöglich Heidi sein, soviel weiß er jetzt. Es müsse einen anderen Dealer in den

Bergen geben. Eigentlich, überlegt er weiter, wäre sie somit unschuldig. Er wählt ohne längeres Zögern die Nummer seines Vorgesetzten. «Hey John. Ich bin's. Scott», er zieht den Atem rein, ehe er weitersprechen will.

«Wollte dich auch gerade anrufen», überrascht ihn John mit seiner Antwort. Scott wartet, bis er von seinem Vorgesetzten mehr hört. «Ich habe vor einer Stunde die Nachricht erhalten, der Mietwagen wäre zurück gebracht worden. Von dieser Frau Schmidt persönlich, hat man mir gesagt. Direkt am Flughafen in Seattle. Ich wollte noch abwarten …»

«Das stimmt mit meinen Informationen überein. Die Grenzkontrolle von SEATAC hat sich eben bei mir gemeldet. Sie sitzt da und wartet auf einen von uns. Sie ist raus aus dem Fall. Ich fahre nach Seattle», sagt er ohne lange herum zu reden.

«Klingt ganz danach. Und ja, kannst du machen, alter Knabe.»

«Verdammt noch einmal! Warum nennt mich eigentlich jeder alter Knabe? Ist das ein beschissenes Wettspiel unter euch», Scott ärgert sich obwohl ihm ganz andere Gedanken dabei durch den Kopf gehen.

John lacht sein tiefes rollendes Lachen. Dann antwortet er immer noch lachend: «Na ganz einfach. Weil du dich am meisten darüber aufregst. Und weil du, alter Knabe, noch immer kein einziges graues Haar hast! Da wollten wir doch ein bisschen nachhelfen.»

Scott weiß ausnahmsweise nichts darauf zu erwidern und verdreht nur seine Augen.

«Nun fahr schon endlich, alter Knabe! CJ und Steve sind am Mount Baker. Sie haben sich kurz per Text bei mir gemeldet. Sie ist raus aus dem Fall. Mach es der deutschen Lady aber nicht zu einfach! Verstanden?»

SO MUSS ES SEIN ...

Aufgeregt vor einem baldigen Wiedersehen mit ihrem Vater, zieht sie den Koffer hinter sich zum Lufthansa-Schalter am Flughafen in Seattle. Sie legt ihren Reisepass und ihr Mobiltelefon mit der digitalen Bordkarte auf den Schaltertisch. Dabei lächelt sie und ist glücklich wieder einmal Deutsch zu sprechen. «Frau Schmidt?», spricht sie die uniformierte Frau am Check-In-Schalter an. «Ich habe eine schöne Nachricht für Sie», sagt sie mit freundlicher Mimik. «Wir freuen uns, Ihnen ein Upgrade für den Flug nach Frankfurt in die Premium Economy zu geben. So können Sie das einmal ausprobieren und wer weiß, eventuell möchten Sie es ja dann auch bei Ihrem nächsten Flug selbst gerne buchen.»

«Oh! Das ist aber schön», bedankt sich Heidi. Sie habe die Sitzreihen der besseren Klasse schon öfters gesehen und wolle es gerne einmal ausprobieren, erwidert sie. Nach all der schweren Zeit hat sie den Eindruck, alles wird von nun an besser werden. Der Koffer wird eingecheckt und sie geht beschwingt mit ihrem kleinen Rucksack zur Sicherheitskontrolle. Dort wird sie von einer langen Warteschlange überrascht. Den Monat März hat sie nicht als große Reisesaison vermutet. Eine Gruppe Asiaten geht direkt an ihr vorbei, vorneweg eine Frau mit Fähnchen. Alle tragen einen Mund-Nasenschutz. Asiaten tragen es, um andere nicht anzustecken, weiß Heidi und dennoch bereitet ihr dieser Anblick Unbehagen. Bei den vielen Menschen mit Gesichtsmasken muss sie unwillkürlich an irgendwelche Science Fiction-Filme denken, in denen Umweltkatastrophen passieren oder

Attacken aus dem Weltall. Dann fällt ihr jedoch ein, dass diese Passagiere, vermutlich wie sie, wegen Covid zurück in ihre Heimat wollten. Wer weiß, was sie zuhause erwarten wird. Vielleicht wird sie ebenso schon bald mit einer Maske herumlaufen müssen. Der Gedanke an diese Möglichkeit lässt sie schaudern. Geordnet stellen sich die Asiaten hinter der Reiseführerin mit dem Fähnchen und direkt vor Heidi an. Nun wird es an der Sicherheitskontrolle voraussichtlich noch länger dauern.

Tatsächlich kommt sie erst eine Stunde später an einen ersten Schalter für Dokumentenkontrolle. Sie ist froh, bereits so früh am Flughafen gewesen zu sein und keinen größeren Zeitdruck zu haben. Der junge Beamte mit Brille lächelt sie an und fragt, wie es ihr gehe. Sie erzählt ihm fröhlich, endlich wieder zurück nach Deutschland zu fliegen, sie sei lange Zeit in Amerika gewesen und freue sich auf den Heimflug. Er nickt, schaut ihren Reisepass an, schaut auf den Monitor seines PCs, schaut wieder auf den Pass. Sein Lächeln verändert sich zu einer ernsten Mimik und er schiebt ihren Reisepass zu seinem Kollegen, der direkt neben ihm die Passagiere kontrolliert. Irgendetwas scheint nicht in Ordnung zu sein. Sie würde gerne hören können, was die beiden in diesem Moment besprechen, aber sie möchte andrerseits nicht zu nahe an sie herantreten und neugierig erscheinen.

Dann wendet sich der Mann mit ihrem Pass in der Hand erneut an sie: «Warten Sie einen Moment, Frau Schmidt. Am besten bleiben Sie direkt hier an der Seite stehen und warten, bis ich wiederkomme», sagt er und verlässt den Kontrollposten mit ihren Dokumenten in der Hand. Heidi bemerkt, wie ihre innere Ruhe mit einem Schlag vorüber ist. Was ist es nur, dass er sie nicht weitergehen lässt? Haben sie etwas von ihrem geplanten Kurierauftrag erfahren, schießt es ihr als erstes durch den Kopf und ihr wird heiß dabei. Haben sie womöglich Bro verhaftet und er hat ihren Namen genannt? Haben sie Julia in Oahu nach ihr befragt? Ihre Beine beginnen zu zappeln, sie kann kaum ruhig stehen bleiben. Sie schaut unruhig zu dem zweiten Kollegen an der Dokumentenkontrolle, an die Einweiser, zwischendurch auf ihre Armbanduhr und auf die anderen Passagiere, die nun einer nach dem anderen an ihr vorbeigehen und abgefertigt werden. Der Mann mit ihrem Reisepass ist schon länger als fünf Minuten weg und sie fühlt sich alles andere als gut. Als sein Kollege am Nebentisch einen Moment lang keinen Flugpassagier vor sich hat, wagt sie es, ihn zu fragen: «Stimmt etwas nicht mit meinem Reisepass?», fragt sie mit piepsend leiser Stimme.

Der Mann mit dem Vollbart schaut zu ihr. Er hat sie nicht verstanden und sie wiederholt die Frage etwas lauter. Ohne auf ihre Frage einzugehen, ruft er den nächsten Passagier zu sich. Er äußert sich lediglich mit dem nochmaligen Hinweis, sie müsse warten, sein Kollege werde gleich wieder da sein. Noch einmal vergehen fünf Minuten oder vielleicht sind es auch zehn. Heidi spürt die Blicke der Passagiere in der Warteschlange auf sich und nun bekommt sie es mit der Angst zu tun. Unzählige Gedanken gehen ihr durch den Kopf und sie weiß keine Antworten darauf.

Endlich kommt der junge Dokumentenkontrolleur mit der Brille in schnellem Schritt zurück an seinen Schalter. Seine kurzen Haare, die leicht nach oben gewellt sind, wippen im gleich schnellen Rhythmus. Dieses Mal wird er jedoch von zwei schwerbewaffneten Polizisten begleitet. «Frau Schmidt?», wird sie mit fester Stimme von einem der Polizisten angesprochen. Sein Haar ist kurz und wippt nicht.

Eingeschüchtert reagiert sie mit einem leisen: «Ja, Sir?»

«Kommen Sie bitte mit uns ins Büro. Es gibt noch etwas zu klären.»

Heidi erwartet sich mehr Informationen von demjenigen, der ihre Dokumente überprüft hat, er zuckt jedoch nur mit den Schultern. An den ungerührten Gesichtsausdrücken der Polizisten kann sie erkennen, mehr Antworten werde es in dem Moment nicht geben. Stattdessen sagt sie: «Okay. Mein Flug geht in etwa einer Stunde. Wenn wir es bis dahin schaffen? Kein Problem.»

Wieder keine Antwort.

Ihr bleibt nichts anderes übrig und sie trottet zwischen den bewaffneten Männern mit. Sie spürt die neugierigen Blicke der Passagiere auf sich sowie eine größere Aufmerksamkeit der Angestellten an der Sicherheitskontrolle, die sie nun bevorzugt vor allen anderen abfertigen. Heidis Gesicht glüht in Schamesröte. Noch nie hat sie sich an einem Flughafen derart verunsichert gefühlt.

Im Büro der Grenzschutzpolizei sitzt ein Mann mittleren Alters mit arabischem Aussehen auf einem der Stühle vor dem Schalter. Seiner Haltung nach zu schließen, der Rücken rund, der Blick leer, scheint er schon längere Zeit zu warten. Der Beamte hinter dem Schalter weist sie an, ebenfalls auf einem der Stühle Platz zu nehmen, sie müsse warten. Zögernd setzt sie sich und schaut sich um. Es ist nur ein schmaler Raum mit ein paar kargen Stühlen. Auf einem sitzt sie, auf dem anderen der Mann. Die Polizisten bewegen sich hinter einem anderthalb Meter hohen Tresen. Immer wieder schaut sie auf die Uhr und erst nach mehreren, gefühlt endlosen, Minuten des Wartens, wagt sie es doch noch einmal, eine Frage zu stellen: «Was passiert jetzt mit mir?», fragt sie den Polizisten, der hinter dem hohen Schalter an seinem Schreibtisch sitzt.

Er sieht kurz zu ihr hoch und sagt, sie würden auf jemanden von HSI warten.

«HSI?», wiederholt sie fragend.

«Homeland Security Investigations», antwortet der Beamte, der nun ihren Reisepass und ihre Greencard in seinen Händen hält.

«Ääähm, ich weiß was HSI ist», erwidert sie langsam. «Stimmt etwas nicht mit meiner Greencard?»

«Frau Heidi Schmidt, wir wissen nicht, worum es konkret geht. Sie müssen warten, bis HSI kommt.»

«Wird es noch lange dauern?», nun fühlt sie eine Panik hochkommen. Ihr Flug geht in vierzig Minuten, das Einsteigen hat wahrscheinlich schon begonnen. «Ich möchte meinen Flug nicht verpassen», sagt sie nunmehr etwas lauter.

Wieder keine Antwort.

Sie lässt sich ergeben auf den Stuhl sacken. Wenn die Behörden es einmal auf jemanden abgesehen haben, sollte man sich besser zurückhalten, sonst würde es noch länger dauern. Die Greencard könne schneller weg sein, als man denkt, erinnert sie sich an die mahnenden Worte ihrer Mutter. Sie hatte einmal Probleme an der Grenze und wurde stundenlang am Flughafen festgehalten. Heidi weiß noch, wie aufgebracht ihre Mutter damals war. Später stellte sich heraus, dass eine Namensgleichheit ihr diese elendslange zusätzliche Kontrolle beschert hatte. Ihre Mutter war jung und ihre Wut hatte ihr mehr geschadet als genutzt. So sitzt Heidi heute auf diesem harten, unbequemen Stuhl und denkt an das Erlebnis ihrer Mutter, das sie schon glaubte vergessen zu haben. Der Name Schmidt ist kein Glücksbringer. Zu viele haben den gleichen Namen. Mit ihrem eigenen Vornamen ist sie zumindest etwas besser dran. Der Name ihrer Mutter, Karoline Schmidt, hingegen kommt extrem häufig vor. Sie kann die aus Zorn geröteten Wangen ihrer Mutter regelrecht vor sich sehen und hofft, bei ihr selbst werde es schneller vorangehen.

Auf der letzten Etappe ihres Heimflugs nach Deutschland kommt nun doch wieder das mulmige Gefühl hoch, ihre Mutter zurückzulassen, sie im Stich zu lassen. Auch wenn sie weiß, mehr könne keiner zurzeit für sie tun, fühlt sie sich schuldig. Viel einfacher wäre es, wenn ihre Mutter gesund wäre und unterrichten könnte, so wie damals vor zwei Jahren. Das Leben könnte so viel leichter sein. Sie seufzt leise über ihre unwirklichen Sehnsüchte. Ihrem Vater ist sie dankbar, dass er ihr zumindest diese große finanzielle Belastung abgenommen hat. Ihr schlechtes Gewissen bleibt jedoch bestehen. Das muss sie selbst aushalten. Um nicht ständig über ihre Eltern nachzudenken und dabei auf die schmucklose digitale Wanduhr zu starren, beschließt sie, sich mit einem Buch abzulenken. Sie zieht das Taschenbuch aus dem Rucksack und beginnt darin zu blättern. Es ist ein Krimi, der in Frankfurt spielt. Es gefällt ihr, über die vertrauten Ecken ihrer zweiten Heimatstadt zu lesen. Sie hat zum Teil die Straßen vor sich und erkennt sogar das eine oder andere Geschäft im Text. Und obwohl das Buch unterhaltsam ist, kann sie sich nur schwer auf die Handlung konzentrieren. Und so passiert es, dass sie wiederholt dieselben Zeilen liest, während ihre Gedanken um den immer näher rückenden Abflugtermin kreisen. Nach nur wenigen Seiten schiebt sie den Roman wieder zurück in den Rucksack und lässt es bleiben. Nur noch zwanzig Minuten, fährt es ihr wie ein Schock durch die Glieder beim Blick auf die Uhr. Sie geht noch einmal zum Schalter hin.

Der Polizist schaut zu ihr hoch. «Wie kann ich Ihnen helfen?», fragt er sie.

«Warum darf ich nicht zu meinem Abflug?», fragt Heidi freundlich.

«Ich kann nur das sagen, was ich ihnen bereits erklärt habe. Ein Kollege vom HSI...»

«Ich weiß – aber wie lang wird das noch dauern?», unterbricht sie ihn.

«So lang, wie es eben dauert. Es ist Sonntag und die Agenten haben nicht den ganzen Tag hier am Flughafen auf sie gewartet.»

Sie schaut erwartungsvoll zu ihm und hofft, er werde nun eventuell doch etwas konkreter mit seinen Ausführungen. Er ist jedoch schon wieder mit anderen Dingen auf seinem Schreibtisch beschäftigt. «Kommt dieser HSI-Agent aus Seattle?», fragt sie unterdessen und lehnt sich über den Schalter, um ihm in die Augen sehen zu können.

«Setzen Sie sich, Frau Schmidt. Sie müssen warten», seine Stimme wird härter. Sie weiß jetzt, er wird ihr nichts mehr sagen und sie wird ihren Flug verpassen.

«Würden Sie bitte am Gate Bescheid geben, dass ich den Flug nicht schaffe? Weil ich hier bin!», gibt sie frustriert von sich.

Endlich schaut er sie an. Er zögert einen Moment, dann fragt er sie nach ihrem Abfluggate. Sie zieht ihr Mobiltelefon aus der Jackentasche und nennt es ihm. «Ich rufe am Gate an. Setzen Sie sich.»

Heidi murmelt vor sich hin, dass sie dann wohl heute nicht mehr fliegen werde und spürt eine erste Träne auf ihrer Wange. Der schöne Sitzplatz fliegt ohne sie! Sie muss unbedingt ihren Vater benachrichtigen. Nur was soll sie ihm sagen, sie weiß ja selbst noch nicht, warum ihr das alles widerfährt. Sie wird noch einen Moment abwarten, danach erhofft sie sich, ihrem Vater eine neue Ankunftszeit durchgeben zu können. Sie googelt, ob noch ein zweiter Flug nach Frankfurt gehen würde. Nur noch indirekte Flüge, stellt sie nach einer Weile frustriert fest. Ihr Blick wandert über zwei Fotos seitlich an der Tür – eine Frontalaufnahme eines Mannes und daneben nochmals das hässliche Gesicht von der Seite. Seine Augen sind viel zu nahe beieinander, die Nase in Form einer Knolle und die Lippen sehr schmal. Sein dünnes Haar liegt in Strähnen exakt gescheitelt über die tiefen Geheimratsecken. Darunter steht ein Text, er sei ein gefährlicher, unberechenbarer bewaffneter Mann. Er habe bereits zwei Frauen ermordet. Na toll, denkt Heidi bei sich, da wäre sie ja in bester Gesellschaft, sollte er hier später auftauchen. Und wieder sitzt sie auf dem harten Stuhl. Mehr zu sehen gibt es in dem Raum nicht und so schaut sie sich stattdessen lieber Fotos auf ihrem Mobiltelefon an. In einem ihrer Alben sind Aufnahmen von Julia und Bro vom letzten Grillabend. Sollte sie die Fotos von Bro löschen, fragt sie sich. Doch dann wiederum verwirft sie diesen Gedanken. Julia ist ihre beste Freundin auf Oahu. Sie war es zumindest noch bis vor ein paar Tagen. Was sie jetzt von ihr halte, kann Heidi nicht einschätzen und sie scheut davor zurück, sich genauer damit auseinanderzusetzen. Sie kann sich im Moment überhaupt nicht vorstellen, wann sie wieder auf Oahu sein werde. Hofft aber, Julia werde ihr bis dahin verziehen haben. Vielleicht kauft Bro seiner Freundin mit dem unerwarteten Geld etwas Schönes. Auf jeden Fall wolle sie die Fotos nicht löschen, beschließt sie, denn sie könne es ohnedies nicht abstreiten, die beiden zu kennen. Warum sollte sie das verheimlichen. Sie hat nichts Unrechtes getan. Noch nicht. In diesem Warteraum ist sie zurzeit unendlich erleichtert, das Geld von dem Deal nicht dabei zu haben und die Typen in LA nicht getroffen zu haben und keine Drogen über den Berg geschleppt zu haben. Alleine bei den Gedanken an diesen 'Beinahe-Kurierdienst', wird ihr übel.

Nun ist es bereits eine Stunde nach ihrer Abflugzeit und sie sitzt immer noch auf demselben ungemütlichen Stuhl. Sie hat das Upgrade in die bessere Klasse verpasst, grämt sie sich und mit der Zeit verspürt sie Hunger, ihr Magen knurrt. Heidi ist von dieser schleppenden Kontrolle und Geheimniskrämerei nur noch genervt und hofft, alles würde möglichst bald vorüber sein. Der Mann, der ebenfalls auf einen dieser unbequemen Stühle neben ihr saß, wurde in der Zwischenzeit abgeholt. Er musste, soweit sie es richtig verstanden hat, wieder zurück nach Islamabad fliegen. Sie würde maximal zurück nach Frankfurt geschickt werden. Dahin möchte sie so oder so, denkt sie und stützt das Gesicht trotzig in beide Hände.

Mit einem Male hört sie mehrere männliche Stimmen hinter dem Schalter und die Atmosphäre verändert sich bemerkbar. Es wird gelacht, es wird durcheinander gesprochen, jemand scheint durch den rückwärtigen Eingang hinzugekommen zu sein. Heidi hofft, es ist der Typ von HSI und alles werde sich in Wohlgefallen auflösen. Sie steht auf und möchte sehen, was sich im hinteren Bereich des Büros tut. Der Beamte steht ebenfalls auf, kehrt ihr den Rücken zu und verschwindet im anderen Büroraum. Sie verdreht die Augen. Was ist denn nur mit denen los? Sie ist genervt. Sie ist müde. Sie ist hungrig, ergo sie ist schlecht gelaunt. Sie könnte einfach nur 'verdammte Scheiße' schreien. Sie tut es aber nicht, dreht sich um, da sie ohnehin nichts durch die angelehnte Tür sehen kann, und setzt sich zum hundertsten Mal auf den unbequemen harten Stuhl.

«Frau Schmidt!», der Beamte ruft laut nach ihr.

Heidi springt wie von der Tarantel gestochen auf, der Rucksack fällt zu Boden. Sie kümmert sich nicht darum und erwartet vor dem Schalter endlich eine Antwort auf ihre Situation. «Ist er da? Oder ist sie da?», fragt sie und hofft, es wäre kein falscher

Alarm. Sie spürt eine Bewegung am Eingang und ihr Blick springt in diese Richtung.

«Heidi Schmidt. Was für eine Überraschung.»

Jetzt bleibt ihr bei dem Anblick des Mannes beinahe der Atem stehen. Sie starrt auf Scott Hammersmith und weiß nicht, was sie denken soll. «Verdammte Sch...! Was machst *du* denn hier?», ist alles was sie rausbringt.

«Na. Na. Na. Das Fluchen hast du zumindest noch nicht ganz verlernt», er grinst sie bis über beide Ohren an.

Was soll das, denkt sie.

«Kann ich mich mit Frau Schmidt ungestört in einem Raum unterhalten?», wendet er sich fragend an den Beamten.

«Ja. Sir. Wir haben einen separaten Raum für Befragungen. Der Beamte wird sie dahin begleiten», antwortet er.

Heidi hebt zittrig aufgeregt ihren Rucksack vom Boden auf. Scott nimmt ihren Reisepass und ihre Greencard entgegen und sie verlassen nun zu dritt diesen unglückseligen Warteraum. Scott und der Beamte gehen voraus und sagen kein Wort zu ihr, sondern unterhalten sich miteinander. Ihr fällt in diesem Moment nichts ein zu sagen und so trottet sie wieder einmal mit. Nur dieses Mal ohne hoch aufgerüsteten Begleitschutz mit Maschinengewehren. Ihre Gefährlichkeit scheint nicht mehr so hoch eingestuft zu werden, so ihre Vermutung. In dem Raum angekommen, werden sie und Scott alleine gelassen. Er setzt sich an die eine Seite des Tisches und da sie nicht stehen bleiben möchte, bleibt ihr nur der zweite Stuhl, auf den sie sich nun setzt. Sie empfindet ihn als autoritär, beinahe unfreundlich und wird nun doch leicht verunsichert. Was macht er hier? Was für eine Rolle hat er beim HSI? Was wird er sie gleich fragen? Und was weiß er? Sie beschließt, nichts zu sagen und abzuwarten.

Scott räuspert sich. Er hat während seiner ganzen Fahrt zum Flughafen überlegt, was er Heidi sagen werde. Bei ihrem Anblick jedoch, scheint alles wie weggefegt zu sein. Es fällt ihm schwer, ihr gegenüber den harten Kerl zu mimen. Er denkt an Johns

Worte, er dürfe es ihr nicht zu einfach machen. Gesagt – getan. Er beginnt das Gespräch direkt mit einem Angriff. «Was hast du auf dem Mount Baker gemacht? So ganz alleine? Den Berg rauf, den Berg runter.»

Wie kommt er nun darauf? Was weiß er? Scott müsse ihr den Schock ansehen, denkt sie panisch. Er weiß alles! Damit hat sie nicht gerechnet. Sie stammelt: «Ich war im Schnee.» So etwas Dummes zu antworten, könne auch nur ihr einfallen. Dann denkt sie an Frankfurt und mit einem Male fällt ihr die nächste Lüge etwas leichter: «In Frankfurt gibt es niemals so viel Schnee. Du hast mir immer von diesen Bergen mit meterhohem Schnee erzählt. Das wollte ich mir anschauen. Ich wollte diese Schneemassen selbst sehen und erleben.» Sie schaut ihn abwartend an. Wird er ihr glauben?

Er grinst über ihren Versuch einer Ausrede und wird nun doch persönlich mit seiner nächsten Frage. Oder ist es eher ein Vorwurf? «Und warum hast du mich nicht angerufen?»

«Und warum bist du nicht der Ranger im National Olympic Park?» Sie hat ihn kalt erwischt, denkt sie mit einem leicht souveränen Gefühl. Jetzt ist er verunsichert. «Ich war dort. Bloß keiner hat jemals von einem Herrn Scott Hammersmith gehört. Sie kennen dich dort überhaupt nicht», setzt sie nach. Soll er mal sagen, wer hier der Lügner ist, denkt sie mit einer gewissen Genugtuung.

Scott ist durch die Gegenfrage irritiert. Hat sie ihn tatsächlich dort besuchen wollen? Er kann ihr keine Vorwürfe machen, denkt er, er hatte sie auf Oahu angelogen. Seine Taktik gerät ins Wanken. Er entscheidet sich zu einer Gegenfrage: «Ich habe dich angerufen. Deine Telefonnummer gibt es nicht mehr.»

«Wenn du als Special Agent beim HSI arbeitest, wie es sich eben herausgestellt hat, dann ist es gewiss nicht schwierig, meine Nummer zu erkundigen.» Nun ist sie sauer, weil sie wegen ihm ihren Flug verpasst hat.

«Für private Angelegenheiten nutzen wir unsere Recherchemöglichkeiten nicht. Wir haben Wichtigeres zu tun», erwidert er. Was bildet sie sich überhaupt ein, denkt er.

«War das jetzt alles ein privater Coup? Oder gibt es einen triftigen Grund, weshalb du mich hier festhalten hast lassen? Meinen Flug habe ich schon verpasst», reagiert sie schnippisch. Sie weiß immer noch nicht, weshalb er sie hier festhält und schaut ihm fest in die Augen.

«Da hast du Recht. Es gibt einen triftigen Grund, wie du es so schön benennst. Es ist ausschließlich dienstlich.» Scott setzt sich nach vorne und fixiert sie mit seinem Blick. Er möchte von ihr die Wahrheit wissen. Diese Geschichte über einen netten Ausflug in den Schnee könne sie sonst jemandem erzählen. Das nimmt er ihr nicht ab. Da steckt mehr dahinter. Er räuspert sich: «Wir wissen aus sicherer Quelle, du hast etwas mit einer Drogenlieferung zu tun. Du solltest Koks abliefern und dafür Geld entgegen nehmen. Ist das so? Heidi Schmidt?» Scott verzieht keine Miene. Er schaut sie ernst an und kann ein leichtes Flackern in ihren Augen entdecken.

Was sagt sie ihm jetzt? Ihre Knie werden sogar beim Sitzen weich. Sie kann doch Bro nicht verraten! Sie hat Angst. Was genau weiß er? Er wird sie doch deswegen jetzt nicht einsperren? Sie muss versuchen, es zu erklären, ohne zu viel zu sagen. «Ich habe es machen wollen. Meine Mutter. Das Heim meiner Mutter», beginnt sie stammelnd. Sie spürt Tränen über ihre Wange rinnen. Sie ist dabei, ihre Fassung zu verlieren: «Ich wollte ihr den Aufenthalt im Heim ermöglichen. Bei Joe kann sie nicht bleiben. Das weißt du genauso gut wie ich. Ich wollte ihr helfen. Ich hatte es vor. Aber dann habe ich es mir anders überlegt.» Sie bemerkt eine brennende Hitze in ihrem Gesicht, doch jetzt ist ihr alles egal. Sie möchte, dass alles vorüber ist. Soll er sie doch verhaften. Soll er sie abschieben. Sie kann nicht mehr. Sie hat letztendlich nichts Schlimmes getan. Sie hat kein Verbrechen begangen.

«Was hat dich zu diesem Sinneswandel gebracht?», Scott ist erleichtert, sie lügt ihn nicht länger an.

«Mein Papa hat das Heim bezahlt. Ich muss zurück nach Deutschland. Er hat Geburtstag.» Ihr entfährt ein Schluchzer: «Es ist sein Siebzigster.»

Ihre Tränen rühren ihn. Scott fällt es schwer, er möchte nicht mehr hart zu ihr sein. Ob sie weiß, wer die Drogenübergabe anstatt von ihr nun machen würde, fragt er sich. Er ist sicher, seine Kollegen haben bereits den Kurier festgenommen. Er überlegt einen Moment lang, dann sagt er, sie müsse nochmals warten, er habe etwas zu klären. Er geht raus aus dem Raum und wählt CJs Nummer. Er ist erleichtert, sein Kollege nimmt den Anruf entgegen. Es muss bereits alles gelaufen sein. «Hey. Gibt's etwas Neues?», fragt er ihn.

«Ja, Scott. Deine Heidi ist es nicht! Wir haben den Typen. Er hat sofort gestanden. Er scheint es schon öfters gemacht zu haben. Der Typ ist aus Honolulu. Er ist tatsächlich dunkelhäutig – genau so, wie es uns der kanadische Kollege beim ersten Mal erzählt hatte.» Dann wartet CJ einen Moment, ehe er weiter spricht: «Er kennt allerdings deine Heidi. Aber sie habe mit der Sache nichts zu tun. Ich habe ihn direkt gefragt. Alles auf seinem Mist gewachsen.»

Scott lehnt sich an die Tür und spürt, wie ihm mit einem Male leichter ums Herz wird. Sie ist unschuldig. Zumindest hat sie nichts Falsches getan. Welch ein Glück, denkt er. «Wie heißt er denn?», fragt er.

«Broderick Miller. Lebt in Honolulu.»

«Danke.»

«Kein Problem, alter Knabe!»

Scott hört wie er ins Telefon lacht.

«Der GS hat mir gesagt, du magst es, so genannt zu werden.»

«Ihr verdammten Mistkerle. So ein...», Scott beginnt ebenfalls zu lachen.

CJ erwidert in einem freundschaftlichen Tonfall noch immer lachend: «Na dann beruhige jetzt erst einmal dein deutsches Hawaii-Mädchen. So wie ich das sehe, wirst du morgen wahrscheinlich erst später ins Büro kommen. Wenn überhaupt!»

«Davon kannst du ausgehen!», erwidert Scott und schaut zur verschlossenen Tür, hinter der Heidi auf ihn wartet. Nach dem Telefonat bleibt er noch eine kleine Weile vor dem Raum stehen und überlegt, wie er diese Situation mit Heidi am besten auskosten kann. Endlich hat er wieder die Kontrolle. Das gefällt ihm. Es ist sein Spiel, es sind seine Regeln. Schließlich reißt er die Tür auf und setzt sich rittlings vor sie auf den Stuhl. «Sagt dir der Name Broderick Miller etwas?», fragt er sie mit einer ungewöhnlichen Schärfe im Ton und lässt sie dabei keinen Moment lang aus den Augen.

Wie schrecklich! Sie haben ihn. Ob er Miller heißt? Sie ist nicht sicher, aber Broderick steht für Bro, das weiß sie bestimmt. Armer Bro! Ihr tut Julia leid. Jetzt muss sie Scott irgendetwas antworten: «Das muss Bro sein. Ich kenne nur einen Bro. Den Freund meiner besten Freundin in Maunawili», sagt sie vorsichtig. Mehr wird er von ihr nicht erfahren, beschließt sie. Das müssen sie selbst herausfinden. Nun lehnt sie sich nach hinten. Ihr ist egal, was er macht. Von ihr wird er nicht mehr erfahren. Sie schaut fest entschlossen in seine Augen und wartet ab. Was macht er nur? Er steht auf? Will er nicht mehr wissen? Kann sie gehen? Sie steht besser auch auf. Sonst schaut er auf sie herab, denkt sie in einem Reflex. Dann geht er auf sie zu, legt seine Hände ganz sachte auf ihre Hüfte und sein Gesicht kommt immer näher. «Ich bin so froh, dass du hier und nicht in den Bergen bist», hört sie ihn mit einem Male ganz sanft zu ihr sagen. Sie spürt mit ihrem Unterarm das kalte Metall der Waffe an seiner Seite, ist kurz irritiert, doch dann fühlt sie seine Lippen sanft auf ihrem Mund. Sie schaut ihm in die Augen, erst verwirrt, dann erwidert sie seinen Kuss. Sie sieht seine lachenden Augen während des Küssens, das erst nur zögerlich ist. Dann lässt sie alles los. Die lange Warterei am Flughafen. Den verpassten Flug. Das schmucklose Verhörzimmer mit dem Tisch und den Stühlen. Die Unruhe, mehr sagen zu müssen. Die Angst vor dem nächsten Moment. Und ihre Küsse werden heftiger, bis sie den Boden unter den Füßen verliert und das Gefühl hat zu schweben. So wie beim ersten Mal am Strand fühlt sie sich, als wäre es eben erst gewesen. Weggefegt von seinen Küssen, hat sie nur noch den einen Gedanken im Kopf: So muss es sein. Der Ranger oder der Special Agent oder einfach der Mann Scott, das alles ist mit einem Male nicht mehr wichtig. Nur noch seine Umarmung, sein Geruch, seine Nähe und seine Küsse.

Inhalt

Alle Namen und Handlungen in dieser Geschichte sind frei erfunden. Sollten sich Parallelen zur Wirklichkeit ergeben, so sind diese zufällig.

Danke

Ich danke meinem Mann Rob. Er brachte mich durch seine lebhaften Erzählungen auf die Idee, über Drogendeals zu schreiben. Unsere ersten Gespräche darüber fanden tatsächlich im Tiefschnee auf dem Mount Baker im Staat Washington statt. Er hat mich mit seinem Detailwissen aus seiner Arbeit als Spezial Agent in den USA inhaltlich sehr unterstützt und mir immer wieder auf meine unzähligen Fragen zu antworten gewusst.

Ich widme dieses Buch meiner Mutter. Sie hat mich mit ihrer Fürsorge für meinen, damals an Demenz erkrankten, Vater sehr beeindruckt. Es war ein schwieriger Weg für beide und ich bin ihr dankbar, wie sie es geschafft hat, ihn so unermüdlich und liebevoll zu pflegen und rund um die Uhr zu betreuen. Das Buch erscheint an ihrem 90sten Geburtstag. Happy Birthday.

Ein großer Dank gilt meiner Schwester und auch meiner Mutter, die mir von Beginn an äußerst wertvolle Feedbacks zum Buch gegeben haben und dabei auf Tippfehler, Rechtschreibung und inhaltliche Zusammenhänge geachtet haben. Danke auch an Andrea Szalay für ihre Zeit für Korrekturen.

Und an dieser Stelle ein herzliches Danke an Daniel Bachmann, einem großartigen Schriftsteller und Freund. Er hatte mich vor vielen Jahren ermutigt zu schreiben und mich sehr motiviert, nicht aufzugeben.